Sibylle Zimmermann (Hrsg.)
Riesling-Leichen

AF154201

Wellhöfer Verlag
Ulrich Wellhöfer
Weinbergstraße 26
68259 Mannheim
Tel. 0621/7188167
www.wellhoefer-verlag.de

Titelgestaltung: Uwe Schnieders, Fa. Pixelhall, Mühlhausen
Satz: Lukas Fieber, Creative Design, Mannheim

Die Erzählungen sind frei erfunden. Ähnlichkeiten mit wirklichen Personen oder tatsächlichen Ereignissen sind nicht beabsichtigt und somit rein zufällig.

ISBN 978-3-939540-79-3

Riesling-Leichen

**Herausgeberin
Sibylle Zimmermann**

wellhöfer VERLAG

Inhalt

JÜRGEN HEIMBACH

Die Demut des Genießers

Peter Rübsam steht neben dem schrottreifen, gelben Fiat
Panda und wartet, dass der Italiener aus dem Laden
zurückkommt. Er hasst den Job jetzt schon. Wie jeden
Job, den sie ihm in den letzten Monaten angeboten haben. Wie tief muss er noch sinken? Mit der alten Karre
durch Mainz fahren und irgendwelchen Idioten die Pizza vorbeibringen, die auf ihn herabsehen oder ihn aus-
lachen werden. So stellt er sich das vor. Erniedrigend
und demütigend. Das ihm, der ewig lange Jahre als
Drucker gearbeitet hat, bevor er entlassen wurde. Zwei
Vorstellungsgespräche. Für den Arsch. Einen besseren
Praktikanten wollten sie. Zumindest, was die Bezahlung
anging. Er kommt gerade so hin mit dem Arbeitslosen-
geld. Das nach einem Jahr gekürzt wurde und kaum
reicht, für die Miete, die Nebenkosten, die wieder gestiegen sind, und die Kleinigkeiten, an die er sich in seinem
dreißigjährigen Berufsleben gewöhnt hat. Sein Auto
hat er schon längst abgeschafft. Im Jobcenter haben sie
ihm gesagt, dass er nun auch anderes versuchen müsse,
anfangs noch mit dem optimistischen Hinweis, dass es
nur eine Frage der Zeit sei. Arbeit als Drucker liege nicht
so auf der Straße rum, die Zeiten haben sich geändert,
er sei nicht der Einzige, aber Qualität setze sich durch,
wenn nicht heute, dann morgen. Oder übermorgen.
„Oder am Sanktnimmerleinstag", brummt Rübsam vor
sich hin, als er an diese elenden Gespräche denkt, während er einem Porsche nachschaut, der viel zu schnell
vorbeifährt. Nichts ist es geworden. Stattdessen muss er
Arbeiten annehmen, die nichts mit seinem Beruf zu tun
haben. Sonst würde er seine Ansprüche verlieren, hat

man ihm gesagt. Gedroht trifft es besser. Unterstellt hat man ihm, dass er die anderen Jobs bewusst in den Sand gesetzt hat, weil er nicht arbeiten will. Dabei will er sich nur nicht zum Sklaven machen lassen. Jetzt soll er Pizza ausfahren. Für diesen schnöseligen Italiener, der ihn behandelt, als sei er der letzte Abschaum.

Rübsam nickt Luigi zu, nachdem der zurückgekommen ist und seine kurze Einweisung beendet hat. Styroporkiste mit der Ladung auf die Ladefläche, die Rechnung klebt oben auf der Kiste, prüfen, ob genug Wechselgeld im Portemonnaie und der Tank voll ist und dann auf dem schnellsten Weg zum Kunden. Zweimal hat Luigi das gesagt. Als ob er in dieser Scheißkiste, diesem Fiat Panda, dessen Türen sich nicht mal richtig schließen lassen und an dem alles klappert, zum Spaß durch die Gegend fahren würde. Idiot!

Der erste Kunde hat einen unaussprechlichen Namen. Rheinstraße. Nicht weit weg. Warum geht der Idiot nicht um die Ecke und kauft sich die Pizza selbst? Faules Pack! So kommt das ganze Land auf den Hund.

Der Kerl sieht ihm nicht mal in die Augen, nimmt ihn nicht wahr. Nur so ein weiterer heruntergekommener Pizzabote. Dienstleister, das sei er, hatte der Mann auf dem Arbeitsamt gesagt. Scheiß drauf. Sklave ist er.

Der Typ drückt ihm das feuchtwarme Kleingeld in die Hand. Ekelhaft. Erst unten, auf der Straße, nachdem er durchgeatmet hat, zählt Rübsam nach. Zwanzig Cent Trinkgeld. Am liebsten würde er wieder hochrennen und dem Typ seine Faust in die Fresse rammen.

Sein Handy klingelt. Luigi! „Ich bin der Chef hier", hat der sich vorgestellt.

„Wo bleibst du denn?", schnauzt er ihn an. „Neuer Kunde. Beeil dich. Wirst nicht fürs Rumgondeln bezahlt."

Rübsam tritt wütend gegen den Hinterreifen, lässt das Kleingeld in seine Hosentasche gleiten und reißt die Tür auf.

Sein erster Tag. Mindestens drei Monate muss er durchhalten, um diesem Idioten von der Arbeitsagentur zu beweisen, dass er einen Job durchsteht und damit für einen anderen, besseren prädestiniert ist.

Er gibt Gas und presst aus dem kleinen Motor, was geht. Viel ist das nicht. Bis ihm die Einsicht kommt, wie schwachsinnig es ist, durch die Gegend zu heizen und den Führerschein zu riskieren und am Ende des Tages sind es ein paar Touren mehr. Er lässt es langsam angehen.

Vor der Tür der Pizzeria steht schon der Italiener, winkt ihm hektisch zu.

„Wo bleibst du denn? Der Kunde wartet."

Noch im Sprechen dreht er sich um und greift nach der Pappschachtel, die auf dem Stehtisch neben der Tür bereit liegt.

„Weißt du, wo das ist?"

Rübsam wirft einen kurzen Blick auf den Zettel, schüttelt den Kopf.

Luigi erklärt, Rübsam nickt.

„Kommst dann gleich wieder hierher. Um zwei haben wir immer einen Großauftrag für Schott."

Rübsam nickt wieder, gelangweilt, nimmt die Pappkiste entgegen und verstaut sie in der Styroporkiste im Kofferraum.

Als er aus der Lücke herausfährt, klopft der Italiener kurz aufs Dach. Kein Abschied, nur die Aufforderung sich zu beeilen.

Die Bestellung muss auf den Hartenberg, gar nicht weit vom Bruchwegstadion. Endlich hat er die Straße gefunden. Fährt langsam an den Mehrfamilienhäusern vorbei, blickt nach rechts und links, um die richtige Nummer zu finden. Im letzten Moment erst sieht er den Obdachlosen, der einen Einkaufswagen mit seinen Habseligkeiten über die Straße schiebt. Rübsam bremst und flucht, der Obdachlose schaut ungerührt zu ihm herüber und schiebt den Wagen weiter. Endlich. Das Haus. Sechs Namen neben der Tür. Rübsam sieht auf den Zettel. Geyer, mit y. Die Klingel hat er schnell gefunden. In dem Moment kommt ein Mädchen mit einem Skateboard aus der Tür, sieht ihn nicht an. Er schlüpft ins Treppenhaus. Im zweiten Stock sieht er das Schild, neben der Klingel. Geyer. Er balanciert die Pizzaschachtel auf seiner linken Hand, mit der rechten sucht er den Klingelknopf.

Gernot Ritter ist erregt. Nur noch wenige Momente trennen ihn von dem Besitz einer Flasche *Chateau Petrus*, einem Rotwein aus dem Pomerol in Bordeaux. Jahrgang 1947. Lange hat er genau danach gesucht. Das wird ein weiterer, wichtiger Baustein seiner Weinsammlung sein. Vielleicht die Krönung. Wenn sie heute Abend zu Hause in Mannheim in seinem gesicherten Schrank eingelagert ist, wird er sich eine Flasche 1998er gönnen. Wann genau er mit dem Sammeln angefangen hat, weiß Ritter nicht mehr, aber es wurde schnell zu einer Besessenheit. Immer ausgefallenere, immer teurere Weine mussten es sein, bis es schließlich zu einer Manie geworden ist, bestimmte Weine unbedingt besitzen zu müssen. So groß ist dieses Besitzenwollen mittlerweile, dass er immer öfters auch Ware kauft, deren Herkunft nicht einwandfrei sicher ist. Diese Geschäfte sind in seinen Augen nichts Verwerfliches, angesichts dieser arroganten Kerle, die ihm den *Petrus* nicht verkaufen wollten. Nicht weil er nicht bezahlen konnte, sondern weil denen seine Nase nicht gefiel. Redete sich Ritter ein, dabei war ihm unterbewusst klar, dass er in den Augen dieser Leute ein Parvenü war, ein neureiches Arschloch, eines solchen Weines nicht würdig.

Der Verkäufer, der sich als Markus zu erkennen gegeben hat, ist in das Nebenzimmer gegangen, um die Flasche zu holen. Ritter will nicht wissen, woher er sie hat. Obwohl es ihn interessiert. Aber er weiß, dass es ein Fehler wäre, danach zu fragen. So was kann das Geschäft am Ende gefährden. Dieser Markus ist ein Profi, das hat er schon am Telefon gemerkt. Also hält er sich zurück mit seiner Neugier. Stattdessen sieht er sich um. Eine Mietwohnung in einem mittelmäßigen Viertel, unauffällig. Er hat seinen Wagen zwei Straßen weiter abgestellt, ist auf einem Umweg zu dem Haus gegangen, hat den vereinbarten Klingelknopf gedrückt und ihm ist gleich geöffnet worden. Sein Gegenüber trägt einen Schnauzbart und eine große Brille mit getönten Gläsern. Er hat ihm nur zugenickt, ihn in das Wohnzimmer geführt und dann aufgefordert, auf dem braunen Cordsofa Platz zu nehmen. Alles drückt eine verarmte Bürgerlichkeit aus.

Fünftausend hat der Verkäufer am Telefon gefordert, ein Klacks für diesen Wein, wie Ritter findet. Entweder ist die Ware heiß, sodass sie möglichst schnell weg muss oder dieser Markus ist sehr klamm oder er hat keine Ahnung von dem Wert seines Schatzes. Letzteres wäre Ritter das Liebste.

Der Verkäufer lässt sich viel Zeit. Zu viel, denkt Ritter. Er will sich nicht länger als nötig hier aufhalten. Endlich hört er ein Geräusch aus dem Nebenraum. Schritte, dann wird die Tür geöffnet. Der Verkäufer tritt mit der Flasche in der Hand ins Wohnzimmer, bleibt einen Schritt vor Ritter stehen, der sich gleich erhoben hat und die ihm entgegengehaltene Flasche begutachtet. Dann greift er in seine Jackettinnentasche, um die abgezählte Summe Geld herauszuholen.

„Neuntausend", sagt der Verkäufer kühl.

Ritter kann seine Bewegung nicht mehr stoppen, starrt mit dem Umschlag in der Hand den Mann an, steckt ihn dann, ohne hinzuschauen, in die Außentasche seines Jacketts.

„Fünftausend waren vereinbart", sagt er trocken und selbstsicher, wie er das sonst auch in seinen Geschäftsverhandlungen macht, dabei sein Gegenüber kühl fixierend, erfolgsgewohnt.

„Neuntausend, keinen Cent weniger!"

Das klingt nicht nach jemandem, der nicht weiß, welchen Schatz er da in der Hand hält. Neuntausend sind immer noch ein guter Preis, weiß Ritter, aber erstens hat er so viel Geld nicht bei sich und es geht ihm auch ums Prinzip.

„Fünf waren vereinbart."

„Scheiß drauf!", ist die Antwort. „Ich kann auch gehen. Es gibt genug Interessenten, die noch mehr zahlen. Neun ist fast geschenkt."

Ritter überlegt, was er machen soll.

„Wo soll ich jetzt das Geld herbekommen. Ich habe so viel nicht bei mir."

„Ihr Problem."

Ritter spürt die Nervosität in seinem Inneren. Bisher waren alle Deals wunderbar abgelaufen. Keine Probleme, nicht viel Zeit. Telefonische Verhandlung, Übergabe. Fertig.

Dem Verkäufer dauert es zu lange, er dreht sich um, will wieder in das angrenzende Zimmer verschwinden.

„Warten Sie!", ruft Ritter und macht drei schnelle Schritte hinter dem Mann her, der sich so plötzlich umdreht, dass die beiden mit einem Mal Gesicht an Gesicht voreinander stehen.

„Was ist?", faucht der Verkäufer. Ritter spürt die latente Aggressivität, als warte der andere nur auf eine falsche Bewegung.

„Ich habe so viel Geld nicht bei …"

Der Verkäufer lässt ihn mitten im Satz stehen, dreht sich um, stößt die Tür in das Nebenzimmer auf. Die Küche, erkennt Ritter jetzt. Der Verkäufer hat sich an die Spüle gestellt und sieht auffordernd zu Ritter herüber. Der geht langsam in die Küche.

„Ihr letztes Wort?", fragt er.

Sein Gegenüber nickt, Ritter meint auch ein Grinsen erkennen zu können.

„Sie haben eine Viertelstunde Zeit, das Geld zu besorgen, sonst verkaufe ich sie jemand anderem."

„Wie soll ich das schaffen?" Ritter spürt Panik aufsteigen. Er muss diesen Wein haben.

„Ihr Problem. Sie wollen doch die Flasche, oder? Sind doch ganz heiß drauf." Wieder dieses angedeutete Grinsen.

Und ob Ritter die will.

„Dann würde ich mich beeilen."

Ritter kann seine Augen nicht von der Flasche lassen, die hinter dem Verkäufer auf der Spüle steht. Sie zieht ihn magisch an. Er macht einen Schritt darauf zu. Der Verkäufer nimmt eine Abwehrhaltung ein. Ritter ignoriert das. Als er zwei Meter von dem Verkäufer entfernt ist, macht der einen Ausfallschritt und schlägt nach ihm. Er weicht reflexartig aus, steht plötzlich neben der Spüle, sieht aus dem Augenwinkel, dass der Mann seinen Angriff wiederholen will, erkennt den Griff des Küchenmessers, der direkt vor ihm auf der Spüle zwischen zwei dreckigen Tellern hervorragt, greift danach und dreht sich um, in den Ausfallschritt des Verkäufers. Ritter spürt den Widerstand, sieht nach unten, erkennt das Messer im Unterleib des Mannes, sieht nach oben, wo ihn die Augen ebenso entsetzt wie überrascht anblicken. Dann sinkt der Mann zu Boden. Das Messer, dessen Griff er noch immer fest umklammert hält, flutscht aus dem Körper.

Ritter ist nicht geschockt. Er denkt nach, kalkuliert kühl und beginnt mit der Suche nach einer Tüte, in der er das Messer verstecken kann. Er wird es nicht in dieser Wohnung lassen, in der man den Toten über kurz oder lang finden wird. Unter der Spüle findet er eine alte Jutetasche. Er säubert den Griff und die Schneide des Messers, lässt es in die Tasche gleiten, ergreift mit seiner freien Hand die Flasche, die er die ganze Zeit nicht aus den Augen gelassen hat, und geht durch den Flur zur Wohnungstür.

Rübsams Finger hat die Klingel fast erreicht, da wird die Tür aufgerissen und ein Mann im Anzug, mit glatt rasiertem Gesicht und einer randlosen Brille schaut ihn überrascht, fast entsetzt an. Rübsam erkennt gleich, dass der Typ nicht in dieses Haus und in diese Wohnung passt. Er stellt irgendwas neben der Tür ab. Klingt wie Glas auf Holz. Kennt Rübsam gut. Der andere will die Tür wieder schließen.

Rübsam ist schneller. „Die Pizza", sagt er. „Die Sie bestellt haben."

Er fürchtet in diesem Moment, dass irgendwas schiefgelaufen ist und er mit der Pizza zu dem Italiener zurück muss. Auf die Auseinandersetzung hat er keine Lust.

Rübsam sieht sich das wenige, das der Typ ihm zeigt, genauer an. Grauer Anzug, der linke Jackettärmel ist beim Öffnen der Tür verrutscht, eine Uhr wird sichtbar. Teuer, erkennt sogar Rübsam, der sich einen Scheißdreck um so was kümmert. Und das Parfüm. Das riecht er, es überlagert sogar den Geruch der Salami und des Käses auf der Pizza. In der Hand hält der Mann eine Jutetasche. Eine dreckige dazu. Passt gar nicht.

Flackernde Augen. Unruhe. Auch das erkennt Rübsam. Er weiß um Situationen, die Gefahr verheißen. Diese hier ist nicht gleich Gefahr, aber er spürt, dass was nicht stimmt.

„Was ist?", fragt der Typ. Aufregung in der Stimme.

„Die Pizza", erklärt Rübsam, und hebt dabei die Pappschachtel ein klein wenig höher.

„Pizza?"

Ist der Kerl blöde? Rübsam wiederholt. Der Typ scheint nachzudenken. Alzheimer. Das gibt's also auch bei den Jungen schon, überlegt Rübsam.

„Einen Moment", sagt der andere endlich, „ich hole nur schnell Geld."

Er macht die Tür zu, aber nicht fest genug, das Schloss rastet nicht ein. Mit seiner rechten Schuhspitze stippt Rübsam gegen die Tür, ganz leicht nur. Die schwingt ein Stück zurück, geräuschlos. Einen Blick nur. Wie sieht die Wohnung von so einem Typ aus? Ein dunkler Flur. Passt nicht. Erkennt Rübsam sofort. Und entdeckt die Flasche auf dem Plastikschränkchen neben der Tür. So ein Stöffchen kann nicht schaden, heute Abend, wenn er fertig ist, erst mal den Staub runterspülen. Ein Bier wäre besser. Aber so ne rote Brühe, warum nicht. Ein schneller, kurzer Blick aufs Etikett. Franzakenbrühe. Hatte er schon mal bei so ner Braut getrunken. Trocken wie'n Opafurz. Nicht seins. Trotzdem steckt er sie schnell in die tiefe Innentasche seiner weiten Jacke und zieht die Tür leise ins Schloss.

Da kommt der Typ auch schon. Öffnet die Tür, wieder nur einen Spalt. Rübsam entgehen trotzdem die roten

Flecken in dem Gesicht nicht. Die hektischen Bewegungen. Der Arm schießt vor, hält ihm zehn Euro hin.

„Ist gut so", sagt er, greift die Pizza, schon ist die Tür zu. Noch nicht mal die Zeit für ein „Danke" bleibt Rübsam. Egal, den Zehner hat er.

Schnell rennt er die Treppe runter. Unten, er ist gerade aus der Haustür raus, klingelt sein Handy.

„Wo bleibste denn? Haste es nicht gefunden? Du musst los, zu Schott!" Der Italiener.

„Bin auf dem Weg", blafft Rübsam zurück und drückt das Gespräch weg.

Er reißt die Tür zu dem Panda auf, da hört er eine Stimme.

„He, Sie!"

Er dreht sich um. Scheiß Reflex. Warum nur reagiert er gleich?

„Warten Sie! Bleiben Sie stehen, verdammt!"

In der Haustür der Typ. Wedelt aufgeregt mit den Armen. Konnte ihn erst nicht schnell genug loswerden und jetzt das.

Ritter hat die Tür geschlossen. War das ein Zufall? Hat sich dieser Idiot von einem Verkäufer eine Pizza bestellt? Feiert dieser Prolet so den Verkauf der Flasche Wein? Welch ein Frevel. Er hält die Pizza in der Hand, fassungslos. Dann fällt ihm der Wein ein. Wo hat er ihn abgestellt? Er überlegt, ermahnt sich zu Ruhe und besonnenem Handeln. Dann fällt es ihm ein. Er war an der Tür, hat sie geöffnet und die Flasche auf dem kleinen Tisch neben dem Eingang abgestellt. Aber da ist sie nicht mehr. Er ist unsicher, läuft ins Wohnzimmer, dann in die Küche. Nein. Nirgends die Flasche. Dann muss dieser Pizzabote sie mitgenommen haben, als er in die Wohnung gegangen ist, um so zu tun, als hole er Geld. Ein

Prolet, der keine Ahnung hat, was er da in seinen Händen hält. Der öffnet die Flasche am Abend und schüttet den Inhalt, wenn der ihm nicht schmeckt, ins Spülbecken. Ritter könnte heulen.

Schnell wischt er mit einem Tuch über die Pizzaschachtel, dann rennt er mit der Jutetasche in der Hand nach unten, erblickt den Pizzaboten telefonierend neben seinem Auto, bevor er einsteigt.

Er ruft den Mann. Winkt. Der dreht sich um, macht aber keine Anstalten zu warten. Im Gegenteil, er beeilt sich ins Auto zu kommen.

Ritter läuft los. Zweimal orgelt der Motor, ohne anzuspringen. Nur noch wenige Meter, dann hat er ihn erreicht. In dem Moment schiebt sich etwas in seinen Weg. Hat er nicht gesehen. Ein verschmutzter Kerl mit einem Einkaufswagen. Verfluchter Penner, denkt Ritter, stößt den Wagen weg, kümmert sich nicht um den Mann, der irgendetwas Unverständliches zu ihm sagt, rennt weiter, merkt nicht, wie ihm dabei der Briefumschlag mit dem Geld aus der Jacketttasche rutscht, da springt der Motor des Fiats an. Mit durchdrehenden Rädern fährt der Pizzabote davon. Immerhin hat Ritter die Aufschrift auf der Seite lesen können. Die Flasche hat er allerdings nicht gesehen. Aber wo sonst sollte sie sein. Ritter geht mit weit ausholenden Schritten zu seinem Wagen, sieht sich unauffällig um, ob jemand das Schauspiel beobachtet hat. In seinem Rücken bückt sich der Mann mit dem Einkaufswagen und hebt den Briefumschlag auf, sieht kurz hinein, erschrickt. Er dreht sich um, will dem Mann in dem Anzug etwas nachrufen, aber der ist schon verschwunden.

Der Wein. Rübsam fällt der Wein ein, den er noch in seiner Jacke trägt. Der Typ ist hinter seinem Wein her. Wegen einer Flasche Rotwein so ein Gezeter. Der sah doch nicht so aus, als ob ihn die eine Flasche in den Ruin treiben würde.

Rübsam steigt schnell ein, steckt den Schlüssel ins Schloss, startet den Motor, der verschluckt sich zweimal, bevor er rund läuft. Mit quietschenden Reifen verlässt er die Parklücke. Ein Blick in den Rückspiegel. Da kommt der Typ tatsächlich angerannt. Nicht zu fassen. Stolpert gegen einen Einkaufswagen.

Rübsam fährt auf der langen, geraden Straße auf die Kreuzung zu. Am Ende leuchtet eine rote Ampel. Ein Blick zurück. Von dem Kerl im Anzug nichts mehr zu sehen. Er greift in seine Innentasche und zieht die Flasche heraus.

Petrus, entziffert er. Kaum lesbar, alt und verblichen sieht das aus. Den Rest kann er noch nicht mal richtig lesen. Egal. Heute Abend vor die Glotze, Champions League und ab mit der Brühe in den Hals.

Rübsam nähert sich der Ampel, die schaltet rechtzeitig auf Grün und er biegt nach links ab, am SWR vorbei in die Neustadt. Dabei rollt die Flasche vom Sitz auf den Boden, schlägt hart auf und rollt hin und her. Zum Glück nicht kaputt, stellt Rübsam erleichtert fest, der Italiener würde den totalen Anfall bekommen.

Ein laut aufheulender Motor, gleich darauf ein scharfes Bremsen reißen Rübsam aus diesen Betrachtungen. Es folgt ein Hupen. Er schaut in den Rückspiegel. Nichts. Er ist nicht gemeint, fährt weiter.

Luigi steht schon an der Straße, winkt ihm aufgeregt zu. Wenn das so weitergeht, verreckt der noch an Herzversagen.

Rübsam gibt dem Italiener mit der Lichthupe ein Zeichen, hält in der zweiten Reihe. Keine Zeit verlieren. Der Italiener ist schon wieder in den Laden verschwunden und balanciert drei aufeinander gestapelte Styroporkisten.

„Mach hinten auf!", brüllt er von drinnen.

„Schneller!", als Rübsam sich Zeit mit dem Aussteigen lässt.

Ritter startet seinen großen BMW. Mit niedriger Drehzahl rollt er durch die Straßen. Nur keine Aufmerksamkeit erregen. Ein richtiger Tritt aufs Gaspedal und ein Höllengrollen würde losbrechen. Diese infernalische Zehnzylinder-Maschine. Er wendet den Wagen und fährt zu der Straße, in der er den Pizzawagen hat wegfahren sehen. Eine lange gerade Straße, am Ende eine Ampel. Er meint ganz da vorne einen gelben Wagen zu sehen. Das könnte er sein. Was soll er machen, wenn er den Kerl stellt? Ihm Geld bieten? Wie viel? Zu viel würde verdächtig erscheinen. Was für eine Geschichte soll er ihm auftischen? Hochzeitstag und das sei der Wein ihrer Hochzeit, den sie seitdem an jedem Hochzeitstag trinken?

Die Ampel springt auf Grün, der gelbe Wagen biegt nach links ab, in Richtung Stadt. Ritter tritt jetzt doch das Gaspedal durch. Der Wagen macht einen Satz nach vorne, der Motor heult auf. Dranbleiben. In dem Moment kommt aus einer Seitenstraße ein Auto. Ritter steigt in die Eisen, bringt seinen Wagen gerade noch so zum Stehen. Der andere, obwohl nichts passiert ist, hupt und fuchtelt wild mit den Armen. Als Ritter die Kreuzung endlich erreicht hat, ist die Ampel längst schon wieder auf Rot.

Er nutzt die Wartephase, um den Namen der Pizzeria, die auf die Wagentür gedruckt war, in seinen Bordcomputer einzugeben.

Als die Ampel umspringt, leuchtet die Adresse in dem Display auf. Ein Knopfdruck und schon ist sie an das Navigationsgerät weitergeleitet. Ritter folgt den Anweisungen. Keine fünf Minuten später sieht er den gelben Fiat in der zweiten Reihe parken. Er stellt seinen BMW in einiger Entfernung ab und beobachtet, wie der Pizzabote mit einem anderen Mann Styroporkisten in den Kofferraum lädt.

„Fragst an der Pforte nach Martin Rimmer, klar? Die rufen dann an. Los!"

Sie verstauen die letzte Kiste im Kofferraum des Pandas, dann schlägt Rübsam die Heckklappe zu. Ein Wunder, dass sie schließt, denkt er.

Wieder der Klaps aufs Dach. Idiot. Soll sich um seinen Kram kümmern!

Rübsam fährt los, dieses Mal lässt er die Kupplung langsam kommen. Hinter ihm ein Golf, der Fahrer macht erregt Zeichen mit seiner Hand, weil er abbremsen musste. Von der Pizzabäckerei bis zu Schott ist es nicht weit, ein Stück den Ring entlang, dann wendet er über die Busspur und steht drei Minuten später an der Pforte der Glaswerke. Als er dem Mann, der ihm seinen Kopf aus dem Fenster entgegenstreckt, den Namen Martin Rimmer nennt, greift der zum Telefon und wählt. Während er darauf wartet, dass am anderen Ende der Leitung abgenommen wird, weist er Rübsam an, an die Seite zu fahren.

Kurz darauf kommt aus dem Verwaltungsgebäude ein Mann mit grauer Stoffhose und weißem Hemd gelaufen. Rübsam steigt aus. Der Mann lächelt ihn an. Rübsam reagiert nicht, nimmt aus den drei Styroporboxen im Kofferraum die Pizzaschachteln, stapelt sie auf dem Autodach und reicht sie schließlich dem Mann, der ihm einen Briefumschlag in die Hand drückt.

„Stimmt so. Und Gruß an Luigi."

Damit wendet er sich ab und verschwindet mit dem Stapel Pizzapackungen in dem Gebäude. Rübsam überlegt, das Geld nachzuzählen, lässt es aber, als er den argwöhnischen Blick des Pförtners bemerkt, steigt in den Wagen und schickt dem Pförtner zum Abschied einen Fäkalausdruck hinterher.

Es fällt Ritter nicht schwer, dem gelben Fiat zu folgen. Angestrengt denkt er darüber nach, wie er wieder an seine Flasche *Chateau Petrus* kommen könnte. Endlich ein 47er. So lange hat er danach gesucht. Es macht ihn verrückt, sie in den Händen dieses Proleten zu wissen, der sie vielleicht wie Wasser trinkt, sie vielleicht wegschüttet oder dem sie einfach so aus der Hand fällt und der dabei nicht einmal ein schlechtes Gewissen haben wird. Er fährt fast im Standgas, um keine unnötigen Blicke auf sich zu lenken. Als der Fiat in die Einfahrt zu den Glaswerken Schott einbiegt, steuert er einen der Parkplätze neben der Straße an und beobachtet, wie der Pizzabote an der Pforte hält und sich mit dem Mann darin unterhält, um dann an die Seite zu fahren. Er hat insgeheim gehofft, dass er zu einem Privatkunden fahren würde, dann hätte er, wenn der Mann im Haus verschwunden war, um die Pizza zu übergeben, die Flasche aus dem Auto nehmen können. Er glaubt nicht, dass der Bote sie die ganze Zeit mit sich herumträgt, und wo soll sie sonst sein.

Ein Mann steht jetzt bei dem Fiat, drückt dem Boten einen Umschlag in die Hand, nimmt den Stapel mit den grauen Pizzaschachteln und trägt sie in das Haus. Der Bote steckt den Umschlag in die Hosentasche und steigt in den Fiat, wendet das Auto und fährt davon.

Ritter hat eine Idee. Er startet den Motor seines BMW und steuert ihn aus der Parklücke.

Rübsam fährt zurück zur Pizzeria. Die Flasche mit dem Rotwein liegt noch immer im Fußraum vor dem Beifahrersitz, rollt hin und her und nervt ihn. Wenn sie kaputt geht, will er nicht wissen, wie der Italiener dann rumbrüllt. In der alten Karre ist das zwar scheißegal, aber der hat doch ein Rad ab. Also beugt er sich beim Fahren über den Schaltknüppel und versucht die Flasche zu greifen. Dabei gerät der Wagen ins Schlingern, ein entgegenkommendes Fahrzeug hupt. Rübsam bricht seinen Versuch ab. An der nächsten Ampel nimmt er die Flasche, sieht nochmals auf das Etikett, überlegt, ob sich der Stress überhaupt lohnt und schiebt den Flaschenhals in die Spalte zwischen der Rückenlehne und der Sitzfläche. Beim Anfahren hört er die Flüssigkeit hin- und herglupschen. Er fährt einen Umweg, lässt sich Zeit. Immerhin steht Luigi dieses Mal nicht draußen, um ihn zur Eile anzutreiben. Er stellt den Wagen wieder in die zweite Reihe, überlegt, was er mit der Flasche machen soll, lässt sie eingeklemmt im Auto und steigt aus.

„Denk an die Kisten!", hört er Luigi von drinnen. Er kann ihn nicht sehen.

Rübsam holt die drei Kartons aus dem Kofferraum und stellt sie drinnen auf die Theke. Einige Zeit steht er rum, wartet, bis das Telefon klingelt. Luigi nimmt einen Auftrag entgegen und beginnt eine Pizza zuzubereiten.

Wäre so ein Moment für eine Kippe, denkt Rübsam und sieht gelangweilt aus dem Fenster, bis Luigi das Blech mit dem großen flachen Spaten aus dem Ofen gezogen hat. Er lässt die Pizza in einen Pappkarton gleiten, teilt sie mit einem großen Messer in zwölf Dreiecke, verschließt den Deckel und klebt den Zettel mit der Adresse drauf.

„Ab die Post!", sagt er, während er die Schachtel zu Rübsam schiebt.

Der nickt wieder.

„Macht dir keinen Spaß?", sagt der Italiener, mehr Feststellung als Frage.

„Doch, doch", lügt Rübsam und sieht auf den Zettel.

„Hartenberg", erklärt Luigi, ohne weiter auf die Antwort einzugehen. „Nicht weit weg davon, wo die andere Lieferung war."

Rübsam denkt an den Wein und diesen seltsamen Kerl, der nicht in die Wohnung gepasst hat, sagt „Alles klar!" und geht zum Fiat. Luigi sieht ihm nach und schüttelt den Kopf.

Ritter hat alles vorbereitet. In der Schnelle war ihm als Ort für sein Vorhaben nichts anderes eingefallen als einer in der Nähe der Wohnung dieses Markus, der ihn über den Tisch ziehen wollte und jetzt tot in seiner Küche liegt. Er nimmt an, dass der die Wohnung genau für solche Zwecke gemietet hat oder dass sie einem Bekannten von ihm gehört, der sie im Moment nicht benötigt. Beides heißt ziemlich sicher, dass die Leiche noch unentdeckt da liegt.

Sowie er ein geeignetes Haus gefunden und sich einen der Namen an der Haustür notiert hat, ruft er in der Pizzeria an und gibt seine Bestellung auf. Dann stellt er seinen BMW ein Stück entfernt ab, steigt aus und stellt sich in den Schatten eines Buschs, von dem aus er den Weg zu dem Haus gut beobachten kann, ohne selbst gesehen zu werden und ohne aufzufallen. Es ist wichtig, dass der Pizzabote ein Stück Weg vom Auto bis zur Haustür zurücklegen muss, um ihm genügend Zeit für sein Vorhaben zu verschaffen.

Es dauert fast eine halbe Stunde, bis sich der gelbe Fiat Panda mit der Aufschrift der Pizzeria nähert. Langsam kommt er heran, Ritter vermutet, dass der Fahrer nach der Hausnummer Ausschau hält. Endlich hat er sie gefunden, fährt schräg in eine Parklücke, so schlecht, dass trotz der minimalen Ausmaße des Wagens dessen Heck auf die Straße ragt. Seinen Job scheint dieser Prolet nicht zu lieben, denkt Ritter, denn es dauert einige Sekunden, bis der Pizzabote sich bequemt aus dem Wagen auszusteigen und die Pizza aus der Styroporkiste im Kofferraum zu holen. Fast aufreizend langsam schlendert er von der Straße zu dem Haus, auf dem schmalen Gang zwischen den Hecken.

Rübsam schaut auf die Klingelleiste. Die oberste ist die richtige. Mein Glückstag, flucht er und blickt, bevor er auf den Knopf drückt, an der Außenwand des Hauses nach oben. Drei Stockwerke. Viel Spaß beim Treppensteigen. Immerhin wird ihm sofort geöffnet. Mit einer Schulter drückt er die Tür auf und steigt in dem Treppenhaus, in dem es nach Mittagessen riecht, die Stufen nach oben. Im dritten Stock steht eine alte Frau mit Schürze in der Tür und blickt ihn mit unverhohlenem Misstrauen an.

„Die Pizza", ruft ihr Rübsam schon vom Zwischenstockwerk entgegen.

„Hab keine bestellt", ist die postwendende Antwort, gefolgt vom Zuschlagen der Tür.

Rübsam platzt der Kragen. Was ist das für eine Scheiße? Schon das zweite Mal an diesem Tag, dass jemand die bestellte Pizza plötzlich nicht will. Beim ersten Mal hat dieser komische Kerl sie immerhin doch noch angenommen und er sein Geld bekommen.

Rübsam schlägt mit seiner Faust gegen die Tür. Zunächst passiert nichts. Erst als er beginnt, Sturm zu klingeln, wird die Tür aufgerissen und ein Kerl, zwar älter, aber mindestens einen Kopf größer als er, steht vor ihm.

„Mach, dass du wegkommst, bevor ich mich vergesse! Steck dir deine Pizza, wohin du willst. Wir haben keine bestellt."

Das war unmissverständlich und Rübsam ist klar, dass er hier nicht weiterkommt. Er dreht sich um und eilt nach unten. An der Haustür kommt ihm eine Idee. Er geht zu den Briefkästen, öffnet die Pizzaschachtel, nimmt nacheinander die geschnittenen Dreieckstücke heraus und stopft sie Stück für Stück durch den Schlitz.

Sowie der Pizzabote im Haus verschwunden ist, verlässt Ritter seine Deckung, um zu dem Wagen des Pizzaboten zu gehen. Die Jutetasche trägt er eng zusammengerollt in der Hand. Auf halbem Weg kommt ihm eine Frau mit Kinderwagen die Straße entgegen. Sofort verlangsamt er seine Schritte, beginnt zu schlendern, beobachtet, wie sich die Frau mit dem Wagen nur sehr langsam entfernt, dann endlich hat er freie Bahn. Noch ein prüfender Blick, dann stellt er sich neben den Fiat, erkennt auf dem Beifahrersitz die Flasche, ermahnt sich zur Ruhe, zieht am Griff der Beifahrertür, die sich mit einem festen Ruck öffnen lässt, dann endlich hält er die Flasche in der Hand. Er lässt das Messer aus der Jutetasche vor den Beifahrersitz gleiten, schlägt die Tür zu und verschwindet mit gesenktem Kopf.

Rübsam schmeißt die leere Pizzaschachtel hinter die Hecke, die den schmalen Weg zu dem Haus säumt. Er ist sauer, weil er fürchtet, dass der Italiener ihm die Pizza in Rechnung stellen wird.

Er lässt sich auf den Sitz fallen, steckt den Schlüssel ins Zündschloss und startet den Motor. Dabei fällt sein Blick auf das Messer. Verwundert legt er den Leerlauf ein und greift danach, betrachtet es einen Moment und kommt zu dem Schluss, dass es unter dem Sitz gelegen haben und unbemerkt nach vorne gerutscht sein muss. Er schmeißt es wieder zurück, legt den ersten Gang ein und fährt los.

Sowie Ritter wieder in Deckung ist, wartet er, bis der Pizzabote in seinem Wagen sitzt und wegfährt. Dann ruft er von einem unregistrierten Handy die Polizei an und teilt ihr mit, dass sich in einer Wohnung, die er genau benennt, ein Toter liegt, und dass dessen Mörder mit einem gelben Fiat Panda unterwegs ist. Er nennt auch den Aufdruck auf der Tür des Wagens. Dann legt er schnell auf. Gut gemacht, lobt er sich. Die Flasche in seiner Hand fühlt sich verdammt gut an. Heute Abend wird er sich einen besonders guten Tropfen gönnen. Und vielleicht noch das eine oder andere mehr.

Zu seinem Wagen ist es nicht weit. Als er die Straße überqueren will, hört er laute Schreie. Erst beim dritten Ruf dreht er sich um. Ein Penner, denkt er, was will denn der? Dann erkennt er den Einkaufswagen, den der Mann vor sich herschiebt, und erinnert sich an den Zusammenstoß. Der Kerl kommt näher, winkt mit irgendetwas in der Hand, ein weißer Umschlag oder Ähnliches. Angewidert von dem Mann wendet Ritter sich ab, tritt auf die Straße, hört nicht das Motorrad, das herangeschossen kommt, und als er es im Augenwinkel erkennt, ist es zu spät, in der Bewegung innezuhalten. Durch die Wucht des Aufpralls wird Ritter gegen die Bordsteinkante geschleudert, die Flasche entgleitet dabei seinem Griff und fliegt in einem hohen Bogen auf das Rasenstück vor einem der Häuser und rollt unbeschädigt an den Fußweg zurück.

Der Mann mit dem Einkaufswagen, der den Vorfall beobachtet hat, schiebt den weißen Umschlag zurück in eine der Tüten in seinem Wagen und nähert sich langsam dem Unfallort, bis er die Flasche entdeckt. Er hebt sie auf, besieht sich das Etikett und erschrickt über seinen Fund. Ein *Petrus*! Was soll er damit machen? Er kann diesen Wein nicht einfach trinken. Ein Frevel. Er hat ja nicht einmal ein Glas. Und richtig aufbewahren, um ihn zu bewahren, die Möglichkeit besitzt er nicht. Er besieht sich das Etikett noch einmal, mit Ehrfurcht im Blick, dann schiebt er die Flasche in die Tüte neben den Umschlag. Ein Passant, der neben dem verletzten Motorradfahrer kniet, hat sein Handy am Ohr. Während der Obdachlose langsam weggeht, hört er die Stimme des Mannes. „Einen Krankenwagen, schnell. Ein verletzter Motorradfahrer und ein Toter, glaube ich. Ich kann …" Dann ist der Obdachlose zu weit weg und überlegt, was er mit dem *Petrus* machen soll.

Eine Tour fährt Rübsam noch, dieses Mal ohne Probleme, drei Pizzas nach Mombach in ein Geschäft für Büroausstattung. Als er zurückkommt, sieht er Luigi an der Straße stehen. Er ist nicht allein. Zwei Männer stehen neben ihm. Die drei sehen ihm gespannt zu, als er aus dem Wagen steigt. Kaum hat er die Tür zugeschlagen und will die Styroporkiste aus dem Kofferraum holen, wird er von hinten gepackt und gegen das Auto gestoßen. Um ihn herum sind mit einem Mal mehrere uniformierte Polizisten.

„Hier ist das Messer!", hört er, bevor man ihn von dem Panda wegführt.

SARAH GERALDINE NISI

Katz und Maus

Die Tür quietscht, als ich das Badezimmer betrete. Doch ich nehme das Geräusch kaum wahr, konzentriere mich auf wichtigere Dinge. Ich verharre in der Bewegung, angespannt. Mein Blick fällt auf die Wand, an der das Waschbecken montiert ist. *Ihre* Wand.

Noch ist alles ruhig.

Mit einer zigfach durchgeführten Bewegung husche ich auf den Hocker neben der Duschkabine. Kurz vor neun. Es dürfte nicht mehr lange dauern.

Ich nehme einen Schluck aus dem Glas. Wie jeden Abend. Das leichte Apfelaroma und die erfrischende Säure machen diesen Wein zu einem Genuss. Meine Lieblingssorte.

Eine wohlige Wärme beginnt meinen Körper zu durchziehen, lässt mich zittern vor Erregung. Mein Herz beginnt schneller zu schlagen und Adrenalin schießt in meine Adern, verhilft mir zu größtmöglicher Konzentration. Ein Schweißfilm bildet sich in meinen Handinnenflächen. Ich stelle das Glas ab und verknote die Finger, knete den linken Handballen.

Gleich wird sie ihr Bad betreten.

Marlena Himmelbach. Allein der Klang ihres Namens bringt mich beinahe um den Verstand.

Seit sie vor fünf Monaten in das Appartement nebenan eingezogen ist, sammle ich Informationen über meine neue Nachbarin. Ich bin geradezu besessen von dem Verlangen, alles über sie zu erfahren. Ich belausche sie. Tag für Tag. Jeden Abend. Mein Begehren nach ihren Worten bringt mich beinahe um den Verstand. Noch nie war es so heftig wie bei ihr. Sie hat etwas in mir geweckt, eine Leidenschaft, stärker, als ich es mir jemals hätte ausmalen können. Diese Begierde zwingt mich, sie zu jagen, unerbittlich. Unbemerkt. Ich suche sie, stelle ihr nach, fange sie. Ich habe es perfektioniert.

Und ab morgen wird diese Jagd eine neue Dimension erreichen. Intensiver, unmittelbarer. Sie hat es so gewählt und lässt mir keinen Ausweg.

Marlena Himmelbach. Ihr Badezimmer liegt neben meinem Badezimmer, Wand an Wand. Jedes Geräusch ist zu hören, jedes Wort zu verstehen. Oft steht einer so ausgeprägten Hellhörigkeit ein solides Mauerwerk im Weg. Doch die Bauweise heutzutage, bei der es nur auf die Schnelligkeit der Errichtung ankommt, nimmt darauf keine Rücksicht. Architekten scheren sich nicht um die Privatsphäre künftiger Mieter.

Ich liebe diesen Wohnblock in der Mainzer Neustadt. Die dünnen Wände lassen mich am Leben meiner Nachbarn teilhaben. Es gibt 18 Wohnungen in dem Gebäudekomplex. Vier Wohnungen pro Etage, oben nur zwei.

Ich weiß, dass das Ehepaar über mir seit Monaten keinen Sex mehr hat. Immer wieder kommt es zu Diskussionen zwischen den Ehepartnern, die gegenseitigen Vorwürfe prallen von Wand zu Wand, hinunter bis in meine Wohnung, verlieren sich in Sprachlosigkeit und Stille.

Der alte Mann aus 5B hat eine chronische Bronchitis, die Medikamente schlagen nicht mehr an. Ständig beklagt er sich bei seiner Tochter. Sie kommt einmal die Woche zu Besuch. Donnerstags.

Doch all diese beklagenswerten Bruchstücke aus dem Leben meiner Nachbarn interessieren mich nicht. Nicht mehr.

Auf einmal war dieses Geschöpf in meinem Leben, geheimnisvoll, unnahbar. Die stete Eintönigkeit meines Alltags, durchbrochen von einem neuen Sinn.

Als ich das erste Mal ihre Stimme hörte, konnte ich mein Glück kaum fassen. Sie hat die Angewohnheit in ihrem Badezimmer zu telefonieren, dem Zimmer mit der dünnsten aller Wände, gespickt mit Fliesen und Leitungen, die jedes noch so leise Geräusch zuverlässig auf die andere Seite transportieren. Zunächst habe ich nur gelauscht, wenn es sich zufällig ergab. Doch allmählich fand ich ihre bevorzugten Telefonzeiten heraus, schlich mich immer häufiger in mein Badezimmer und wartete. Wartete, dass sie anfing zu erzählen.

Sie hat eine schöne Stimme, weiblich, klar, und oft erzählt sie ihren Freunden – es sind immer Freunde mit denen sie spricht, denn die Themen, die sie anschneidet, würde man nicht mit der eigenen Mutter besprechen – von ihrem neuen Leben in Mainz.

Schließlich begann ich, meine Freizeitgestaltung nach ihren Telefonaten auszurichten.

Nach einer Weile entwickelte ich sogar bestimmte Vorlieben – wenn man das so nennen kann. Am liebsten habe ich es, wenn sie mit ihrer Freundin Katrin telefoniert. Mit Katrin spricht sie in letzter Zeit immer häufiger, mehrfach die Woche.

Kurz nach ihrem Einzug führte sie auch Gespräche mit anderen Freunden. Doch meist war es eine eher oberflächliche Art der Konversation und sie wurde nach und nach weniger. Wie es häufig der Fall ist, bei einer bestimmten Sorte Freunde.

Nicht so bei Katrin: Auf die ist Verlass. Immer häufiger spricht Marlena mit ihr über Männergeschichten und wie sehnlich sie sich einen Freund wünscht. Einen, der immer für sie da ist. Sie beschützt. Oft denke ich dann, wie es wäre, wenn *ich* ihr Freund wäre. Doch alleine der Gedanke lässt mich vor Aufregung in Schweiß ausbrechen. Ich war noch nie mit einer Frau zusammen.

Häufig erwähnt sie Katrin gegenüber ihr Gefühl des Alleinseins. Die Stadt zehre an ihren Kräften. Fast zweihunderttausend Menschen und niemand, der sie emotional auffangen könne. Sie vermisse ihre Freunde aus Rostock. Sie sei einsam.

Nicht so einsam, wie sie denkt.

Gern würde ich auch Katrins Stimme einmal hören. Nur ein einziges Mal, denn mit Katrin fühle ich mich auf eine besondere Weise verbunden. Sie bringt mir Marlena näher. Doch bisher hatte ich dieses Glück nicht.

Aber die Telefonate und Marlenas Stimme sind aufschlussreich genug, ich darf nicht zu gierig werden. Wenn sie spricht, verstehe ich jedes Wort. Mehr noch, die Wände transportieren jede Nuance ihrer Stimme, wenn sie etwas leiser spricht oder wenn sie plötzlich schnell spricht, vor Aufregung. Ich erkenne mittlerweile, wann es ihr gut geht und wann nicht. Allein ihr „Hallo Katrin, wie geht es dir?", verrät mir, in welcher Stimmung sie ist.

In letzter Zeit geht es ihr nicht so gut. Ein gereizter Unterton schleicht sich immer häufiger in ihre Stimme, lässt sie schnell und in gepresster Stimmlage sprechen.

Sie ist Tänzerin und angestellt, beim Staatstheater Mainz, als zweite Besetzung. Das Gehalt ist niedrig. Aber sie erhofft sich einen Aufstieg in absehbarer Zeit, was auch mehr Geld bedeuten würde. Sie versteht sich gut mit ihren Mittänzern Luisa und Paul, sie hasst ihre Choreographin Julia.

Marlena Himmelbach. Manchmal wundere ich mich, wie sorglos sie ist. Doch vermutlich machen die wenigsten Menschen sich Gedanken darüber, dass sie in ihren eigenen vier Wänden belauscht werden könnten. Mauern täuschen eine trügerische Sicherheit vor. Bisweilen habe ich ein schlechtes Gewissen. Doch das hält nie lange an.

Ab und an treffe ich sie im Hausflur. Sie grüßt stets freundlich, auch wenn ihr Lächeln ihre Augen nie ganz erreicht. Das liegt am Stress. Sie hat viel Stress in ihrem Leben. Bei den seltenen Gelegenheiten eines direkten Aufeinandertreffens beobachte ich sie genau, sauge alles in mich auf, jede Sommersprosse, jede Locke. Ich achte auf jede ihrer Bewegungen. Sie ist zart, aber durchtrainiert. Sie bewegt sich wie eine Katze, so als könne die Schwerkraft sie nicht beeindrucken. Blitzschnell und elegant. Etwas herablassend.

Und dennoch ist sie meine Beute, ich spiele mit ihr, treibe sie vor mir her, ohne dass sie es weiß. Das ist das Beste an allem. Ich lauere Tag für Tag und werde belohnt, ohne mein Versteck verlassen zu müssen.

Ich kann mir ein Leben ohne sie nicht mehr vorstellen, könnte nicht mehr existieren, nicht mehr atmen. Ich brauche sie, ihre Stimme, ihre Anwesenheit.

Vor einigen Tagen passierte plötzlich etwas Unvorhergesehenes. Noch immer bekomme ich eine Gänsehaut bei der Erinnerung.

Sie erzählte Katrin von einem Urlaub in der nächsten Woche. Allein. Zehn Tage in einer Pension in der nördlichen Pfalz. Sie wolle entspannen, über einige Dinge nachdenken. Lang vernachlässigte Freunde anrufen, Briefe schreiben. Über Weinberge und Hügel wandern. Sogar für ein Weinseminar habe sie sich angemeldet, um ihre Liebe für den Riesling mit theoretischem Wissen zu untermauern.

Ich wurde rasend. Was für Freunde hatte sie mir verheimlicht? Und warum erfuhr ich erst jetzt von ihrer

Vorliebe für Wein? Ausgerechnet Riesling. Das musste Schicksal sein. Allein, wie sie mit Katrin über die Trauben und Kelterung sprach, verriet mir, dass sie ebenso eine Weinkennerin sein musste wie ich.

Doch Wut stieg in mir hoch. War sie am Ende eine elende Geheimniskrämerin? Hatte ich mich so in ihr getäuscht? Warum wollte sie aufs Land fahren, in die am dünnsten besiedelte Region der Pfalz? Beinahe wurde mir übel bei dem Gedanken, mehr als eine ganze Woche auf sie verzichten zu müssen. Oder noch schlimmer: Was wäre, wenn sie nicht wiederkäme?

Nach einer schlaflosen Nacht entschied ich, dass es nur eine Möglichkeit gab: Ich musste herausbekommen, wo sie hinfuhr. Ich würde mich neben ihr einquartieren. Auch wenn die Bedingungen dort nicht optimal für mich sein würden.

Bereits am nächsten Tag kam mir der Zufall zu Hilfe. Vielleicht war es auch Fügung. Ich wartete hinter der Wohnungstür und bei jedem Schritt, den ich den Flur entlangkommen hörte, riss ich die Tür auf. Beim vierten Mal hatte ich Erfolg. Sie war es. Ich lief ihr mit einem Müllbeutel als Tarnung entgegen – was ich mir davon versprach, wusste ich nicht. Doch ich wurde belohnt: Sie hielt eine Broschüre in der Hand, auf deren Titel in gelben Lettern der Name einer Pension in Bennhausen prangte. Sie lächelte mich an und wünschte mir einen schönen Tag. Ahnungslos. Als sie eine Haarsträhne aus ihrem Gesicht strich, musste ich mich zusammenreißen sie nicht anzufassen.

Wieder konnte ich nicht schlafen. Vor Glückseligkeit.

Morgen um elf Uhr ist es soweit: Wir verreisen. Aus verständlichen Gründen werde ich allerdings erst zwei Stunden nach Marlena das Haus verlassen, um mich auf den Weg Richtung Donnersberg zu begeben, an dessen Ausläufern ihr gewählter Urlaubsort liegt. Das Zugticket liegt bereit, die Bestätigung der Pension befindet sich in meiner Tasche. Zur Sicherheit habe ich einen größeren Betrag Bargeld eingesteckt, falls ich einen der Angestellten um einen Gefallen bitten muss.

Nichts kann mehr schiefgehen.

Ich zucke zusammen, werde aus meinen Gedanken gerissen. Nebenan öffnet sich die Badezimmertür. Endlich. Da ist sie, nur wenige Meter von mir entfernt, etwas später als üblich. Der Urlaub bringt sie aus ihrer Routine. Das verstehe ich.

Draußen ist mittlerweile Ruhe eingekehrt, wenn man von den typischen Geräuschen einer Großstadt absieht, die auch spätabends nicht verstummen: Sirenen, das Hupen von Autos und der konstante Klangteppich, den Tausende Menschen auf engem Raum verursachen.

Ich greife nach meinem Weinglas, inhaliere den subtilen Fruchtgeruch des Rieslings. Vorsichtig nehme ich einen Schluck, leise. Sie darf mich nicht hören.

Da! Sie räuspert sich.

Das Warten hat ein Ende. Nun gehört sie wieder mir. Nur mir.

Es gibt keine Katrin. Es gibt keine Vorliebe für Wein. Und es gibt auch keine Marlena Himmelbach.

Wie immer betrittst du betont laut das Badezimmer, willst sicher gehen, dass der Niemand von nebenan dich hört. Ein letztes Mal. Es muss sein.

Der Niemand ist der klassische Verlierertyp. Du kennst solche Männer. Sie lechzen förmlich nach alleinstehenden Frauen und holen sich vermutlich Sekunden nach einer Begegnung im Hausflur in ihrer ranzigen Wohnung einen runter.

Der Niemand ist ein Prachtexemplar. Der Niemand ist widerlich. Und der Niemand hat sich mit der Falschen angelegt.

Bereits am Tag nach deinem Einzug hast du die Hellhörigkeit deiner Wohnung bemerkt. Doch da war es schon zu spät, der Mietvertrag für ein Jahr unterschrieben.

Besonders schlimm ist die Situation im Badezimmer. Es scheint, als wäre die Wand aus Pappe, mit Fliesen bestückt. Schnell fällt dir auf, dass der Niemand sich immer dann zufällig in seinem Bad aufhält, wenn du in deinem stehst. Seine Badezimmertür quietscht leise, damit verrät er sich. Jedes verdammte Mal.

Eine ganze Nacht hast du damit verbracht, sorgfältig jede einzelne Fuge zu kontrollieren. Für den Fall, dass es sich um einen Spanner handelt, er womöglich ein Loch zum Spähen in die Wand gebohrt hat. Doch da war nichts. Dann hast du verstanden: Es reicht dem Niemand, wenn er dir zuhören kann. Beim Duschen. Beim Eincremen. Beim Haare föhnen.

Hass macht sich in dir breit, beginnt dich zu zerfressen. Du musst handeln. Entweder du oder er.

Die Entscheidung ist leicht. Der Niemand muss eliminiert werden. Ein Mann wie der Niemand darf nicht existieren, du musst die Menschheit vor ihm schützen, wirst der Gesellschaft einen Dienst erweisen. Er respektiert Frauen nicht, nimmt ihnen das Recht auf Privatsphäre. Er ist jämmerlich. Ungeziefer, das es zu zerquetschen gilt, bevor es weiteren Schaden anrichten kann.

Du nimmst die Herausforderung an. Wieder einmal. Entwickelst einen Plan.

Peinlich genau hast du darauf geachtet, was er von dir erfährt. Das Tanzen stimmt, es ließ sich nicht vermeiden. Doch für den Fall, dass er so weit gehen sollte, dich an deinem Arbeitsplatz zu belagern, würde er dich zumindest nur auf der Bühne sehen. Spielend. Tanzend. Nicht du selbst.

Alles andere ist Fiktion, deiner Fantasie entsprungen. Der Niemand hat es nicht anders verdient.

Du beginnst, Telefonate im Badezimmer vorzutäuschen. Wirfst ihm fiktive Brocken aus deinem vermeintlichen Leben hin, aus deiner angeblich trostlosen Existenz voller Einsamkeit. Willst ihn von dir abhängig machen, ihn ködern. Nur so wirst du ihn vernichten können.

Es funktioniert.

Wie immer.

Dein letzter Kunstgriff: die angebliche Vorliebe für Wein. Du weißt, dass er Weinkenner ist. Einmal im Monat lässt er sich Riesling liefern.

Nichts kann schiefgehen. Du hast die Gier in seinen Augen gesehen, als du im Hausflur mit ihm gesprochen hast. Hinterher hast du dich vor Ekel beinahe übergeben. Doch es hatte sein müssen und du weißt nun, dass er in die Falle tappen wird. Blindlings, getrieben von Verlangen.

Er kann nicht anders. Er wird dort sein, in der Pension. In der Abgeschiedenheit der Nordpfalz, dem Nebel der Weinberge.

Es wird seine letzte Reise sein.

Ella Daelken

Ein Leben

05. Mai 2001
Ich freue mich, die Hochzeit meiner Enkelin Luise Blicken-
stein und Jan Kremer bekannt zu geben.
Die Trauung wird am Samstag, 05. Mai 2001, in der Ka-
pelle „Mariä Geburt" auf unserem Weingut in Alzey statt-
finden.

Vera Blickenstein

Er hat schöne Augen, ganz blau, so aufmerksam. Ich
mag es, wie er mich ansieht. Voller Besitzerstolz. Großmutter war nicht gerade erfreut, dass wir so schnell heiraten wollten. Aber es ist meine Entscheidung. Jan sagt,
es ist besser, wenn wir jetzt heiraten.

Er kann in Großmutters Weinanbau arbeiten, er kennt
sich aus. Sein Diplom hängt bei ihm im Zimmer an der
Wand. Staatlich anerkannter Winzer. Wir brauchen ihn,
Großmutter kann es doch nicht mehr allein, sie wird
langsam gebrechlich.

Wir werden gemeinsam arbeiten. Jeden Tag zusammen verbringen, in der Sonne auf dem Berg. Helle Haare auf seiner braunen Haut, Sommersprossen. Manchmal fahre ich mit dem Finger daran entlang. Er mag das
nicht.

Mein Brautkleid ist so schön, aus Mainz, Großmutter
hat es gekauft. Tränen in ihren Augen, als sie mich darin sieht. Ich bleibe doch bei dir, ich gehe nicht weg. Sie
lacht, Falten an ihren Augen. Zu viel harte Arbeit im Leben. Wir werden sie unterstützen.

Jan nimmt mich in den Arm. Lacht.

18. Juni 2002
Trauben-Abbeermaschinen, Edelstahl
Leistung: 80-90 t/h, Gewicht: 780 kg
Lochdurchmesser des Korbes 32 mm
Preis auf Anfrage

Die neuen Maschinen sind viel zu teuer. Großmutter war dagegen sie zu kaufen. Jan wollte unbedingt. Lautes Schreien, Großmutter wirkte so klein gegen ihn. „Wovon sollen wir das bezahlen?" Jan lacht sie aus. Weiß nicht, wie ich mich verhalten soll. Sage nichts.

Großmutters Blick, als ich gehe und sie allein lasse. Fühle mich schwach.

17. September 2004
Weinfest in Alzey
Auch in diesem Jahr findet wieder das beliebte Weinfest statt. Auf dem Kronenplatz präsentieren Winzer aus dem Alzeyer Land ihren Wein. Für Musik und Unterhaltung sorgen zahlreiche Kapellen aus der Umgebung.

Wo ist Jan schon wieder? Immer lässt er mich hier allein an unserem Verkaufszelt stehen. So viele Leute! Ich muss was essen, es ist so heiß. Kann hier nicht weg. „Ja, gerne können Sie unseren Riesling probieren."

Jan steht bei der Winzerin zwei Zelte weiter. Lachen auf seinem Gesicht. Er probiert ihren Wein. Dann sind sie nicht mehr zu sehen. Was macht er?

Mein Rücken tut schon wieder weh. Kleine Füße, die von innen gegen den Bauch strampeln. Es fühlt sich seltsam an, so etwas Kleines in mir. Lächeln auf meinen Lippen. Gemeinsam.

30. Dezember 2004
Genießen Sie einen erholsamen Aufenthalt in unserem
Hause. Wir bieten Ihnen ein Rundum-Paket mit Wellness
und Erholung.

Der Urlaub ist eigentlich viel zu teuer. Aber es musste
sein. Für uns.

Jan lacht, unbeschwert, fast wie früher. Lachfal-
ten über den dunklen Ringen unter den Augen. Unbeschwert. *Ja, wir nehmen noch eine Flasche Riesling.*
Schmeckt fast so gut wie unserer.

Die Frauen schauen ihm hinterher, er ist attraktiv.
Jan nimmt mich in den Arm. Alles wird besser werden,
wir werden mehr auf uns achten. *Du bist schön. Ich werde*
mich ändern. Es soll ein Versprechen sein.

26. Februar 2005
0:36 Uhr Geburt eines Jungen, Kind vital, schreit sofort,
Größe: 52 cm, Gewicht: 3851 Gramm

Ich fühle mich schwach, kann dieses kleine Bündel kaum
halten. Große Augen, riesig, viel mehr als das ganze Gesicht. Artur. Ich wollte Bastian, Jan lieber Artur. Ich will
keinen Streit. Heute nicht.

Er ist so winzig, noch liegt keine Erwartung auf ihm,
er ist so frei!

Morgen können wir nach Hause, Jan wird uns abholen, wenn er Zeit hat. Ich möchte schlafen und doch
bleiben meine Augen offen, kann keine Ruhe finden. So
winzig, so zerbrechlich. Ich muss ihn beschützen.

15. Oktober 2005
Nach dem wetterbedingten starken Ernteausfall kündigen
die Weinhersteller aus Rheinhessen einen Preisanstieg um
bis zu 12 Prozent für das kommende Jahr an.

Sorge in Jans Blick. Sorge und Ungeduld. Immer auf
dem Weinberg, immer müde, immer gereizt. Streit mit
Großmutter. Das Geld für die neue Produktionsanlage
ist noch nicht bezahlt. Jan will eine Hypothek aufnehmen. „Wir müssen investieren, um zu überleben!" Großmutter stellt sich gegen ihn. Klein, aufrecht. Ich bewun-
dere sie. Habe Angst. Jan wird sich das nicht gefallen
lassen. Ich soll zu ihm halten. Ihn zu lieben und zu eh-
ren. Was wusste ich damals schon? Ich war so dumm.

18. Juni 2006
Protokoll über die Eröffnung der letztwilligen Verfügung
der Vera Blickenstein, geborene Gaspar
geboren am 17. Mai 1928
verstorben am 6. Juni 2006
Zum Eröffnungstermin waren Luise Blickenstein, Haus-
frau, geboren am 19. August 1980, sowie ihr Ehegatte Jan
Kremer, Winzer, geboren am 03. Januar 1971, beide wohn-
haft in Alzey, geladen.
Das Testament wurde eröffnet und verlesen.
Guntram Springer, Rechtspfleger

Tot. So ein kleines Wort für so etwas Gewaltiges. Weg,
nicht mehr da, unerreichbar. Kein Lachen mehr, keine
Berührung. Bin jetzt allein.
    Es kann doch nicht sein, eben war sie doch noch da. Wie
sie am Fuße der Presse lag. Der Kopf so komisch. Sie sollte
doch nicht mehr auf die Presse steigen! Warum hat sie das
gemacht? Blaulicht, Warten, Hoffen, Angst, alles umsonst.

„Wir konnten ihr nicht helfen", sagt der Arzt. Er hat braune Augen, so müde braune Augen. Ich nicke, verstehe und verstehe doch nicht. Viel zu endgültig.

Liege in der Nacht wach, denke an sie, an das, was ich versäumt habe, an das, was sie nun versäumen wird. Kein Leben mehr, nichts mehr. Einfach nichts. Ich weine. Jan wird wach, andere müde Augen, ich soll schlafen.

25. Juni 2006
Sicherheitshinweis!
Presse nicht öffnen, wenn der Pressvorgang eingesetzt hat!
Vorsicht auf den Stufen – können durch herabtropfende Flüssigkeit glatt sein!

Großmutter war immer vorsichtig. Wusste, dass es glatt sein könnte. Jan zuckt mit den Schultern. „Sie war alt und starrsinnig." Er hat sie gefunden. Wie sie so dalag. Die Haare ganz nass.

Jetzt sind wir allein mit ihm. Nur noch Artur und ich. Großmutter hat immer dafür gesorgt, dass uns nichts passiert.

Am Morgen, Termin beim Testamentsvollstrecker. Ich ziehe mich an, versuche nicht mehr zu weinen. Behördendeutsch, ich kann kaum folgen. Dann ein Wort von Großmutter an mich. Jetzt weine ich doch.

Jan sagt, der Weinberg gehört nun uns. Noch mehr Verantwortung für ihn, Vorwurf in seiner Stimme. Aber auch Glanz in seinen Augen. Endlich sein Berg.

Ich hätte lieber Großmutter bei mir als ihn.

30. September 2009
Der Fotograf kommt! Alle Kindergartenkinder können am Mittwoch fotografiert werden. Bei Interesse an einem Bild

von Ihrem Kind unterschreiben Sie bitte die beigefügte Ein-
willigung.

Artur lacht auf dem Bild nicht. Der Fotograf hat es immer wieder probiert. Mit der Zunge geschnalzt, Spiel-
zeug hingehalten. Ein viel zu ernster Blick für ein Kin-
dergartenkind. Der blaue Fleck auf seiner Wange ist gut
zu sehen.

Ein Kind stößt sich oft. Erst letzte Woche ist er von
der Schaukel gefallen. Blut an seinem Knie. Tränen, ein
Pflaster, ich male ihm ein Gesicht darauf. Artur lacht
wieder. Vergisst.

Der blaue Fleck auf seiner Wange kommt nicht vom
Fallen.

03. Februar 2010
Die Patientin weist multiple Verletzungen auf: Kompressi-
onsblutung an Ober- und Unterarm, Schenkel, Bauch und
Rücken sowie Quetsch-Riss-Wunden an der Augenbraue
und dem Fuß. Riss im Trommelfell des linken Ohres.

Sie sollen nicht so schauen, ich mag das nicht. Jan ist bei
mir und hält ihre Fragen ab. Die Treppenstufe war lose,
ich bin gefallen. Tief hinunter, viele Verletzungen. Es tut
weh.

Sein Blick. Alles wird wieder gut. Zu viel Stress mit
dem Weinberg. „Es tut mir leid." Ich habe Jan genervt,
warum kann ich ihn nicht in Ruhe lassen? Er hat es nicht
gewollt.

Artur hat es gesehen. Hat mich angeschaut, Tränen
in seinen Augen. Ich versuchte ihn zu verscheuchen. Er
sollte gehen, er sollte es nicht mit ansehen. Doch Artur
blieb. Jan bemerkte ihn nicht. Schlug wieder zu.

18. Juni 2011
Sehr geehrte Frau Blickenstein,
hiermit möchten wir Sie bitten, sich mit der Schulleitung in
Verbindung zu setzen. Es geht nochmals um den Vorfall auf
dem Schulhof.

Artur ist nicht nach Hause gekommen. Jan sagt, er könne
was erleben, wenn er nicht bald zurückkommt. Ich habe
Angst. Artur soll wegbleiben, irgendwann wird sich
Jan beruhigen. „Der Junge bringt nur Ärger. Wird auf
dem Schulhof verprügelt! Warum hast du es mir nicht
gesagt?" Ich schüttle den Kopf, will nichts sagen, wollte
nie was sagen. Warum hat Jan den Brief bloß gelesen?
Muss Artur beschützen.

Wut in Jans Gesicht, unruhiges Hin- und Herlau-
fen. Mit jedem Schritt mehr Zorn. Sein Blick auf mir.
Ich gehe ein Stück zurück, weiß was kommt. Sehe,
wie sich seine Bitterkeit durch meine Angst noch stei-
gert. Seine Faust, ganz schnell. Ich bekomme keine
Luft mehr. Höre mich japsen, Schmerz überall. Wieder
hebt er die Hand, ich kann nicht mehr schreien, bin
unfähig zu reagieren, er schlägt nochmal zu, diesmal
auf die Seite, ich krümme mich. Sein wütender Schrei:
„Du hast den Jungen verwöhnt! Es ist deine Schuld!"
Ich liege auf dem Boden, fühle mich so schutzlos. Sehe
auf seine schweren Stiefel. Nicht damit zutreten, nicht
wie beim letzten Mal. Bitte!

Fühle seine Hände an meiner Schulter, er reißt mich
nach oben. Ein Schrei von irgendwo her, mein eigener. Kann nicht stehen, nur nicht ihn ansehen. Er wird
noch aufgeregter. Er lässt mich los, ich falle. Schmerz
im Arm, ich höre mich keuchen, es klingt so weit
weg. Ich sehe, wie er den Stiefel hebt, bitte nein, nein!
Ich bin so erbärmlich.

19. September 2010
Notruf ging ein um 8:30 Uhr. Bei der Ankunft trafen die
Kollegen auf den Arbeiter, der sie alarmiert hatte. In dem
Maischebehälter auf dem Produktionsgelände Auffinden
einer leblosen Person. Die sofort eingeleiteten Rettungs-
maßnahmen blieben wirkungslos.

Jan beugt sich über den Bottich. Grünbraune Maische, säuerlicher Geruch. Die Arbeiter sind heute nicht da, es ist Sonntag.

Sein Oberkörper ist vorgelehnt, viel zu weit vorgelehnt. Leise! Wenn er mich sieht!

Die Maische ist genau richtig. Es wird eine gute Ernte werden. Dicke Stücke schwimmen dort unten. Ich bin jetzt hinter ihm, atme so laut, dass er es hören müsste. Kann nicht leiser, geht nicht. Wenn ich es jetzt nicht tue, wird er mich bemerken.

Er bewegt sich, will aufstehen! Mein Arm geht reflexartig nach vorne. Plötzlich spüre ich den Hass, all den Hass der letzten Jahre. Großmutter wäre nie auf die Presse gegangen! Nie!

Ein lautes Klatschen als er in der Flüssigkeit landet. Er taucht wieder auf, überraschter Geschichtsausdruck.

Ich blicke zu ihm hinunter. Fühle jetzt gar nichts mehr. Ich schließe den Bottich. Zurre den Deckel fest. Er klopft dagegen, schreit. Ich lasse Wasser nachlaufen. Die Maische wird sonst zu dick. Höre ihn nicht mehr so laut. Gurgelndes Geräusch.

Ich warte noch eine Weile. Dann öffne ich den Behälter wieder. Ein tragischer Unfall. Wie damals bei Großmutter.

Helmut Stauder

Im Wein liegt Wahrheit

In der Rheinpfalz liegt das schöne Dörfchen Königsbach, direkt am Haardtgebirge, zwischen Neustadt und Bad Dürkheim, an der Weinstraße. Vom Wald aus, in dem es viele Esskastanien gibt, erstrecken sich die Weinberge in einem sanften Schwung bis weit in die Rheinebene hinunter.

Und gleich am Ortseingang, zur rechten Hand, findet man das traditionsreiche Weingut von Franz Klamm, wenig Masse, aber hohe Qualität. Seine Weine lassen sich vielleicht am anschaulichsten einordnen, wenn man sich das Motto eines mir gut bekannten alten Weinkenners vor Augen hält.

Als nämlich vor über 30 Jahren die trockenen Weine in Mode kamen und alle sogenannten und selbsternannten Weinsachverständigen nur noch solche zu trinken zugaben, wurde jenem oft die einladende Frage gestellt: „Trinken wir ein Gläschen Wein? Natürlich einen trockenen!" Und darauf pflegte er stets in seiner ihm eigenen, bescheidenen Art zu antworten: „Ach, es darf auch gerne etwas Besseres sein."

Und so gibt es im Weingut Klamm manchmal eine Weinprobe, die sich an die Weinkenner aus dem näheren und ferneren Umland wendet, die nicht nur trockene, sondern auch edelsüße Weine mögen.

Leider ist jedoch manchmal einer dazwischen wie Moritz Motzkopf. Zum Glück nur manchmal, denn Menschen wie er sind schwer zu ertragen, selbst für die weltoffenen und toleranten Rheinpfälzer.

Seine gesamte Präsenz hatte etwas Ameisenhaftes, Unruhiges, Geschäftiges. Mager war er, richtiggehend dünn, eigentlich schon an Auszehrung grenzend. Dabei klein und ständig in hektischer Bewegung. Die schmalen Mausaugen blickten flink und stechend umher, nichts schien ihrer Aufmerksamkeit zu entgehen. Die Hände unaufhörlich umherhuschend, Gesten andeutend, die nie so richtig ausgeführt wurden. Eine flinke Zunge, unablässig die Lippen benetzend, als sei er im Begriff, etwas zu sagen. Was auch viel zu häufig geschah. Mit schneidend scharfer, durchdringend lauter und hoher Stimme, die keine Unterbrechung duldete. Und die triefte vor Arroganz und Besserwisserei.

Kurz gesagt: Kein angenehmer Zeitgenosse.

Und an jenem Tag im Kellergewölbe des Weingutes Klamm war er dabei. Unglücklicherweise.

Der Kellermeister und Winzer, Franz Klamm, hatte selbst die Führung und Weinprobe übernommen und so konnte man Interessantes erwarten. Die Gruppe bestand aus zwei guten Dutzend Leuten.

Zunächst versammelte man sich vor den silberfarbenen Stahltanks, in denen vor allem die einfachen und trockenen Weine ausgebaut werden. Herr Klamm zeigte und erklärte, solche Stahltanks seien viel hygienischer und geschmacksneutraler und natürlich deutlich einfacher zu reinigen. Moritz Motzkopf lauschte mit schräg geneigtem Mausgesicht, Hände und Zungenspitze unruhig hin und her flitzend. Und schon brach es aus ihm heraus: „Sie sollten aber auch so fair sein und erwähnen, dass mit diesen modernen Glitzermonstern besonders Ihnen als Winzer ein Gefallen getan wird. Sie sparen Kosten, aber wir müssen auf interessante Geschmacksnuancen verzichten. Die Spanier, wenn ich das erwähnen darf, arbeiten aus diesem Grunde wieder überwiegend mit Eichenholzfässern."

Herr Klamm bedankte sich höflich für die wertvollen Zusatzinformationen, schickte einen flehenden Blick zur Kellerdecke und bat die Gruppe an einen Tisch, um einen Weißwein zu probieren.

„Meine Damen und Herren, hier haben wir einen sehr schön ausgebauten 2005er Riesling Kabinett trocken, ein *Königsbacher Reiterpfad,* einer unserer besten Rieslinglagen."

Flink schenkte er für jeden ein kleines Probierglas ein und reichte es den Besuchern.

„Zunächst hat dieser Wein eine sehr schöne Nase, sie werden einen zarten Duft nach Limonen feststellen können."

„Da kann ich Ihnen nicht zustimmen!"

Moritz Motzkopfs spitze Nase tauchte noch einmal tief ins Glas, und einige der Anwesenden hofften wohl im Stillen, sie würde darin stecken bleiben. Doch sie erhob sich steil nach oben, als er zu dozieren begann: „Dieser Wein scheint mir einen recht hohen Säuregehalt zu besitzen, extrem magenbelastend und unangenehm, vor allem bei einen Kabinett. Für mich besitzt er nicht den typischen, ausgesprochenen Apfelduft eines Rieslings. Aber wir wollen ja sicher erst noch probieren, bevor wir endgültig urteilen."

Und er erhob sein Glas, wobei er auffordernd in die Runde blickte.

Herrn Klamm blieb nichts anderes übrig, als sich erneut zu bedanken und beifällig zu nicken, denn probieren wollte man ja schon.

Moritz Motzkopf schlürfte demonstrativ und laut, bewegte den Wein im Mund hin und her, spuckte ihn schließlich mit leicht verzogenem Mausgesicht wieder ins Glas zurück, schnalzte laut Aufmerksamkeit heischend mit der Zunge und verkündete: „Ganz wie ich bereits sagte: kein Apfelduft und zu säurehaltig. Nicht weich genug für einen Riesling Kabinett – und vor allem nicht für einen 2005er."

Die Gruppe und auch Herr Klamm nickten ergeben, an Widerspruch gegen diese schneidend arrogante Stimme war nicht zu denken. Also genoss man im Stillen den schönen Wein, der nicht zu viel Säure hatte, durchaus weich genug war und im Übrigen auch deutlich nach Limonen duftete.

Herr Klamm bat die Gruppe nun in einen anderen Teil des Kellers, dorthin, wo noch traditionelle Eichenholzfässer lagen, die man, wie er erzählte, nur für den Ausbau und die Lagerung der höherwertigen und älteren Weine benutzte. Etwa 20 Fässer, die jedes 2400 Liter fassten, lagen dort in doppelter Reihe zu beiden Seiten eines Ganges. Auf den breiten Fassriegeln, die die Fasstürchen verschlossen, standen Weinflaschen mit brennenden Kerzen, die den gesamten Raum in ein romantisches aber auch leicht gespenstisches Licht tauchten.

Vor dem letzten Fass, das als Einziges leer war und dessen Fasstürchen nicht eingesetzt war, hielt Herr Klamm an und begann wieder zu erzählen. Dass diese Eichenholzfässer heutzutage eine Rarität seien, weil sie sehr teuer in der Herstellung und nicht unbegrenzt verwertbar seien. Auch die Reinigung bereite Schwierigkeiten, weil man dazu in das Fass hineinkriechen müsse.

„Für einen schlanken und durchtrainierten Menschen wie mich überhaupt kein Problem!", tönte Moritz Motzkopf, nahm eine Kerze, bückte sich und leuchtete damit in das Fass hinein.

Herr Klamm nickte ergeben.

Dann zeigte er auf das Fass gegenüber und erklärte, dass man in diesem einen ganz besonderen Wein lagere, einen 1989er Gewürztraminer Auslese, den man demnächst zuerst in das nun leere Fass zur Filtrierung umfüllen und dann, nach einiger Ruhezeit, als absolute Rarität auf kleine, besonders schlanke Fläschchen aus weißem Glas mit 0,375 Litern Inhalt ziehen wolle.

„Den würde ich liebend gerne einmal probieren. Da steht ja ein Glas! Sie gestatten doch sicher."

Und Moritz Motzkopf ergriff, unverschämt wie er war, das Glas und wollte schon den kleinen Messinghahn am Fasstürchen aufdrehen, um sich etwas abzufüllen. Da hielt ihn Herr Klamm sanft, aber bestimmt zurück. Es täte ihm unendlich leid, aber eine Verkostung dieses Weines sei nicht vorgesehen und aus Gründen der Hygiene auch gar nicht möglich. Schließlich könnten nicht alle aus einem Glas trinken.

Moritz Motzkopf hätte es augenscheinlich durchaus befriedigt, wenn nur er alleine hätte kosten können, aber Herr Klamm schüttelte konsequent den Kopf und bat die Gruppe, ihm nun in die Probierstube im Hauptgebäude zur Weinprobe zu folgen.

Zunächst schien sich Moritz Motzkopf der Gruppe anschließen zu wollen, doch dann blieb er stehen und trat ungeduldig von einem Bein auf das andere. Seine Hände vollführten in der Luft unverständliche Gesten, sein Mund öffnete sich, schloss sich aber wieder, ohne dass ein Laut hervorgekommen wäre.

Und dann war er mit einer blitzschnellen, huschenden Bewegung in dem schmalen Spalt zwischen zwei Fässern verschwunden. Niemand bemerkte dies und so ging die Gruppe weiter.

Auch im weiteren Verlauf der Veranstaltung vermisste ihn niemand, lediglich eine unbewusste Erleichterung über das Fehlen seiner penetranten Bemerkungen schwebte wie ein heimlicher Segen wohltuend über der Weinprobe.

Er hielt sich versteckt, bis er sicher sein konnte, dass man sein Zurückbleiben nicht bemerken würde, dann erst trat er zögernd auf den Gang hinaus. Flink kontrollierten seine misstrauischen Mausaugen die Umgebung. Er war allein.

Ein gieriges Glitzern trat in seinen Blick, als er nun das Glas ergriff, den Messinghahn öffnete und sich von der tief goldgelben Flüssigkeit ins Glas laufen ließ. Was für eine Farbe! Von der Lagerung im Holzfass vertieft. Und welch ein unglaubliches Aroma! Langsam und genussvoll versenkte er seine Nase in das Glas und inhalierte mit geschlossenen Augen.

Dann nahm er einen großen Schluck und schlürfte ihn genießerisch. Unglaublich! Göttlich! Einmalig! Genau der richtige Wein für ihn! Und da gab es doch tatsächlich „Weinkenner", die nur trockene Weine mochten! Ab Spätlese aufwärts beginnt erst der wahre Weingenuss. Moritz Motzkopf nahm einen weiteren tiefen Schluck, der das Glas leerte. Hier wollte er bleiben und möglichst viel von diesem herrlichen Wein trinken, die Probe für die Proleten interessierte ihn nicht.

Und so schenkte er sich noch ein Glas voll, trank es gierig und hastig leer und füllte es erneut. Und noch eines und noch eines und noch eines.

In seinem Kopf begann es zu summen und er schwankte etwas. Leise brabbelte er vor sich hin, ab und zu glücklich kichernd. Und er trank weiter.

Doch auf einmal schienen die Kerzen auf den Fasstürchen zu flackern, als habe sie ein Windhauch berührt, und etwas Eisiges berührte Moritz Motzkopfs Nacken. Er fuhr herum und starrte den Gang entlang, aber zunächst konnte er nichts erkennen. Sein Blick war vom vielen Gewürztraminer verschleiert. Doch dann sah er, wie sich Nebelschleier am Boden sammelten, und sie ballten sich zusammen und erhoben sich, wobei das Gebilde auf ihn zu floss. Und es nahm weibliche Formen an, gehüllt in ein wallendes, weißes Gewand, und dann erkannte er mit einem erschrockenen Aufschrei die Gesichtszüge seiner verstorbenen Frau, dieser ekelhaften, fetten Kuh, wutverzerrt und gehässig. Und ihre schneidende Stimme machte ihn mit einem Schlag wieder nüchtern.

„Da bist du ja, du Mistkerl! Ich bin gekommen, um dich zu holen, zu mir ins Reich der Schatten, denn dort habe ich viele Verbündete, und ich werde mich an dir rächen für alles, was du mir angetan hast! Für die vielen Versuche, mich zu vergiften und für den Föhn in meiner Badewanne. Im Feuer wirst du dafür braten in alle Ewigkeit!"

Moritz Motzkopf stand zunächst wie erstarrt, dann wollte er weglaufen, aber das schreckliche Gespenst versperrte ihm den Weg mit ausgebreiteten Armen und einem hämischen Grinsen.

Und dann hörte er ein tiefes und bedrohliches Knurren, das lauter wurde und näher kam. Hinter der weißen Gestalt trat mit gefletschten Zähnen ein großer, fast schwarzer Schäferhund hervor und kam langsam auf ihn zu.

„Das ist mein Freund Zerberus. Er wird dich töten. Dein Blut wird spritzen bis zu diesen Fässern, wenn er deine Kehle zerreißt, und dann gehörst du mir und meiner Rache!"

Moritz' Hände vollführten abwehrend beschwörende Gesten in der Luft, seine Zunge schoss hervor und benetzte die Lippen, er stammelte, aber es formten sich keine sinnvollen Worte. Betrunken wie er war, schwankte und torkelte er, schlug gegen ein Fass und stürzte schließlich zu Boden.

Und seine starr und ungläubig aufgerissenen Augen blickten direkt in eine Fassöffnung.

Das leere Fass!

Besinnungslos vor Angst warf er sich seitlich ganz auf den Boden und begann, den Kopf voraus, seinen Körper durch die enge Öffnung zu zwängen. Es ging schwer, zumal ihm der Alkohol einen ziemlich großen Teil seiner Körperbeherrschung nahm, und an der Hüfte blieb er mit seinem Sakko hängen. Aber mit einem kräftigen Ruck befreite er sich, wobei ein Knopf absprang und über den Boden draußen rollte. Dann zog er endlich auch seine Beine nach. Er war im Fass.

Der Hund knurrte mit gefletschten Zähnen durch das offene Fasstürchen und kratzte mit seinen Pfoten auf den Fassdielen, war aber zu groß, um durch die Öffnung zu passen. Nach einer Weile zog er den Kopf zurück und das Knurren verstummte.

Da ertönte von draußen ein schneidend hämisches Lachen und er hörte den Geist seiner Frau sagen: „So ist es gut. Dann ruhe sanft! Das ist ein Grab, das du verdienst!"

Und damit war es still. Das Flackern der Kerzen wurde langsam schwächer und verlosch schließlich.

Moritz Motzkopf fühlte sich unfähig zu irgendeiner Bewegung oder zu einem Gedanken. Zudem benebelte der Alkohol ihn inzwischen fast völlig, und so war es nicht verwunderlich, dass er schließlich in seinem Fass einschlief.

Früh am nächsten Morgen betrat der Kellermeister Franz Klamm das Fasslager, eine Pumpe mit einigen Schläuchen und einen fahrbaren Filter hinter sich her ziehend. Er schloss die Pumpe an, zog den Holzspund aus dem Fass mit dem alten Gewürztraminer und versenkte einen

Schlauch tief darin. Dann verband er ihn mit dem Filter, setzte einen weiteren Schlauch an und steckte ihn von oben in das offene Spundloch des leeren Fasses.

Schließlich setzte er das Fasstürchen ein und verschloss es fest und sorgfältig mit dem großen Fassriegel. Nachdem er alles nochmals überprüft hatte, schaltete er die Pumpe ein, die mit lautem Geräusch zum Leben erwachte. Franz Klamm drehte sich um und verließ den Fassraum. Ein Beobachten des Pumpvorganges war nicht nötig, die Pumpe würde sich automatisch abschalten, wenn das eine Fass leer war, und das Fassungsvermögen der Fässer mit 2400 Litern war bis auf eine Genauigkeit von etwa 10 Litern konstant.

Moritz Motzkopfs Traum von diesem herrlichen 1989er Gewürztraminer Auslese war intensiv. Er schmeckte den Wein noch immer auf der Zunge und nun roch er ihn sogar wieder.

Aber mit einem Schlag war er hellwach. Es war dunkel um ihn und feucht, nein nass! Und es plätscherte. Und dieser betäubende Geruch nach Alkohol und Wein. Wie ein Hammerschlag traf ihn die Erkenntnis, wo er sich befand. Und sofort fing er an zu brüllen, so laut er konnte.

„Hilfe! Lasst mich raus hier! Um Gottes Willen! Das könnt ihr doch nicht tun! Ich will raus!"

Draußen dröhnte die Pumpe, und wenn man ganz genau hingehört hätte, hätte man vielleicht durch das Dröhnen hindurch Moritz Motzkopfs Faustschläge gegen die Fasswand vernehmen können und gedämpfte Schreie.

Aber da war niemand.

Leider.

Und so stieg der herrliche, intensiv aromatische Traminer im Fass höher und höher, Moritz Motzkopfs

Schreie wurden verzweifelter, und dann schluckte er von dem seltenen Wein, den er gar nicht wollte, so gerne er ihn gestern probiert hatte, nun wollte er ihn ganz und gar nicht trinken. Aber es half nichts. Sein Kopf, den er ganz in den Nacken gelegt hatte, um die letzte Luft der oberen Fasswölbung zu erhaschen, wurde überschwemmt und Wein drang in seinen Mund und in seine Lungen. Noch ein paar krampfhafte Zuckungen, dann war es vorbei.

Eine Stunde später kam Herr Klamm, um das Fass zu verschließen und sah die Bescherung. Ein erheblicher Teil der seltenen Gewürztraminer Auslese war übergelaufen, hatte nicht mehr in das neue Fass hineingepasst. Ärgerlich beschloss Herr Klamm, sich beim Fasshersteller über die mangelhafte Genauigkeit bei der Produktion zu beschweren, schließlich war nur eine Toleranz von 10 Litern vorgesehen. Achselzuckend umwickelte er den Holzspund mit einem sauberen Lappen und setzte ihn ein.

Als er den Raum verlassen wollte, um einen der Arbeiter zu beauftragen, den ausgelaufenen Wein aufzunehmen, knirschte es unter seinem Schuh. Er bückte sich und fand einen zerbrochenen Jackenknopf.

Den musste wohl gestern jemand bei der Führung verloren haben. Und nun war er leider kaputt. Folglich würde ihn sein Besitzer auch nicht mehr brauchen. Und so warf Franz Klamm den Jackenknopf achtlos in einen Mülleimer.

Es schepperte seltsam blechern, als würde jemand hämisch lachen.

BETTINA VON COSSEL

Chateau Margôt

Die gemütliche Weinstube, die Margot empfohlen hatte, wollte ich schon längst ausprobieren. Meine Freundin hatte nicht zu viel versprochen: Die Räume waren in hellem Holz eingerichtet, dazu rosafarbene Vorhänge und falsche Weinranken, die sich über die Balken wanden. Auch der *Forster Schnepfenflug*, den wir zu unserem Handkäs mit Musik bestellt hatten, schmeckte ausgezeichnet. Allerdings war ich nach einem Viertel Wein auf Wasser umgestiegen, während Margot eifrig weitergetrunken hatte. Als wir gegen Mitternacht aufbrachen, wankte sie und hatte noch dazu einen heftigen Schluckauf.

„Zu dumm", sagte sie und fischte ungeschickt ihren Autoschlüssel aus der Handtasche. „Ich glaube, ich kann nicht mehr fahren ... *Hicks!* ... Kannst du das übernehmen?"

„Gerne." Ich nahm ihr den Schlüsselbund aus der Hand und wandte mich in Richtung Parkplatz.

„Ich glaube, ich laufe das kurze Stück nach Wachenheim", lallte Margot. „Die frische Luft wird mir gut tun." Schon torkelte sie auf die Straße.

„Halt, halt, schön hiergeblieben." Ich eilte an ihre Seite und hakte sie resolut unter. „Du glaubst doch nicht im Ernst, dass ich dich in deinem Zustand die Weinstraße entlangspazieren lasse, noch dazu mitten in der Nacht."

„Doch", sagte sie bockig und riss sich los. „Ich bin eine erwachsene Frau ... *Hicks!* ... und kann meine eigenen Entscheidungen fällen."

Zum Glück kam mir in diesem Moment der Wirt zu Hilfe, der ebenfalls gerade den Heimweg antrat, und bugsierte sie rigoros auf den Rücksitz.

„Am besten, Sie verriegeln die beiden Hintertüren, Frau Brenner", riet er mir. „Sonst kommt Ihre Freundin unterwegs noch auf die Idee, aussteigen zu wollen."

Ich tat wie mir geheißen und fuhr los. Die Weinstraße lag wie ausgestorben da, sodass ich kräftig Gas geben konnte. Ich hatte es eilig, meine betrunkene Passagierin loszuwerden, die hinten Zeter und Mordio schrie und verzweifelt an den Türen rüttelte.

„Lass mich rauuuus!"

Ich dachte gar nicht daran und warf einen Blick auf den Tacho, der mittlerweile 120 km/h anzeigte. Es war Zeit, die Geschwindigkeit zu drosseln. Vor mir, gleich hinter dem Ortsschild, lag die Einfahrt zu Margots Besitz: ein wunderschönes Herrenhaus mit einigen Weinbergen, die sie an meinen Mann und mich verpachtet hatte. Wir wohnten direkt nebenan, die stolzen Besitzer eines frisch renovierten Nobelhotels mit Blick auf die Wachtenburg und hauseigenen Weinen, die weit über die Grenzen der Pfalz berühmt waren.

Zu meinem Entsetzen funktionierte die Bremse nicht. Verzweifelt trat ich aufs Bremspedal, während die Wachenheimer Fassaden bedrohlich auf mich zu kamen. Wenn nicht auf der Stelle ein Wunder geschah ...

Nun merkte auch Margot, was los war. Ihr „Oh Gott!" war das Letzte, an das ich mich erinnern konnte.

Ich wachte im Krankenhaus wieder auf, umgeben von Schläuchen und Überwachungsgeräten, neben mir eine adrett gekleidete Krankenschwester. Sie lächelte mir aufmunternd zu und wandte sich zum Arzt um.

„Frau Hermann ist wieder aufgewacht, Herr Doktor."

Erstaunt sah ich sie an. *Frau Hermann?* Verwechselten die mich etwa mit Margot?

„Gott sei Dank, dass Sie wieder bei uns sind, Frau Hermann", sagte auch der Arzt, der nun ebenfalls an mein Bett trat und mir besorgt in die Augen blickte. „Nach dem schrecklichen Unfall waren Sie fast drei Wochen lang im Koma."

„Hier muss ein Irrtum vorliegen, ich heiße nicht Hermann", korrigierte ich ihn. „Mein Name ist Lilly Brenner."

Er räusperte sich. „Es tut mir leid, Ihnen mitteilen zu müssen, dass Ihre Freundin bei dem Unfall ums Leben gekommen ist. Sie hatten Glück, weil Sie hinten saßen – obwohl wir auch Sie noch vor Ort reanimieren mussten. Ihre kleine Verwirrung ist völlig normal nach einigen Wochen im Koma, Frau Hermann. Keine Sorge, das gibt sich."

Ich war baff – *waren die hier alle völlig verrückt geworden?* – doch nachdem die freundliche Schwester mir einen Spiegel gebracht hatte, dämmerte mir die Wahrheit: Margot und ich waren bei diesem Unfall alle beide gestorben und während ihre Seele volltrunken in den Himmel geflattert war, hatte meine es sich in ihrem Körper gemütlich gemacht, der gerade reanimiert wurde. Jetzt war ich also Margot, während mein ehemaliges Ich auf dem Friedhof begraben lag. Sachen gibt's, die glaubt einem kein Mensch …

„Besuch für Sie, Frau Hermann", verkündete die Krankenschwester wenige Stunden später und zog sich diskret zurück.

Es war Daniel, mein Mann. Besser gesagt, mein Mann aus meinem früheren Leben als Lilly. Jetzt war er mein Nachbar und machte sicherlich einen Anstandsbesuch. Immerhin hatte seine Angetraute mir die Suppe eingebrockt, bei dem halsbrecherischen Tempo. Ich schluckte nervös, als er sich auf die Bettkante setzte, und wusste nicht, wie ich mich verhalten sollte. Sollte ich ihm verraten, dass ich eigentlich seine Frau war, oder würde er doch nur denken, ich hätte bei dem Unfall einen ordentlichen Schlag auf den Kopf gekriegt? Vorsichtshalber sagte ich erstmal nichts.

„Margot, Liebling, du glaubst nicht, welche Sorgen ich mir um dich gemacht habe." Zärtlich strich er mir durchs Haar, gefolgt von einem verstohlenen Kuss. „Nicht auszudenken, wenn ich dich verloren hätte!"

Wie bitte? Die beiden hatten etwas miteinander?

„Ich hatte dir doch eingeschärft, Lilly allein fahren zu lassen und auf keinen Fall in den Wagen zu steigen, nachdem ich die Bremsen durchtrennt hatte."

Fassungslos schnappte ich nach Luft.

„Du hast keine Schuld, Liebling, ich weiß", fuhr er fort. „Der Wirt hat dich einfach in den Wagen bugsiert, hat er mir gebeichtet. Hinterher hat's ihm leid getan, aber jetzt ist alles gut. Wir müssen bloß noch abwarten, bis die Trauerzeit vorbei ist, dann wirst du die neue Frau Brenner. Freust du dich?"

Ich nickte, mit Tränen in den Augen, die Daniel fälschlicherweise für Tränen der Rührung hielt. Ich konnte es kaum fassen: Die zwei Turteltauben hatten eiskalt meinen Tod geplant und während ich ahnungslos mit Margot in der Weinstube saß und *Forster Schnepfenflug* süffelte, hatte mein Göttergatte draußen die Bremsen manipuliert. Das würde er mir büßen und wenn Margot noch lebte, würde ich der gleich mit den Hals umdrehen!

Zwölf Monate später räkelte ich mich auf der Liege am Naturteich-Pool unseres Hotels, Margots braune Augen hinter einer Sonnenbrille verborgen. Meine eigenen

Augen waren veilchenblau gewesen, erinnerte ich mich wehmütig, aber immerhin hatte ich mittlerweile meinen Nachnamen wieder. Ohne viel Aufsehen hatten Daniel und ich uns im Ludwigshafener Standesamt das Jawort gegeben und unsere Besitztümer vereint. Seitdem lebten wir in dem prächtigen Herrenhaus, das Margot gehört hatte, und bauten unsere ehemalige Wohnung im Hotel zur Fürstensuite um. Mit Margots Weinbergen hatte Daniel hochtrabende Pläne. Die dort angebauten Trauben sollten zum besten Sekt aller Zeiten verarbeitet werden, eine Art pfälzischer Champagner, bei dessen Genuss es den bekanntesten Sommeliers die Sprache verschlagen würde. Selbst einen wohlklingenden Namen hatte Daniel sich bereits ausgedacht: *Chateau Margôt*, mit einem Circonflex auf dem O, französisch-edles Understatement.

Zufrieden sah ich um mich. Was für ein Sommer! Wenn man nicht wüsste, dass dies die Pfalz war, hätte man meinen können, an einem exotischen Ferienort zu sein. Mein Blick wanderte über die glatte, Schilf umrahmte Wasserfläche an das gegenüberliegende Ufer, wo ein feiner Nebel über dem Teich schwebte, das Resultat des Wasserfalls, der von einem schroffen, künstlich angelegten Felsen herabschoss. Im Prospekt würde sich das gut machen, hatte Daniel befunden. Außerdem sei das Projekt ideal für ein abschüssiges Gelände wie dieses, mit dem man sonst nicht viel anfangen konnte.

Der Landschaftsarchitekt, den Daniel mit der Gestaltung des Gartens beauftragte, hatte ganze Arbeit geleistet. Direkt am Haus lag der beliebte Swimming Pool, flankiert von eingetopften Palmen, Liegestühlen und der obligatorischen Bar. Der Naturteich-Pool befand sich unterhalb des Spazierweges über den Kunstfelsen, von dem der Wasserfall entsprang. Die Wassertiefe betrug an dieser Stelle sicherheitshalber drei Meter, falls jemand auf die Idee kommen sollte, direkt vom Weg einen Kopfsprung in den Teich zu machen.

Ich warf einen Blick auf meine Armbanduhr. Hier unten war es leer, wie meistens, denn die Hotelgäste bevorzugten das klare Wasser des blau gekachelten Swimming Pools. Naturtrübe Schwimmteiche waren nicht jedermanns Sache und um diese Zeit scharten sich sowieso alle zur Happy Hour um die Pool Bar. Daniel mit Sicherheit ebenfalls, schon allein wegen dieser Paris, einer aufgetakelten Blondine mit Fußkettchen, die für ein paar Tage Wohlfühlprogramm mit Beautytreatment und mehrgängigem Menü vom Sterne-Koch angereist war.

Klar, dass Blondie sich den Namen zugelegt hatte, um dieser Paris Hilton ähnlicher zu werden – überhaupt wirkte sie wie ein Klon der Dame, mit diesem affigen Hündchen im Arm, das täglich neue Diamanthalsbänder trug, jeweils passend zu den Jimmy Choos seiner Herrin.

„Na komm schon, heb's Beinchen, Chantal", schwebte ihre affektierte Stimme an mein Ohr, „dann darfst du wieder auf Mamis Arm."

Wenn man vom Teufel spricht! Ob sie Daniel nach dem Barbesuch auf seinem täglichen Spaziergang mit den Hunden begleitete?

Schon tauchte Paris' feingliedrige Silhouette auf dem Spazierweg über dem Wasserfall auf, dicht gefolgt von Daniel, der an der Felskante stehen blieb, die beiden Retriever an der Leine. *Meine* Retriever aus meinem vorherigen Leben, um genau zu sein. Die Hunde waren die Einzigen, die mich wiedererkannt hatten, neues Aussehen hin oder her. Sie waren glücklich bellend und schwanzwedelnd zum Wagen gestürmt, als Daniel mich aus dem Krankenhaus heim brachte, und ich hatte schon Angst, dass mich ihre unbändige Freude verraten könnte. Aber Daniel hegte keinen Verdacht.

„Schön, wie sie dich bereits in Herz geschlossen haben, Margot", sagte er. „Als ahnten sie, dass du ihre zukünftige Herrin bist."

Paris' Anblick machte mich nervös. Ihre blonde Eleganz war ganz Daniels Wellenlänge und ich fragte mich sowieso, was ihn eigentlich an Margot angezogen hatte. Die schwarze Mähne und die falschen roten Fingernägel konnten es schon mal nicht sein, er hatte nie viel für den zigeunerhaften Typ übrig gehabt. Jede Wette, dass er einzig und allein hinter dem Herrenhaus und den fantastischen Weinbergen her gewesen war und Margot früher oder später ebenso in den Tod schicken würde wie mich, die wohlhabende Exfrau. Von ihm stammte das Geld für das Nobelhotel nämlich nicht.

„Ach wie dumm, ich habe mein Handy an der Bar vergessen", flötete Paris und reichte Daniel die strassbesetzte Leine. „Wären Sie so lieb, einen Moment auf meine Chantal aufzupassen? Mami ist gleich wieder da, Mausilein!"

Schon schwebte sie zurück in Richtung Pool, verfolgt von den Blicken meines Mannes, der sie sicherlich am liebsten gleich dort auf dem Weg vernascht hätte.

Jetzt oder nie! Ich schnalzte leise mit der Zunge, was mir auf der Stelle die ungeteilte Aufmerksamkeit der Retriever einbrachte, und hob wie zufällig meinen Arm, als wollte ich mein Haar zurückwerfen. Ein Kommando, das sie nur allzu gut kannten. Mit einem Satz sprangen die beiden die zwei Meter von oben ins Wasser und schwammen zu mir hin. Daniel, der ihre Leinen gehalten hatte, wurde mit nach unten gerissen, bevor er losließ, und ebenso die arme Chantal mit ihrem Glitzerhalsbändchen. Immerhin konnte sie schwimmen, der kluge Hund, was man von Daniel nicht gerade behaupten konnte. Das Tosen des Wasserfalls und die stimmungsvolle Musik, die von der Bar herüberschwebte, übertönten seine Hilferufe und als Paris kurz darauf zurückkehrte, war unter der trüben Teichoberfläche nichts mehr von ihm zu sehen. Von mir übrigens auch nicht. Lediglich die drei Hunde, die nass und herrenlos am Ufer standen, ließen erahnen, welches Unglück sich hier abgespielt hatte.

Trotz des tragischen Todesfalls gingen wir schließlich doch alle zufrieden zu Bett. Die Hunde, weil sie ein Leckerchen bekommen hatten, Paris, weil sie ihren kleinen Kläffer heil und gesund zurückbekommen hatte, und ich, weil ich diesen Fiesling endlich losgeworden war. Sollte er mit Margot im Doppelgrab vermodern, die beiden hatten es nicht besser verdient.

Und *Chateau Margôt*? Warten Sie's ab. Dieses Jahr soll die Ernte ganz besonders gut ausfallen …

Sibylle Zimmermann

Am Meer

Seit ein paar Tagen geht Sandra immer am späten Nachmittag hinauf zur Bank auf dem Berg. Manchmal weht der Wind ihre Stimmen zu mir herunter und ich höre sie miteinander reden und lachen. Wenn sie dann zurückkommt, hat sie rote Wangen und ihre Augen leuchten wie früher. Und es ist, als hätte jemand die Zeit zurückgedreht und die letzten drei Jahre ausgelöscht.

Als wir noch eine Familie waren, keine glückliche, aber immerhin eine Familie, kamen wir jeden Sommer hierher. Mein Vater hatte eine kleine Firma, in der er Schilder herstellte, Türschilder, Firmenschilder, Werbeschilder, und so lange ich denken kann, lief sie schlecht. Wir hatten nie das Geld für Urlaub und so war *Liddl Toskana* ein Riesenglück für uns Städter. Meine Mutter hatte es geerbt, ein Grundstück im oberen Teil eines Weinbergs bei Deidesheim, von ihrem Onkel, der hatte es angeblich beim Zocken von einem Winzer gewonnen. Sie hatte den Onkel nicht gekannt, man erzählte sich, er sei ein ziemlicher Sonderling gewesen.

Ich weiß noch genau, wie wir es zum ersten Mal besichtigten. Meine Mutter, meine kleine Schwester Sandra und ich, ihr großer Bruder.

„Tommie!", schrie Sandra, die schon vorausgestürmt war, und zeigte auf eine Schildkröte im Garten, die offenbar hier lebte und an einem grünen Blatt zupfte. Es war ein heißer Tag, die Sonne schien den Boden zwischen den Reben festgebacken zu haben, Grillen zirpten und es lag eine Art Flirren in der Luft.

Das Grundstück war kein Bauland, der Onkel durfte nur ein Wochenendhäuschen drauf bauen. Das Häuschen hatte zwei angenehm große Zimmer, es gab ein Plumpsklo, vor dem Sandra am Anfang noch Angst hatte, eine Zisterne, die blubberte, wenn man den Hahn aufdrehte, und eine Terrasse mit tollem Blick ins Tal. Im Garten wuchs ein Mandelbaum und außerdem stand dort ein einzelner Weinstock. Wir lachten über den Weinstock, denn es schien uns absurd, inmitten von tausenden von Weinreben einen einzelnen hier im Garten zu pflanzen. Aber im ersten Herbst erkannten wir, dass der Onkel wohl ein Rebell gewesen sein musste, denn während am ganzen Weinberg Riesling angebaut wurde, trug der Stock im Garten rote Trauben und der Winzer, dem der Berg gehörte, erklärte uns schmunzelnd, es sei Blauer Portugieser. Am Eingangstor dieses kleinen Paradieses, das umgeben war von nichts als einem grüngestreiften Meer von Weinreben-Reihen, stand auf einem Brett mit dunkelroter Farbe *Liddl Toskana* im Pfälzer Dialekt des Onkels.

Bei unserer aufgeregten Entdeckungstour blieb meine Mutter die ganze Zeit stumm und ein bisschen blass, während wir Kinder jeden Winkel erkundeten. Schließlich setzten wir uns auf ein paar klapprige Stühle auf die Terrasse und sahen in die Ferne mit der Rheinebene.

„Seht ihr da hinten das Meer?", sagte meine Mutter mit einer großspurigen Bewegung ihres Armes und sah gelöst aus und glücklich. Nach einiger Zeit fügte sie mit einem trotzigen Ausdruck um den Mund hinzu: „Das wird nicht verkauft, das wird unser Urlaubsort für den Sommer. Schließlich ist es *mein* Erbe!"

Und während Sandra hopsend und jubelnd im Garten im Kreis lief und dabei die Arme wie ein Flieger ausbreitete, hatte ich Angst vor zuhause, vor der Auseinandersetzung und allem, und wie so oft wünschte ich mir, ich wäre stärker.

Seltsamerweise erinnere ich mich nicht mehr daran, was passierte, als sie es meinem Vater eröffnete. Er hatte immer zu uns gesagt: „Ihr braucht nicht in Urlaub zu fahren, ihr schafft nichts!", und außerdem hatte er mit dem Geld von dem Verkauf von *Liddl Toskana* schon gerechnet, auch wenn das Grundstück nicht viel wert war.

Ich bin mir sicher, es hatte viel Geschrei gegeben und Schlimmeres, aber vieles ist in meiner Erinnerung wie ausgelöscht.

Die Sommer waren toll. Sandra und ich legten zusammen und kauften eine Hängematte, in der wir abwechselnd alleine und zu zweit oder mit Rosalie, der Schildkröte, lagen. Wir gruben nach Amphoren, denn hier hatten früher einmal die Römer gesiedelt, und Sandra stellte alle möglichen alten Scherben im Garten aus, ging gemeinsam mit Rosalie oder einer ihrer Puppen die Reihe ab und prahlte von den archäologischen Abenteuern, die wir bestehen mussten, um an diese wertvollen Funde zu kommen.

Meine Mutter lag gerne im Liegestuhl, las herzzerreißende Romane und je nachdem, an welcher Stelle sie gerade war, weinte sie oder lächelte glücklich.

Mein Vater brachte uns immer zu Beginn unserer Sommerferien hin, hielt sich aber nur ein oder zwei Tage dort auf. Schon nach Kurzem ging ihm alles auf die Nerven, die Ruhe, die Hitze, das Gezirpe, er verteilte Ohrfeigen und schrie meine Mutter an, bis er schließlich fluchend abfuhr.

Dann begann unsere Freiheit.

An einem dieser Tage zu Ferienbeginn, als mein Vater noch da war, es war unser viertes Jahr in *Liddl Toskana*, Sandra war bereits zwölf und ich gerade vierzehn geworden, hörte ich eines Nachts ein Geräusch draußen im Garten. Der Weinberg war nachts immer totenstill, daher war ich sofort hellwach. Ich setzte mich im Bett auf und versuchte, mit den Ohren die Dunkelheit zu durchdringen. Ich hörte nichts außer dem tiefen Atem Sandras, die im Bett an der Wand rechts von mir lag. Aber ich war mir sicher, dass es ein Geräusch draußen war, das mich aufgeweckt hatte, daher stand ich leise auf und schlich mich ans Fenster. Ich schaute vorsichtig hinaus. Es war nichts zu sehen. Da war es wieder: ein lautes Scharren! Es kam von der Seite des Hauses. Ich öffnete leise die Tür zum Wohnzimmer, in dem meine Eltern schliefen, und wollte meine Mutter wecken. Sie schlief tief, aber der Platz neben ihr war leer.

Ich ging auf Zehenspitzen am Bett vorbei zum Fenster, von dem aus man auf die Seite des Hauses sah, und blickte hinaus. Da sah ich ihn. Er stand neben dem Rebstock und grub mit der Schaufel ein Loch. Er prüfte mehrmals, ob es tief genug war, indem er ein Bündel zur Probe hineinlegte, und grub noch eine Weile weiter, bis es passte. Er drückte das Bündel, es war ein dunkler Packen, etwa so groß wie die Handtasche meiner Mutter, hinein und schaufelte das Loch wieder zu. Danach gab er sich viel Mühe, die vorher abgestochene Grasnarbe wieder so drauf zu legen, dass man nichts sah. Als er fertig war, richtete er sich auf und ich machte, dass ich zurück ins Schlafzimmer kam. Ich legte mich schnell ins Bett und während ich Sandras wie immer leicht röchelndem Schlafatem zuhörte, nahm ich mir vor, bald nachzusehen, was er da vergraben hatte.

Es war der letzte Sommer, in dem wir wenigstens annähernd glücklich waren, der letzte, in dem Sandra lächelte und oft sogar ausgelassen lachte.

Mein Vater fuhr wieder nach Hause nach Mannheim, wo er gerade dabei war, bankrott zu gehen, wovon wir aber in unserem kleinen Toskana-Paradies nichts wussten. Sandra spielte nicht mehr mit ihren Puppen, sondern las irgendwelche unsinnigen Bücher, die sie ebenso weinen und seufzen ließen, wie die, die meine Mutter las. Meine Mutter war in diesem Sommer wunderschön. Sie hatte ihre lockigen Haare meist hochgesteckt und in ihren luftigen Sommerkleidern sah sie aus wie ein junges Mädchen. Sie war von Beruf Floristin und es umgab sie immer ein zarter Blumenduft, egal wo sie war, ob sie gerade von der Arbeit kam, in der Küche stand oder mit uns im Weinberg war, manchmal war er stärker, manchmal nur schwach, aber er war immer da, dieser Duft nach Blumen.

Hin und wieder ging sie hinunter ins Dorf und kaufte ein paar Pflanzen und Utensilien im kleinen Blumenladen und danach verbrachte sie Tage damit, neue floristische Kreationen zu erfinden. Sie war dann ganz in sich versunken und summte froh vor sich hin. Ich möchte meine Mutter immer so im Gedächtnis behalten. Es entstand dann zum Beispiel ein Gesteck, das hieß *Mildes Lächeln* mit vielen Wicken oder ein anderes, das sie *Heiterer Sommertag* nannte und wieder ein anderes, ein Kranz mit viel Lorbeer und einer stolzen Rose, es hieß *Kleiner Triumph*. Wir mussten über den *Kleinen Triumph* viel lachen, denn Sandra setzte sich den Kranz aufs Haupt und stolzierte damit im Stechschritt durch den Garten.

Abends, wenn die Sonne schräg am Himmel stand, gingen die beiden hinter dem Grundstück einen kleinen Pfad hinauf, der bis zur Kuppe des Weinberges führte.

Oben stand eine Bank. Sandra und meine Mutter saßen da, genossen den Ausblick „aufs Meer" und die leichte Brise, die nun wehte und für ein bisschen Abkühlung sorgte. Ich hörte sie reden und lachen, wahrscheinlich erzählten sie sich Episoden aus ihren Liebesromanen.

Ich sparte mir den Schatz meines Vaters wie eine besondere Süßigkeit auf bis zuletzt und vergnügte mich damit, jede Nacht vor dem Einschlafen zu spekulieren, was wohl in dem Bündel war. Und zog den Genuss so in die Länge.

Aber in jenem Sommer kam ich nicht mehr dazu, das Geheimnis zu lüften. An einem Nachmittag kämpfte ich mich nach dem Einkaufen im Dorf mit dem Rucksack auf dem Rücken zwischen den Reben hinauf, als ich schon von weitem sein Geschrei hörte. Er war eine Woche zu früh und die Lautstärke seines Gebrülls verhieß nichts Gutes.

Er war gekommen, weil seine Firma endgültig bankrott war, aus und vorbei, dicht gemacht und Schluss. Und da konnte er wohl den Gedanken nicht ertragen, dass seine nichtsnutzige Familie das Leben im Weinberg genoss. Er roch nach Schnaps und hatte diesen glasigen Blick, mit dem er immer knapp an einem vorbeisah.

Er holte uns heim und es begannen Wochen mit Gebrüll, Ausrasten und Schlägen. Meine Mutter konnte öfter nicht zur Arbeit gehen, weil sie schlimm aussah im Gesicht. Wenn ich an diese Wochen denke, kann ich mich an keinen einzelnen Streit erinnern, es ist mehr diese unglaubliche Spannung, an die ich mich erinnere, dieses Gefühl, zu explodieren. Ich saß in der Schule, äußerlich ruhig auf dem Stuhl, und fühlte es tief drin, im Bauch und in der Brust, wie sich etwas ausbreitete und ich dachte, es zerreißt mich, gleich zerreißt es mich!

Dann kam jene Nacht, in der er meine Mutter und mich beim Lachen erwischte. Ich hatte nicht schlafen können, wie so oft, und war ins Wohnzimmer gegangen und hatte mich neben sie vor den Fernseher gesetzt. Ich weiß nicht einmal mehr, was lief. Ich weiß nicht einmal mehr, worüber wir lachten. Irgendetwas Harmloses!

Jedenfalls stand er plötzlich in der Tür. Er war aus der Kneipe zurückgekehrt und wir hatten ihn nicht gehört. Er brüllte uns an: „So, was gibt's denn zu lachen, was gibt's denn da sich lustig zu machen!", und stolperte direkt auf mich zu. Ich stand auf, wollte ihn zurückdrängen, aber er gab mir einen kräftigen Stoß, der mich zurück aufs Sofa warf. Meine Mutter sprang auf und schrie: „Dieter!", und er drehte sich mit irrem Blick zu ihr um und obwohl er im betrunkenen Zustand alles andere als gut koordiniert war, schaffte er es, mit einem weit ausholenden Schlenkern seines rechten Armes, den kiloschweren Aschenbecher zu fassen zu kriegen, den aus rotem Muranoglas, den meine Mutter von einer Kollegin geschenkt bekommen hatte und den sie so schön fand.

Seit jenem Abend trainierte ich täglich. Nicht dass ich ihr damit noch irgendwie hätte helfen können, aber ich wusste, es würde mir helfen und Sandra. Und nein, wenn ich es recht bedenke, war ich überzeugt, dass es auch ihr helfen würde, meiner Mutter, wo auch immer sie jetzt war.

Als es geschah, war ich nicht stark genug, aber ich war mir sicher, ganz sicher, der Tag würde kommen und dieses Mal würde ich stark genug sein.

Seit es passiert war, hatte ich Sandra nicht mehr lächeln sehen. Wir machten weiter, aber es war, als wären die Düfte, die Musik, die Farbe aus unserem Leben verschwunden. Es fühlte sich alles stumpf an. Stumpf und taub.

Wir kamen zu Pflegeeltern, Renate und Bernd, wir hatten Glück, wer nimmt schon gerne Halbwüchsige und dann auch gleich zwei. Sie waren nett und hatten viel Verständnis und sie ließen uns jeden Sommer unseren Urlaub in *Liddl Toskana* verbringen. Es schien uns beiden, ohne dass wir darüber sprachen, das einzig Richtige zu sein.

Gleich im ersten Sommer grub ich unter dem Rebstock und förderte das Bündel zutage. Es war richtig viel Geld, mehrmals in Plastikfolie eingewickelt. Meinem Vater war es also gelungen, vor seinem Bankrott noch so einiges zur Seite zu schaffen.

Ich sprach mit Sandra darüber, sie war schon erwachsen genug, und wir beschlossen, es zu behalten und an einer anderen Stelle auf dem Grundstück wieder einzugraben. Natürlich wussten wir beide, was das bedeutete, welcher Gefahr wir uns damit aussetzten. Mein Vater war sofort abgehauen, er wurde gesucht, war aber spurlos verschwunden. Wir wussten beide, dass das Bündel ein Grund für ihn sein würde, hier aufzutauchen.

Ich wartete und trainierte. In der Nähe unserer neuen Wohnung bei Renate und Bernd gab es ein kleines Fitnessstudio und ich ging jeden Tag hin. Drei Jahre lang.

Und schließlich kam der Sommer, als ich gleich bei der Ankunft sah, dass jemand am Fuße des Weinstocks gegraben hatte. Sandra, die gerade mit zwei Taschen beladen, vom Aufstieg keuchend neben mir her ging, blieb stehen und stocherte kurz mit der Schuhspitze in der frisch aufgeworfenen Erde. Dann ging sie wortlos ins Haus. Ich blieb stehen und besah mir die Stelle genauer. Dieses Mal hatte er sich nicht die Mühe gemacht, die

Grasnarbe erst auszustechen und hinterher wieder fein säuberlich drüber zu legen. Ich folgte Sandra ins Haus. Sie war im hinteren Zimmer, das nun ihres war, ich schlief immer im Wohnzimmer.

Sie lud gerade ihre Taschen ab.

„Du solltest nicht bleiben", sagte ich zu ihr.

Sie kaute auf ihrer Unterlippe, wie immer, wenn sie nachdachte, dann sagte sie: „Aber wollten wir nicht unsere Sommerferien hier verbringen?", und sah mir mit festem Blick in die Augen.

Die Tage waren wie geschmolzenes Blei.

Ich hatte eine Spitzhacke innen neben die Haustür gestellt. Für alle Fälle.

Sandra hatte viel Stoff zum Lernen für die Schule dabei, aber meist saß sie versonnen am Tisch auf unserer Terrasse und sah hinunter ins Tal. Manchmal dachte ich daran, wie meine Mutter gesagt hatte: „Ist er nicht herrlich, der Blick? Man sieht bis zum Meer!"

Als er schließlich kam, war es eine mondhelle Nacht. Warum er sich ausgerechnet eine dermaßen helle Nacht ausgesucht hat, weiß ich nicht. Er wird das Geld wirklich gebraucht haben.

Ich wachte auf von seinen leisen Schritten draußen.

Ich schlich mich wie damals auf Zehenspitzen ans Fenster. Er stand schräg gegenüber beim Mandelbaum und sah zum Haus. Er stand da wie erstarrt und schien zu überlegen.

Ich spürte plötzlich eine große Ruhe in mir.

Draußen regte sich nichts, kein noch so kleines Lüftchen ließ die Blätter des Mandelbaums rascheln, kein Tier schien unterwegs zu sein. Der gleißende Mondschein, der im Garten lange Schatten warf. Und diese unglaubliche Ruhe. Es war ein vollkommener Augenblick.

Ob er sich in diesem Moment einen Plan zurecht-
legte? Ob er schon mit einem Plan gekommen war und
jetzt nur noch zögerte, ein letztes Innehalten, bevor er
zuschlug?

Ob er nur vorhatte, mich mit vorgehaltener Pistole zu
zwingen, das Versteck preiszugeben oder ob er uns er-
schießen wollte?

Denn eine Pistole hatte er dabei.

Aber sie war nicht nötig, kein Abzug musste gedrückt
werden, keine Kugel musste irgendeinen Körper durch-
schlagen.

Wir bewegten uns synchron auf die Tür zu. Er draußen, ich drinnen.

Drei Jahre Training und die Spitzhacke und kaum
war er eingetreten, sank er mit einem kleinen Seufzer zu
Boden.

Am nächsten Tag ging ich früh hinunter ins Dorf
und kaufte Blumendraht und Lorbeer und eine stolze
Rose. Und obwohl es heiß war, heißer als sonst, schien
ein kleines Lüftchen zu wehen, während ich mehr
schlecht als recht unter Sandras stummen Blicken den
Kleinen Triumph meiner Mutter nachbaute und das Gebilde schließlich zu Füßen des Weinstocks niederlegte,
wo jetzt gerade ziemlich viel frisch aufgeworfene Erde
war (aber nicht mehr lange, denn ich hatte schon Rasen
gesät).

Seit der Kranz da liegt, ist das Lächeln in Sandras Wesen
zurückgekehrt.

Und immer nachmittags, wenn die Sonne schräg
steht und ein kleines Lüftchen ein bisschen Abkühlung
bringt, geht sie den schmalen Pfad hinter dem Haus hinauf auf den Berg. Oben sitzt sie dann auf der Bank und
manchmal wehen Stimmen und Lachen zu mir herunter.

Wenn sie zurückkommt ist sie ganz gelöst, ihre Augen strahlen wie früher und ein zarter Duft nach Blumen begleitet sie.

Antje Fries

Kräftig im Abgang

Spare in der Zeit, dann hast du in der Not. Ja, ich bin sparsam erzogen worden. Nicht, dass ich Not leiden würde, aber ich kann kaum etwas wegwerfen. Schon gar keine Lebensmittel. Manchmal geht sowas aber auch schief, das weiß ich jetzt. Obwohl ich letzten Endes dadurch noch mehr spare. Den Lebensunterhalt für zwei komplette Brüder sozusagen.

Dabei war das gar keine Absicht, ich schwöre! Ich werde mich gut um mein Erbe kümmern. Besonders intensiv um den einen Weinberg, der so schön in einer Senke liegt und dessen Ertrag mich in den kommenden Jahren mit einem hoffentlich gehaltvollen Riesling belohnen wird.

Ich bin Jutta März. Meine Brüder Karl-Peter und Hans-Walter riefen mich seinerzeit immer „Juddaaa!", weshalb ich meinen Vornamen nicht sonderlich mag. Immerhin haben unsere Eltern davon abgesehen, ihrer Jüngsten auch einen dieser fürchterlichen Doppelnamen zu verpassen. Vielleicht war ich ihnen das aber auch gar nicht wert. Ich weiß es nicht und werde es auch nie erfahren, denn sie sind längst gestorben. Meine Brüder sind deutlich älter als ich, beide Winzermeister, beide unverheiratet. Da ich schon immer im Betrieb mitarbeiten musste und sogar Spaß daran hatte, hätte ich zu gern auch die Ausbildung zum Winzer gemacht, aber Mädchen machen sowas nicht, hatte unser Vater seinerzeit befunden. So absolvierte ich die Hauswirtschaftsschule, ging der Mutter zur Hand und half immer dann im Keller oder Weinberg, wenn einer der Männer auf dem Hof frühmorgens „Juddaaa!" brüllte.

Auch ich blieb unverheiratet. Es hätte mir gar nicht einmal an Bewerbern gemangelt, doch was hätte es mir gebracht, vom einen Fronbetrieb in den anderen zu wechseln? Ich richtete mich ein auf dem elterlichen Hof, übernahm nach dem Tod der Mutter den kompletten Haushalt und schuf mir da durchaus meine Nischen. Meine Konfitüren aus Obst aus eigenem Anbau werden mir auf jedem Herbstmarkt der Landfrauen geradezu aus der Hand gerissen und meine Gemüsekonserven finden Jahr für Jahr begeisterte Abnehmer. Unübertroffen ist auch mein Weingelee. Und haben Sie schon einmal meine Riesling-Bonbons probiert?

Als auch der Vater gestorben war, unternahm ich einen erneuten Versuch, das Winzerhandwerk endlich lernen zu dürfen. Vielleicht war ich zu zaghaft und nicht ausdauernd genug, jedenfalls waren Karl-Peter und Hans-Walter empört und verboten es mir. Heute denke ich manchmal, wieso ich mir das damals habe gefallen lassen. Wie können einem die eigenen Brüder etwas verbieten? Immerhin waren sie haushaltstechnisch völlig von mir abhängig und eine so billige Arbeitskraft hätten sie auch niemals wieder bekommen. Wie auch immer, ich ließ mich einschüchtern und blieb, was ich war. Das ging im Prinzip jahrelang gut. Nur gelegentlich reizte mich die eine oder andere Aufgabe so sehr, dass ich es wagte, mich gegen meine Brüder aufzulehnen.

Im vergangenen November schallte an einem nebligen Morgen wieder einmal das energische „Juddaaa!" Karl-Peters durch den Betrieb. Ich belud gerade die Waschmaschine mit zahlreichen, hauptsächlich olivgrünen und erdbraunen, Kleidungsstücken meiner Brüder, blickte aber dennoch aus der Tür der Waschküche hinaus auf den Hof.

„Ich fahr' in den Seemersgrund, die alten Morio-Reben roden. Wo sind meine Handschuhe?", wollte mein ältester Bruder wissen.

„Keine Ahnung, hab sie nicht gesehen!", gab ich zurück. Roden, schoss es mir durch den Kopf. Tolle Arbeit! Man zerstört zwar alte Rebstöcke, aber man pflanzt ja schließlich danach auch wieder neue. Das Faszinierendste an dieser Arbeit aber war für mich, dass man nicht vorsichtig Blätter ausbrechen, umständlich Triebe anheften oder akribisch genau einzelne Trauben aussortieren musste, sondern mit roher Gewalt ebenso sinnvolle wie deutlich sichtbare Erfolge vorweisen konnte.

„Kann ich mit?", fragte ich deshalb auch gleich.

„Hä, wieso? Hast du nix im Haus zu tun?", kam es zurück.

„Doch, aber das schaffe ich schon noch."

„Pah, nein, das mach' ich lieber allein. Kannst ja heute Abend da spazieren gehen, wenn du den Wingert unbedingt sehen willst."

Dann drehte sich Karl-Peter um, ließ mich stehen und schwang sich ohne seine Handschuhe auf den Traktor, der die ganze Zeit über leise knatternd neben dem Hoftor gewartet hatte.

Den ganzen Tag über brummte ich wütend vor mich hin. Selten hatte ich die Wäsche mit mehr Wucht in die Trommel gefeuert, selten hatte ich kräftiger an üblen Flecken geschrubbt, selten hatten die Teller lauter geklappert, als ich schließlich abends den Tisch deckte. Staubig und verschwitzt kamen meine Brüder irgendwann zur Tür herein und ließen sich so, wie sie waren, am Esstisch fallen. Noch nie hatte ich mich getraut, sie zu fragen, ob sie sich nicht vorher wenigstens die Hände waschen könnten. Warum also heute?

Ich servierte einen kräftigen Eintopf und danach Bohnensalat mit Speck, den Karl-Peter gierig in sich hinein schaufelte. Hätte ich seinen Wein so getrunken, hätte ich Ärger bekommen. Aber da gab es ja sicher auch einen großen Unterschied zwischen edlem Wein und schnödem Bohnensalat, für den ich bloß monatelang gegraben, gehackt, gejätet, geerntet und eingemacht hatte ...

Später fläzten sich die beiden im Wohnzimmer vor den Fernseher. Obwohl ich noch in der Küche zu tun hatte, wusste ich bereits, wie es bei ihnen aussah: Die dicken Erdbrocken aus ihren Arbeitsstiefeln würden mittlerweile trocken genug sein und beim Abstreifen der Stiefel vor dem Sofa auf den Teppich gefallen sein. Wie beinahe jeden Abend.

Doch statt mich zu ärgern, meldete ich mich ab und machte den von meinem Bruder morgens vorgeschlagenen Spaziergang zum Weinberg. Ein scharfer, eisiger Wind wehte mir um die Nase, als ich begutachtete, was Karl-Peter den Tag über geleistet hatte: Alle Pfosten und Drähte waren schon verschwunden, lagen wahrscheinlich gestapelt bzw. aufgerollt auf dem Hänger in der Maschinenhalle, und gut die Hälfte der Rebstöcke war bereits herausgerissen worden und lag kreuz und quer auf dem Areal herum. Am Folgetag müsste er nur noch den Rest ausreißen, aufladen und abtransportieren. Das wäre es dann gewesen mit dem altehrwürdigen Morio-Muskat, den der Vater immer besonders gern getrunken hatte. Aber Karl-Peter plante hier Riesling zu setzen, eine gute Entscheidung, denn trockene Weiße gingen seit Jahren besser als alle anderen Weine und würden immer eine sichere Bank bleiben.

Als ich nach Hause kam, werkelte Hans-Walter im Geräteschuppen neben der Waschküche herum und rief mir zu: „Juddaaa, geh mal nach dem Karl-Peter gucken, der liegt im Wohnzimmer und dem gehts nicht gut!" Ich sah also nach dem großen Bruder, und wirklich, er lag gekrümmt auf dem Sofa und hielt sich den Bauch. Er klagte matt über Magenschmerzen und Übelkeit. „Und schlucken kann ich auch nicht gut", jammerte er.

Zwei Stunden später, den Kamillentee hatte er nicht angerührt, behauptete Karl-Peter, er sehe mich doppelt. Das fand ich gar nicht komisch, aber er ließ sich nicht davon abbringen. Er fühle sich wie gelähmt, meinte er noch, bevor er auf den Polstern einnickte und dort die Nacht verbrachte. Ich fragte mich derweil, ob sein Zustand etwas mit meinem Essen zu tun haben könnte: Ich hatte mal gelesen, dass sich in eiweißhaltigem Gemüse, zu dem meine Bohnen eindeutig zählten, das Bakterium Clostridium Botulinum bestens entwickeln könne. Es brauche nicht einmal Sauerstoff, um sich zu vermehren. Bereits kleinste Mengen des verdorbenen Lebensmittels seien giftig und lösten nicht nur Magen- und Schluckbeschwerden aus, sondern auch Lähmungserscheinungen und Augenprobleme, die sich meist als Doppeltsehen äußerten. Innerhalb weniger Stunden könne der Tod eintreten, spüle man nicht umgehend den Magen, gebe muskelentspannende Mittel und sorge für eine Notfall-Beatmung.

Bei jener Vermehrung bildeten sich übrigens Gase, weshalb man verseuchte Konserven oft am gewölbten Deckel erkennen könne. Ja, merkwürdig, ein klein wenig gewölbt war mir der Schraubdeckel des Bohnenglases tatsächlich erschienen ...

Am Morgen bat mich Karl-Peter doch wirklich, mit ihm in den Weinberg zu fahren und nach seinen Anweisungen mit dem Roden fortzufahren. Hans-Walter war

schon in aller Frühe mit dem Lieferwagen ins Ruhrge-
biet aufgebrochen: Wein ausfahren zählt zu den dring-
lichen Geschäften eines Winzers in der Vorweihnachts-
zeit, so konnte er die mehrtägige Tour nicht verschieben.
Da griff man dann in der Not auf die kleine Schwester
zurück. Ächzend schleppte sich Karl-Peter also zum
Traktor und startete ihn. Ich fragte, ob nicht lieber ich
steuern solle, doch das lehnte er ab: „Du? Den Bulldogg
fahren? Wie soll das denn gehen!" Trotz seiner Schmerzen und Mattigkeit grinste er mich breit an. Dabei war
ich durchaus in der Lage, einen Traktor zu steuern. Das
hatte mir damals ein polnischer Saisonarbeiter beige-
bracht, wenn ich ihm und seinen Kollegen im Weinberg
zur Hand gehen musste und der Vater und die Brüder
anderswo arbeiteten. Mühelos hätte ich auch dieses neu-
ere, wuchtigere Modell manövriert. Mühelos und mit
größtem Vergnügen! Aber Karl-Peter ließ sich die Herrschaft über die Maschine nicht nehmen und fuhr uns in
die Senke, in der der Morio-Weinberg seinem Ende ent-
gegensah. Kaum angekommen, rutschte er aus dem Sitz
bis auf den Boden, hielt sich gekrümmt an der Deich-
sel fest und wollte mir erste Anweisungen geben. „Du
musst ...", begann er.

„Ich würde ja da drüben anfangen", sagte ich und
zeigte auf die äußerste Rebzeile unterhalb einer alten
Bruchsteinmauer, die den Abhang stützte.

„Blödsinn!", brummte er. Ich kletterte trotzdem auf
den Traktor und besah mir die Lage von oben. „Komm
sofort da runter!", bellte mein Bruder mich an. „Du
hast da auf dem Traktor nix zu suchen! Fahren kannst
du ja eh' nicht!" Könnte sein, schoss es mir durch den
Kopf, und wie um das zu beweisen, legte ich den
Rückwärtsgang ein und fuhr meinen großen Bruder
Karl-Peter März einfach zu Brei. Fünfmal zurück, vier-

mal vor. Dann, so fand ich, war er matschig genug, damit die Rotte der sich oft hier herumtreibenden Wildschweine seine Witterung aufnehmen und ihn mit Haut und Haar und allem Drum und Dran vernaschen konnten. Das würde sicher zwei, drei Nächte dauern, aber so lange wäre mein anderer Bruder ohnehin auf Reisen und niemand außer mir im Weinberg. Kraftvoll machte ich mich an die Arbeit, nicht ohne gelegentlich zu den Überresten des Winzers hinüberzublicken, für die sich schon jetzt, am helllichten Tage, die ersten Vögel interessierten. Ich kam gut voran mit dem Roden.

Mein Großvater hatte mich seinerzeit in allerlei Geheimnisse der Jägerei eingeweiht, obwohl es sich für mich als Mädchen natürlich verbot, genauer in die Materie einzutauchen. Das war den männlichen Mitgliedern der Familie März vorbehalten. Ich wusste aber, dass Wildschweine es schaffen, in einer oder zwei Nächten ratzeputz ordentlich aufzuräumen, und daher war ich überzeugt, dass von Karl-Peter auch nicht das kleinste bisschen übrig geblieben war, als ich zwei Tage später wieder im Morio-Weinberg nachsehen fuhr. Zur Sicherheit untersuchte ich die Stelle auf dem geschotterten Weg noch einmal genau und schippte an einigen Stellen etwas Erde über die Steine, damit nur ja niemand auf die Idee kommen könnte, hier etwas sehen zu wollen. Aber wer sollte hier schon hinkommen? Niemand außer meinem Bruder Hans-Walter. Der tauchte gegen Mittag im Wingert auf und rief: „Was machst du da?"

„Na, roden, was sonst?", rief ich zurück. Er warf die Tür des Transporters zu, lief zu mir und schwang sich hoch auf den Traktor, bis er mir auf wenige Zentimeter nahe gekommen war. „Wieso fährst du hier rum? Wo ist der Karl?"

„Der ist weg."

„Wie – weg?"

„Keine Ahnung. Der war einfach weg, hat nichts mehr gesagt. Dem war nicht gut und deshalb sollte ich ihm beim Roden helfen. Tja, und dann war er plötzlich weg und ich hab die ganze Arbeit allein am Hals gehabt."

„Das gibts doch nicht!", regte Hans-Walter sich auf. „Sofort kommst du vom Bulldogg runter, du kannst das doch gar nicht!"

„Was? Mache ich die Arbeit etwa nicht ordentlich? Guck's dir an, ich kann das genauso wie ihr Männer. Kannst mich ruhig mal loben!"

„Pah!", brummte Hans-Walter und drehte mir den Zündschlüssel um. Der Motor des Traktors rumpelte noch zweimal kurz, dann gab er Ruhe und ich hörte umso deutlicher, was mein Bruder mir sagte: „Scher dich fort, Juddaaa! Weiber haben nix auf den Maschinen zu tun. Sorg lieber für ein gescheites Mittagessen, wenn ich gleich heimkomm!"

Diesmal, ich gestehe es, war ein ganz klein wenig Absicht dabei: Als ich wutschnaubend mit dem Transporter bis nach Hause gefahren war, während mein Bruder weiter Reben entwurzelte, marschierte ich direkt in den Vorratskeller. Ganz hinten im Regal standen noch Gläser aus grauer Vorzeit. Es war wohl nicht mehr unsere Mutter gewesen, die sie gefüllt hatte, aber ich konnte mich auch schon nicht mehr richtig daran erinnern, dass ich ihren Inhalt zubereitet hatte. Ich fand ein großes Glas mit hausgemachter Leberwurst, dessen Schraubdeckel sich deutlich wölbte. Normalerweise hätte ich es sofort ausgemustert. Aber warum eigentlich? Sie würde ihn

noch ein letztes Mal so richtig satt machen, die Leberwurst aus dem Glas.

Übel gelaunt trampelte Hans-Walter mittags in die
Küche und ließ sich geräuschvoll auf seinen Stuhl fallen. „Ich fass' es immer noch nicht", sagte er, „dass du
glaubst, du könntest mal eben so im Wingert schaffen!"

„Ja, aber, wenn der Karl-Peter doch nicht da war!",
versuchte ich mich zu rechtfertigen.

„Lass' einfach die Finger davon, kapiert!", schnauzte
er mich an.

Na gut. „Nimm' dir von der hausgemachten Leberwurst. Viel Eiweiß, das gibt viel Kraft."

„Leberwurst! Wie die Mutter früher!"

Beinahe hätte Hans-Walter mich angelächelt. Er
schlang seine Mahlzeit herunter, als bekäme er danach
nie wieder etwas. Das aber konnte er ja gar nicht wissen,
glaube ich.

Nachdem er zweimal kräftig gerülpst und sich einen
doppelten Trester hinter die Binde gekippt hatte, zog
Hans-Walter den Stuhl seines großen Bruders näher heran, legte seine Beine bequem hoch und fragte: „Und er
hat nix gesagt, wo er hin ist, der Karl?"

„Mir nicht", brummte ich und machte mir weiter an
der Spüle zu schaffen.

„Geh fort! Da stimmt doch was nicht! Juddaaa, guck
mich mal an!"

Damit hatten meine Brüder mich schon immer gekriegt: Ich konnte sie im Ernstfall nicht ansehen, ohne
deutlich zu zeigen, wenn ich gelogen hatte. Auch diesmal merkte ich, dass Hans-Walter mir kein Wort glaubte
und mir der Schweiß aus allen Poren trat.

„Wo steckt der wirklich?"

„Das willst du gar nicht wissen."

„Doch, natürlich. Weißt du etwa was?"

„Könnte sein. Ich bring' dich hin. Aber erstmal spüle ich hier fertig."

Damit gab er sich glücklicherweise sofort zufrieden, da ihn sowieso die gerade im Fernsehen beginnenden Nachrichten ablenkten.

Und dann wartete ich einfach noch ein paar Stunden, bis die giftigen Bakterien auch meinem zweiten Bruder nach mehrstündiger und überaus erbärmlicher Leidensphase das Lebenslicht ausgeblasen hatten, schleifte ihn auf die Ladefläche des Transporters und fuhr ihn zu unserem großen Bruder in den Weinberg – wie versprochen.

Ich hatte tiefe Furchen ziehen müssen, um alle Reben aus dem Boden zu bekommen. Gute achtzig Zentimeter tief klaffte der Boden an manchen Stellen auf. Das würde reichen, das wusste ich vom Großvater, dass weder die Wildschweine noch der Fuchs ihm etwas anhaben konnten. Denn nochmal wollte ich mir die Fahrt mit dem Traktor nicht zumuten. Beim ersten Mal hatte mich allein die Wut dazu gebracht, den rotbunten Brei problemlos hinzunehmen. Nun aber hatte ich bereits einige Stunden zugesehen, wie Hans-Walter sich bis zum Ende quälte, da reichte es, ihn schlicht in die tiefste Furche zu befördern und genug Erde darüber zu verteilen. Nur selten kam jemand außer uns in diesen Weinberg, also würde es auch niemand merken, dass irgendwo mitten im Gelände eine der Furchen auf einer Länge von mehreren Metern zugeschüttet war.

An den Folgetagen grubberte und eggte ich den ehemaligen Morio-Wingert ganz vorsichtig und aufs Allerfeinste, um ihn den Winter über ruhen lassen zu können. Meine Brüder meldete ich nach drei Tagen vermisst, nachdem auch der Briefträger schon nach ihnen gefragt hatte. Ich hatte absolut keine Ahnung, wohin die beiden sich plötzlich abgesetzt haben mochten, und unser Dorfpolizist, der die Anzeige aufnahm, bedauerte mich ehrlich. Schließlich war er mit Karl-Peter und Hans-Walter in der Jagdgenossenschaft gewesen.

„Wenn du Hilfe brauchst, sag Bescheid!", bot er mir an. „Das können die doch nicht machen, einfach abhauen und dich mit dem Betrieb hier sitzen lassen!"

„Ich versteh' das ja auch nicht!", seufzte ich und hoffte, er würde mich jetzt nicht zu genau ansehen.

„Es wird alles seinen amtlichen Gang gehen", bereitete der Polizist mich vor. „Aber mach' dir keine Sorgen, wir werden dich nicht großartig belästigen, wir müssen halt nur sicherstellen, dass kein Gewaltverbrechen oder sowas vorliegt."

„Gewaltverbrechen?" Ich musste schlucken.

„Könnte doch sein, dass irgendjemand deine Brüder wegen irgendeines Streits oder Ähnlichem um die Ecke gebracht hat."

„Herrje!"

„Bleib ruhig, das regle ich schon alles. Wir werden nur überprüfen, ob sich bei euch auf dem Hof Blutspuren oder fremde DNA finden. Danach hast du wieder deine Ruhe."

Das klang gut.

„Ach ja, und wenn du mal jemanden zum Reden brauchst: Ich bin immer für dich da."

Das klang sogar noch besser. Je länger ich unseren Dorfpolizisten betrachtete, desto deutlicher fiel mir auf, wie attraktiv er eigentlich war. Und nett und unterhalt-

sam. Und er traute mir wirklich zu, den großen Hof weiter zu bewirtschaften.

Im Frühjahr setzte ich frische Riesling-Reben im Weinberg in der Senke unterhalb der alten Bruchsteinmauer.
Der Dorfpolizist half mir dabei.

NORBERT KLITZKE

Der Getreidespeicher

An manche Daten erinnert man sich ein Leben lang. So
ist es für mich der 3. Oktober 1959, der Vorabend des
Erntedankfestes. Wie auch in den Jahren zuvor war ich
am ersten Tag der Kartoffelferien, dem letzten Sonntag
im September, mit dem Zug nach Albisheim/Pfrimm gefahren und vom Bahnhof mit dem Traktor, einem Lanz-
Bulldog, vom ersten Knecht des Bauernhofes, auf dem
ich meine Ferien verbringen wollte, abgeholt worden.
Wir fuhren die leichte Steigung zum Dorf hinauf. Auf
der linken Seite sah ich die Weinberge, am Südhang des
Osterberges gelegen, in denen ich die nächste Woche
viel Zeit verbringen würde. Der Knecht rief mir etwas
zu, was ich aber nicht verstand. Der alte Lanz-Bulldog
machte zu viel Lärm. Er deutete auf die Wingerte und
schnalzte mit der Zunge, was wohl bedeuten sollte, dieses Jahr seien die Trauben besonders süß.

In erster Linie wollte ich meine Tante, die jüngste
Tochter des Hauses, besuchen. Sie war nicht mit mir ver-
wandt, aber da sie in den letzten acht Jahren so etwas
wie meine Ersatzmutter geworden war, nannte ich sie
Tante. Und erst dann, wenn es sein musste, unbedingt
sein musste, auf dem Hof helfen, die Kartoffelernte ein-
holen und bei der Traubenlese mein Bestes geben. Der
Sommer 1959 war heiß. Er versprach eine reiche Lese
und einen guten Wein, den man später einen Jahrhun-
dertwein nennen sollte.

Auf dem Hof angekommen, bezog ich, wie immer,
mein Zimmer direkt gegenüber dem Bad. Es war das
einzige Bad in dem riesigen Bauernhof. Der Ofen, mit
dem das Wasser gewärmt wurde, wurde nur samstags

befeuert. Während der Woche mussten wir uns mit kaltem Wasser waschen. Auch im Winter. Das Bad lag direkt über dem Kuhstall und war daher immer angenehm temperiert. Das half.

Die Begrüßung war herzlich. Ich wurde abgeküsst von der Tante und den Mägden, obwohl ich das nicht mehr mochte; ich war Ostern konfirmiert worden und fühlte mich, weil mein Vater dies seitdem immer wieder betonte, als Mann. Nicht wissend, was der Unterschied zum Knaben, zu der Zeit vorher, war. Ich sollte es bald erfahren.

Es kam, wie es kommen musste, ich musste die ganze Woche im Wingert mithelfen. Die Traubenhenkel abschneiden, sie in einen Eimer legen und den Eimer, wenn er voll war, die Rebenzeile entlang zum Knecht tragen, in die Hotte schütten, weiterarbeiten, bis mir die Hände weh taten oder ich von der gleißenden Sonne fast einen Hitzschlag bekam. Die Mägde lachten, wenn ich meine Hände rieb, um sie beweglich zu halten, oder mich mit meinem Taschentuch, das ich mit je einem Knoten an den vier Ecken auf meinen Kopf legte, vor der Sonne schützte. Sie nannten mich „de Bu vun de Stadt, der nix Guddes gewähnt iss" oder „ä Schieler, der ebbes Besseres werre will". Ich schämte mich meiner Schwächen und machte mich wieder an die Arbeit, um zu beweisen, ich konnte mithalten.

Es wurden hauptsächlich Silvaner-Trauben gelesen. Die Ernte versprach die beste seit Jahren zu werden. Dabei waren die Riesling-Trauben noch nicht reif oder der Bauer hoffte auf einen noch besseren Reifegrad. Sie würden erst in der zweiten Oktoberhälfte geerntet werden und versprachen ebenfalls ein außerordentlich gutes Ergebnis. Es würde mehr Wein geben, als der Bauer Fässer hatte.

Schon während der Woche zeigte sich der Bauer großzügig gegenüber seinen Mägden, Knechten und anderen Helfern. Es gab nicht, wie das ganze Jahr über, mit
Wasser gepanschten Wein zu den Abendmahlzeiten. Er
ließ Wein aus den noch gut gefüllten Fässern ausschen-
ken. Mancher Helfer hatte danach Mühe, sein Bett zu
finden. Vielleicht verirrte er sich, so würde ich es heute
sagen, auch absichtlich, in eine der Kammern der Mägde. Auf alle Fälle gab es immer wieder Gekreische oder
Gestöhne und dann viel Gelächter.

Gegen fünf Uhr an diesem Vorabend des Erntedankfestes versammelten sich alle Mägde, Knechte und Helfer auf dem Hof und warteten auf den Bauer und seine
Frau. Sie kamen, beide im Sonntagsstaat. Er hielt eine
kurze Dankesrede, verhedderte sich dabei so oft, dass
jeder merkte, er hatte schon wieder zu viel getrunken.

Dann gingen alle in den Gesindespeiseraum. Auf
dem festlich gedeckten Tisch standen mehrere Platten,
voll bepackt mit Hausmacher Leber- und Blutwurst,
Schwartenmagen, aufgeschnittenem Bratwurstfüllsel,
aufgeschnittenem Schweinebraten, ein Teller mit Kalbs-
leberwurst, die es sonst nie gab, und Platten mit von
Hand aufgeschnittenem im Haus geräuchertem Schin-
ken. Dazwischen häuften sich Berge von Roggenbrot,
geschnitten in „Keitel", an der einen Seite so dick, dass
sie nicht in meinen Mund passten und an der anderen
Seite hauchdünn. Auf der Seitenanrichte standen Stein-
zeugkrüge mit verschieden eingelegten Gurken und
Kürbissen. Natürlich auch Zwiebeln, doch die mochte ich damals noch nicht. Vor jedem Gedeck stand ein
Schoppenglas.

Die Sitzordnung war streng hierarchisch. Das Bauern-
paar saß am Kopfende. Meine Tante zur Seite ihres Va-

ters. Die ältere Tochter, der dieser Platz gebührte, würde erst am Erntedanksonntag anreisen. An der Seite meiner Tante folgten die Mägde nach Rangordnung. Auf der anderen Seite saß an erster Stelle der zukünftige Ehemann meiner Tante. Ich mochte ihn nicht. Nein, ich war nicht eifersüchtig. Er schien mir zu oberflächlich und arrogant. Es folgten die Knechte, ebenfalls nach Stellung am Hof. Dann folgte ich, saß also in der Mitte der Tafel. Mir gegenüber hatte die etwa siebzehnjährige Tochter einer der Mägde, Betty, Platz genommen. Sie hatte eine auffällige Ähnlichkeit mit meinem Leih-Großvater. In ihren Zügen natürlich ausgeprägt weiblich. Wir hatten uns während der Woche öfters gesehen, angelächelt, waren uns aber dann doch scheu aus dem Weg gegangen. Das weibliche Geschlecht war mir noch fremd. Sie trug eine eng ansitzende, vielleicht zu eng ansitzende, weiße Bluse, sodass ich befürchtete, wenn sie tief Luft holte, würden ihre Brüste herausplatzen. Sie hatte kleingelocktes, tiefschwarzes Haar, das bis zu den Schultern reichte. An der unteren Tischhälfte saßen die übrigen Erntehelfer.

Ein Weinkrug machte die Runde. Ich goss meinen Becher halbvoll und bat um Zitronenlimonade. Während der Woche hatte ich gelernt, dass der pure Wein mir zu sauer war. Heute weiß ich, die Geschmacksnerven müssen sich an das Herbe gewöhnen. Damals bevorzugte ich eine „siisse Schorle".

Es wurde reichlich zugegriffen, denn diese Köstlichkeiten gab es, wie gesagt, nicht jeden Tag. Die Stimmung war ausgelassen. Es wurde viel gelacht und von den Knechten derbe Witze, die ich nicht immer verstand, gerissen. Die Mägde kicherten verlegen. Als das Ganze auszuufern drohte, verließ die Bäuerin, sich höflich entschuldigend, den Raum. Der Bauer, schon leicht betrunken, nutzte die Gelegenheit, um nach den Mägden zu grabschen. Sie spielten ihre Überlegenheit aus. Er war ein Tollpatsch. Plötzlich, ich weiß nicht warum, denn ich war von meinem hübschen Gegenüber mit verliebten Blicken, die mich verwirrten, in Bann gezogen worden, gab es einen heftigen Wortwechsel zwischen dem ersten Knecht und dem Bauer. Der Knecht war aufgestanden. Er überragte den Bauer um einen Kopf. Der Bauer verließ torkelnd und „Ich schmeiß dich vom Hof" drohend den Raum. Es wurde weiter gegessen, als ob nichts geschehen wäre.

Gegen sieben Uhr rief der erste Knecht zum Aufbruch. Die Gesellschaft machte sich auf den Weg zum Kartoffelfeuer. Im langen, dunklen Gang spürte ich, wie eine Hand die meinige ergriff und mich zu sich heranzog. Eine weibliche Stimme flüsterte mir ins Ohr: „Lass sie gehen! Bleib bei mir!" Sie presste mich in einen Türeingang. Ich blieb stehen. Es war Betty. Als alle gegangen waren, flüsterte sie: „Komm, ich werde dir etwas zeigen." Ich wusste nicht, wie mir geschah. Ich hätte gern das Kartoffelfeuer erlebt, hatte aber auch Lust auf Abenteuer.

Unsere Hände haltend eilten wir über den Hof in die Scheune. Sie kletterte vor mir auf den Heuboden. Ich folgte ihr. Sie warf sich auf das Heu und forderte mich auf, mich neben sie zu legen. Wir lachten. Völlig unerwartet öffnete sie ihre Bluse und den BH. Heraus quollen zwei wunderschöne Brüste. Ich hatte noch nie eine nackte Frau gesehen. Sie öffnete meine Hosen und bevor ich mich versah, war ich ein Mann. Sie hatte es schon öfters getan. Ermattet lagen wir nebeneinander im Stroh, sie versuchte gerade, mich erneut in Stimmung zu versetzen, als die kleine Pforte im Scheunentor geöffnet wurde. Herein trat die Bäuerin. In der rechten Hand trug sie den Weidenkorb, den sie immer bei sich hatte, wenn sie Eier im Hühnerhaus und im Garten einsammelte. Doch sie ging nicht zum hinteren Ausgang der Scheune, der zum Hühnerhaus führte, sondern zum Getreidespeicher, kramte in ihrer Kittelschürze, fand wohl einen Schlüssel, öffnete die immer verschlossene Tür und verschwand im Speicher.

Meine Erweckerin gab mir Zeichen, meine Unterhose und Unterhemd anzuziehen und ihr lautlos zu folgen. Wir huschten über das Heu, bis wir oberhalb des Speichers angekommen waren. Sie musste schon öfters hier gewesen sein; das Heu war an einer Stelle weggeräumt. Sie gab erneut Zeichen, nicht zu sprechen und mich nicht zu bewegen. Mit der linken Hand winkend, deutete sie auf einen Schlitz im Boden. Ich sollte mich flach hinlegen und schauen, was unten geschah. Ich traute meinen Augen nicht. Im Lichtschein der Stalllaterne konnte ich die Bäuerin erkennen. Sie hatte eine Decke auf den Säcken ausgebreitet und machte gerade mit ihren Händen die Fläche eben, als die Tür zum Speicher geöffnet wurde. Herein trat der erste Knecht. Sie fielen sich beide in die Arme. Betty hatte sich auf der anderen Seite des Schlitzes hingelegt. Wir lagen also Kopf an Kopf und konnten alles gut beobachten.

Der Knecht fingerte an der Bluse der Bäuerin herum. Mit seinen klobigen Händen war es wohl nicht so einfach, sie zu öffnen. Die Bäuerin half. Sie half ihm auch, sein Hemd, seine Hose und was er sonst noch anhatte, loszuwerden. Sie liebkosten sich. Betty hatte sich über das, was sie sah, so erregt, dass sie nicht mehr zuschauen konnte. Sie stand auf und zog mich zurück in unser Liebesnest. Sie fiel über mich her. Ich hatte den Eindruck, sie konnte nicht genug bekommen. Plötzlich sank sie ermattet in sich zusammen und schlief nach wenigen Augenblicken ein. Ich war zwar auch müde, aber doch zu erregt über das Neue, das ich erlebt hatte. Ich war hellwach.

Als ich das Gesehene noch einmal durch meinen Kopf gehen ließ, wurde ich jäh aus meinen Träumen gerissen. Die Pforte im Scheunentor wurde aufgerissen, herein stürmte der Bauer, eine Mistgabel in der Hand. Er lief geradewegs zum Getreidespeicher, stieß die Tür auf, stürmte hinein und rief mit hasserfüllter Stimme: „Habe ich dich erwischt! Du Saukopf!" Die Bäuerin schrie laut auf. Ich glaube, sie rief den Namen ihres Mannes. Dies kann ich aber nicht sicher sagen. Ich war zwischenzeitlich zum Speicher gelaufen, hatte mich vorsichtig auf den Boden gelegt und sah, wie der Bauer immer wieder auf den auf dem Boden liegenden Knecht einstach. Die Bäuerin zog ihren Mann weg und schrie: „Bist du von Sinnen?" Der Knecht lag blutüberströmt nackt auf dem Boden. Er rührte sich nicht. Die Bäuerin flüsterte mit Entsetzen in der Stimme: „Du hast ihn umgebracht." „Das wollte ich", erwiderte ihr Mann. Sie fielen sich in die Arme und beide begannen zu weinen. „Dafür kommst du lebenslang ins Zuchthaus. Was soll aus dem Hof werden?"

Die Frau schien den Schock überwunden zu haben. „Wir müssen gehen. Los, zum Lagerfeuer, damit niemand merkt, dass wir fehlen! Wir überlegen heute Nacht, wie wir die Leiche beseitigen können. Los, raus! Ich schließe ab und behalte den Schlüssel."

In wenigen Augenblicken waren sie verschwunden. Ich ging zurück zu Betty. Sie schlief. Sie hatte von allem nichts mitbekommen. Ich setzte mich neben sie und überlegte, was zu tun war. Eine große Angst stieg in mir auf. Wenn ich weitererzählen würde, was ich gesehen hatte, könnte ich in größte Schwierigkeiten geraten. Ich beschloss, eine Nacht darüber zu schlafen, um am nächsten Tag zu entscheiden, ob ich das, was ich gesehen hatte, jemandem anvertrauen sollte.

Zwischenzeitlich war Betty wach geworden. Sie räkelte sich, zog mich zu sich heran und wollte wieder mit den Liebkosungen beginnen. Ich flüsterte ihr ins Ohr: „Lass uns zum Kartoffelfeuer gehen. Wir können uns danach noch vergnügen." Zum Glück willigte sie ohne Widerstände ein. Wir liefen nach draußen.

Es saßen noch dreißig bis vierzig Leute um das Feuer. Man hatte uns nicht vermisst. Bauer und Bäuerin waren aber nicht mehr da. Das Feuer brannte nieder. Einige Burschen holten mit Eisenstangen angekohlte Kartoffeln aus der Glut. Sie wurden reihum angeboten. Ich aß eine. Betty ließ sich von mir füttern. Sie begannen uns zu necken: „Guck ämol do, de Stadtbu iss verliebt." Und Ähnliches war zu hören. Als es zu anzüglich wurde, verließen wir die Runde. Betty wollte zurück ins Heu. Ich überredete sie, mit mir auf mein Zimmer zu kommen, da ich befürchtete, sie könnte entdecken, was geschehen war. Lange nach Mitternacht verließ sie mich. Ich war zu aufgewühlt, um schlafen zu können. Gegen Morgen muss ich dann doch eingeschlafen sein. Meine Tante weckte mich mit heftigem Türklopfen. „Es ist Zeit aufzustehen. Du musst dich für den Kirchgang fertig machen. Du hast noch knappe 30 Minuten Zeit."

Wie elektrisiert sprang ich auf, eilte ins Bad, erledigte eine Katzenwäsche und zog meinen Konfirmandenanzug an. Mit dem Windsorknoten für die Krawatte hatte ich, wie ich es bis heute habe, meine Schwierigkeiten. Pünktlich zum Kirchgang stand ich im Flur. Der Bauer kam aus seinem Büro. Er sah arg mitgenommen aus. Die Mägde flüsterten etwas vom Suff und dass es bös enden werde. Auch die Bäuerin, die die Treppe herabkam, sah sehr müde aus. Alle warteten auf den ersten Knecht. Als er nach fünf Minuten immer noch nicht erschienen war, was gar nicht zu ihm passte, denn er war überpünktlich, wurde eine Magd geschickt, ihn zu holen. Sie kam kreidebleich zurück, flüsterte etwas in das Ohr der Bäuerin, die entsetzt die Hände vor ihren Mund schlug, nichts zu dem, was sie gehört hatte, sagte, stattdessen zum Kirchgang aufforderte.

Die Kirche, die auf einer kleinen Anhöhe mitten im Dorf liegt, war schon bis auf den letzten Platz besetzt, als wir eintrafen. Der Bauer ging durch die Menge, setzte sich auf die mit seinem Namen versehene Bank. Es war für ihn eine Selbstverständlichkeit, als Presbyter und Großbauer geachtet zu werden. Wir anderen mussten stehen. Eine Cousine der Bäuerin forderte ihre Nachbarn auf, ein wenig zusammenzurücken, sodass wenigstens die Bäuerin einen Sitzplatz hatte.

Die Kirche war reich geschmückt. Überall standen große Vasen oder Kübel mit Herbstblumen. Die Roggenähren waren zu Garben zusammengebunden. In Schalen lagen Äpfel, Birnen, Traubenhenkel in vielen Farbschattierungen und anderes Obst. Ganze Körbe waren mit Feldfrüchten gefüllt. Die Bauern hatten ihr Bestes gegeben.

Kaum war der Pfarrer aus der Sakristei in den Chor getreten, hörte man ein leichtes Schnarchen. Der Bauer war eingenickt. Pünktlich zum Vaterunser wachte er wieder auf, um inbrünstig mitzubeten. Der Dankgottesdienst dauerte mehr als eine Stunde.

In einer Art Prozession ging es zurück zum Hof. An Feiertagen und zu besonderen Anlässen speiste die Familie mit Gästen in einem Esszimmer, das mit Biedermeier-Möbeln eingerichtet war und für ihre Urgroßeltern in Worms von einem Schreiner gefertigt worden war. Der Raum war, außer zu besonderen Anlässen, immer verschlossen. Als wir in den Flur traten, war seine Tür geöffnet. Licht aus dem Zimmer erhellte den sonst dunklen Flur. Meine Tante sagte mir, dass es in einer Stunde zu essen gebe und ich pünktlich da zu sein habe. Der Platz neben ihr sei heute der meinige. Ich dürfe mich trollen, solle aber darauf achten, meinen Anzug nicht einzusauen. Sie sagte tatsächlich einsauen. „Du weißt, du bist jetzt ein junger Mann, kein Lausbub mehr. Punkt zwölf Uhr gibt es zu essen." Ich versprach pünktlich zu sein.

Mich zog es zur Scheune. Ich wollte sehen, was mit der Leiche geschehen war. Betty erwartete mich. Wie sollte ich ihr erklären, warum ich noch einmal in den Speicher schauen wollte? Wir liebten uns. Ich war nicht ganz bei ihr. Dann die Erlösung. „Stell dir vor, ich wollte sehen, was die Bäuerin mit der Decke gemacht hat", sagte sie, „es brennt zwar kein Licht im Speicher, ich konnte aber sehen, dass er aufgeräumt ist. Er sieht aus, als ob niemand darin gewesen wäre." „Aufgeräumt?", fragte ich erstaunt. „Ja, die Säcke stehen, wie sie immer gestanden haben. Die Decke hat sie wohl wieder mitgenommen. Ich bin enttäuscht. Ich hätte gedacht, die beiden würden sich ein Liebesnest einrichten. Ach, das ist wohl sowieso überflüssig. Der Knecht hat nach dem Streit mit dem Bauer anscheinend die Flucht ergriffen. Die Mägde haben mir erzählt, seine Kammer sei ausgeräumt. Er muss gestern Abend noch das Dorf verlassen haben. Eine Magd behauptet, sie habe ihn mit einem kleinen Koffer den Hof verlassen sehen. Der findet überall Arbeit, der ist fleißig. Nur die Frauen, die liebt er zu sehr. Mit mir hat er auch ...", sie zögerte, errötete und fuhr stotternd fort, „mit mir hat er es auch versucht. Ich habe ihm auf die Finger gehauen." Ich ließ mir nicht anmerken, dass ich sie verstanden hatte. Wo ist die Leiche, dachte ich, und das Blut? War kein Blut auf den Boden getropft? Die Kirchturmuhr schlug zwölf. Hastig verabschiedete ich mich von Betty und eilte ins Haus. Die Gäste warteten noch im Flur. Die älteste Tochter und der Pfarrer, der an solchen Tagen immer Gast war, waren noch nicht eingetroffen.

„Die Supp is gutt hees, mer kenne nimmäh länger waade", sagte die erste Magd. Der Bauer bat zu Tisch. Das Tischgebet wurde von meiner Tante mit Ermahnungen aus der Bibel, für die Speise dankbar zu sein, gehalten. Es gab Hühnersuppe, angereichert mit kleinen Fleischstücken. Die ersten Göckel hatten dafür ihr Leben lassen müssen. Während wir die Suppe aßen, traf der Pfarrer ein. Er entschuldigte sich und wurde höflich gebeten, neben der Bäuerin Platz zu nehmen. Der Bauer ergriff das Wort. Er versprach, für das Mahl seine besten Weine anzubieten. Er kannte alle Weinjahrgänge der letzten zwanzig Jahre. Stolz erzählte er, von welchen Jahrgängen Flaschen in seiner Schatzkammer lagerten. Heute, an Erntedank, könne die eine oder andere Flasche geopfert werden. Er war guter Laune und nicht betrunken. Wieder musste ich an den Getreidespeicher denken. Wo war die Leiche?

Doch der Bauer störte meine Überlegungen. „Ich glaube, zu der Hühnersuppe passt am besten ein *Gauersheimer Goldloch*. Ein Silvaner des letzten Jahres. Er hat nicht die Qualität, die der diesjährige Wein haben wird. Aber es ist ein exzellenter Silvaner. Wenn man bedenkt, dass diese Rebe dieses Jahr 300 Jahre hier angebaut wird. Alle meine Vorfahren haben Silvaner angebaut. Die Rebe hat Stürme überdauert. Lasst uns Gott danken für dieses Geschenk." Er hob sein Glas. Alle prosteten ihm zu. Auch ich. Die Flasche hatte kein Etikett. Ich fragte mich, woher er wusste, welchen Wein er uns kredenzte und woher er die Unverfrorenheit besaß, so zu reden. Ihn mussten doch Gewissensbisse plagen. Schuldgefühle an den Rand des Wahnsinns treiben. Hatte er kein Gewissen? Oder war es der Suff, der ihn schützte?

Als Hauptgang gab es Hasenpfeffer. Die Bäuerin war aufgeräumt. So kannte ich sie nicht. An anderen Festtagen, die ich erlebt hatte, überließ sie das Gespräch den anwesenden Herren. Dieses Mal erzählte sie, wie die Mägde und sie den Hasenpfeffer zubereitet hatten und verriet noch mehr: „Mein Mann hat letzten Sonntag zwei Kaninchen und einen Hasen geschossen." Der Bauer unterbrach sie. „Es waren alles Kaninchen. Hasen hatten bis Ende September Schonzeit. Du weißt das." „Also", fuhr sie mit unverkennbar nordpfälzischem Singsang in der Stimme fort, „mein Mann hat zwei Hasen und ein Kaninchen geschossen." Der Bauer unterbrach seine Frau nicht. „ Außerdem hat eine Magd am Donnerstag einen Stallhasen geschlachtet. Wir brauchten so viel Fleisch, denn alle Erntehelfer sollten von dem Hasenpfeffer essen können. Das Gesinde soll nicht schlechter leben als wir. Wir sind Christen. Nächstenliebe ist für uns das höchste Gebot. Am Freitag haben wir das Fleisch in saurer Milch eingelegt. Eigene Milch." Sie war sichtlich stolz. „Wir haben uns zwar Mühe gegeben, die Schrotkörner herauszupicken, wenn Sie aber auf etwas Hartes beißen, dann ist es sicherlich ein Schrotkorn. Auf dem Tisch steht ein Schälchen. Legen Sie die Kügelchen darauf!" Die Anrede galt allein dem Pfarrer.

Der Bauer war zwischenzeitlich in den Keller gestiegen und kam mit einer arg verstaubten Flasche zurück. Auch sie hatte kein Etikett. „Das ist ein *vierundfünfziger Heilighäuschen*. Also ein Wein aus unserer Gemarkung. Einer der wenigen Rieslinge, die ich pur gekeltert habe.

Die letzte Flasche, die ich geöffnet habe, war köstlich. Ich hoffe, diese ist es auch." Er öffnete die Flasche, goss sich einen kleinen Schluck ein und schlürfte ihn. „Ja, er hat noch nicht abgebaut." Jeder der Gäste bekam ein halbes Glas von einer der Mägde eingegossen. Auch ich wurde nicht vergessen. „Bevor wir auf das Erntedankfest anstoßen, muss ich noch etwas erzählen." Der Bauer hatte sich in seinem Stuhl zurückgelehnt. Er begann: „Heute Morgen, in aller Frühe, habe ich ein Gelübde erfüllt. Ihr wisst, dass meine Frau sich immer an dem heranwachsenden Nussbaum, der ihr das Sonnenlicht auf ihrer Bank im Hof nehmen würde, gestört hat. Ich hatte ihr versprochen, ihn hinter den Hühnerhof zu verpflanzen, wenn wir eine gute Weinernte haben. Nun, dies ist die beste Ernte seit über zehn Jahren. Ich habe ihn heute Morgen in aller Herrgottsfrühe verpflanzt." Die Tischrunde klatschte. Die Bäuerin war sichtlich stolz auf ihren Mann.

Nach einer Minute des Schweigens zeigte sich der Pfarrer interessiert am Rezept der Soße des Hasenpfeffers. Die Bäuerin, die sich geehrt fühlte, verriet ihm, dass für die Soße geschnittene Zwiebeln, eine gewürfelte Gellerrübe (Karotte) und als Gewürz Majoran, Lorbeerblätter, Wacholderbeeren und Gewürznelken verwendet worden waren. Zu dem Hasenpfeffer gab es Salzkartoffeln und große Mengen Rotkohl.

Nach dem Hauptgang zogen sich der Pfarrer und der Bauer, worauf der Pfarrer schon gewartet zu haben schien, in dessen Büro zurück, um eine Zigarre zu rauchen. Ich durfte nach draußen gehen. Bevor ich nach Betty Ausschau hielt, entledigte ich mich meines Anzugs. In Jeans ließ es sich besser leben.

Ich suchte Betty. Da ich sie nicht finden konnte und niemand wusste, wo sie war, ging ich zu unserem Liebesnest. Es war leer. Ich rutschte hinunter zum Speicher, legte mich auf den Bauch und schaute durch den Schlitz, konnte aber nichts erkennen, weil kein Sonnenlicht in den Raum fiel. Enttäuscht kehrte ich in das Liebesnest zurück. Ich fragte mich, wo sie die Leiche des Knechtes hingeschleppt hatten. Hatten sie ihn unter dem Nussbaum vergraben? Mit diesen Gedanken schlief ich ein. Ein warmer Druck auf meine Lippen weckte mich. Betty saß gebeugt über mir und küsste mich. Sie erzählte mir, dass sie den ganzen Nachmittag den Knecht gesucht hatten. Sie, das waren zwei Mägde und der Junge einer der Mägde. Sie hatten ihn nicht gefunden. Sie waren sogar bis Albisheim zum Bahnhof gelaufen und hatten den Schalterbeamten gefragt, ob er den Knecht gesehen habe.

Der Schalterbeamte habe erklärt, er habe seinen Dienst erst heute Mittag angetreten und an der Fahrkartenausgabe könne er nicht erkennen, wer eine Fahrkarte gelöst habe. Da sie hartnäckig nachfragten, habe er nachgeschaut und ihnen gesagt, dass ein Fahrschein nach Mainz gelöst worden sei. Er könne aber nicht sagen, ob dies gestern Abend oder heute früh geschehen sei. So waren sie enttäuscht zurückgekehrt. Betty erklärte mir: „Ich habe weniger Angst um den Knecht, ich mache mir mehr Gedanken um den Hof; jeder weiß, dass der Bauer zu viel trinkt." Ich war sehr erstaunt über diese Freimütigkeit. Wir hatten beide keine Lust zu schmusen und ich war nicht bereit, mein Geheimnis preiszugeben. Wir lagen nur Arm in Arm im Heu.

Gestört wurde unsere Zweisamkeit durch das laute Rufen meines Namens durch meine Tante. Ich schaute auf meine Uhr. Es war vier Uhr. Kaffetrinken. Ich verabschiedete mich von Betty und lief ins Haus. Die älteste Tochter, Ärztin in einem Wormser Krankenhaus, war verspätet mit ihrem Käfer eingetroffen. Beim Kaffeetrinken in kleinster familiärer Runde saß ich zwischen ihr und meiner Tante. Das war keine gute Lösung. Ich musste ihr alles über meine schulischen Erfolge erzählen, ehrlicherweise müsste ich Misserfolge sagen, denn ich war ein fauler Schüler und erreichte immer nur mit knappsten Resultaten die Versetzung in die nächste Klasse. Ich wurde wiederholt von ihr ermahnt, mehr für die Schule zu tun. Dieses Lesen der Leviten verdarb mir aber nicht meinen Appetit auf den Quetschenkuchen, der in großen Stücken gereicht wurde. Ich aß mehrere Stücke.

Als ich aufstehen wollte, um nach Betty zu schauen, fasste mich meine Tante an der Hand und führte mich ins Büro. Sie hielt mir eine Standpauke. „Mir ist aufgefallen, dass du viel Zeit mit Betty verbringst. Lass dich nicht verführen. Du sollst Abitur machen. Wenn du ihr ein Kind machst, kannst du hier auf den Hof kommen und als Knecht arbeiten. Willst du das?" Ich wollte nicht und versprach ihr deshalb, mich nicht verführen zu lassen. Ich sagte ihr auch, dass Betty nur ein Spielkamerad für mich sei. Ich weiß nicht, woher ich die Dreistigkeit nahm, so zu lügen. Nach weiteren Ermahnungen sagte sie mir noch, dass es kein gemeinsames Abendessen gäbe. Ich solle, wenn ich Hunger hätte, in die Küche gehen und mir ein Brot machen. Am nächsten Tag würde sie mich gegen 14 Uhr, wenn sie heimkäme, nach Albisheim zum Bahnhof fahren. Ich solle ihr umgehend schreiben, wie ich heimgekommen und wie mein Schulanfang gewesen sei. Ich versprach es. Vorweggreifend kann ich sagen, ich hielt mein Versprechen.

Betty lief mit mir auf den Osterberg. Sie kannte eine Stelle, wo mehrere Ballen Stroh lagen, die ein Bauer vergessen hatte. Von dort hatten wir einen wunderschönen Blick über das Nordpfälzer Bergland bis zum Donnersberg. Wir liebten uns ein letztes Mal. Als wir uns wieder angezogen hatten, legten wir uns auf die Strohballen und betrachteten das Wolkenspiel. Wir erkannten Gesichter, verglichen sie mit Personen, die wir kannten. Ganze Schlösser zogen an uns vorbei. Wir lagen gedankenverloren.

Betty zog mich an sich. „Ich muss dir etwas erzählen. Ich mag das Dorf nicht mehr. Es ist alles so verlogen. Wenn ich volljährig bin, gehe ich nach Worms oder Ludwigshafen arbeiten. Hier bekomme ich zwei Mark am Tag und muss von Sonnenaufgang bis Sonnenuntergang arbeiten. Auch am Sonntag den halben Tag. In der Stadt bekomme ich viel Geld. Ich kann mir dafür kaufen, was ich will. Hier gibt es nur den Laden von der Henn und die Bäckerei. Vielleicht werde ich auch noch eine Schule besuchen. So wie du. Ich bin nicht dumm." Sie holte tief Luft. „Ich muss dir noch etwas erzählen. Du darfst es niemandem weitersagen. Du musst es mir versprechen." Ich versprach es. „Vor ungefähr einem Jahr, ich war allein in der Küche, kam der Bauer herein. Er ging auf mich zu, umklammerte meine Hüften und wollte mich küssen. Ich habe mich losgerissen und bin zu meiner Mutter, die im Kuhstall arbeitete, gelaufen und habe ihr erzählt, was der Bauer gemacht hatte. Sie ist wütend aufgestanden und ins Haus gerannt. Ich lief hinter ihr her. Der Bauer war noch in der Küche. Er machte sich ein Brot. Sie packte ihn am Hemd und schrie: ‚Was hast du Saukopf versucht. Du willst doch nicht mit deiner eigenen Tochter schlafen!' In diesem Moment trat ich in die Küche. Meine Mutter ließ den Bauern los und fing zu weinen an. Ich nahm sie in den Arm. Wir verließen die Küche. Über diesen Vorfall wurde nie mehr gesprochen. Es ist eine verlogene Gesellschaft. Sonntags gehen sie fleißig in die Kirche. Ansonsten benehmen sie sich wie die Schweine."

Es war schon dunkel, als wir auf den Hof zurückkehrten. Gemeinsam gingen wir in die Küche und machten uns Leberwurstbrote. Ein letzter Kuss. Sie musste am nächsten Morgen mit aufs Feld. Ich konnte mich ausschlafen.

Nach dem Frühstück ging ich hinter die Scheune, um zu schauen, was der Nussbaum machte. Ich wollte sehen, ob er ein Geheimnis barg. Das Loch maß mehr als einen Meter im Quadrat. Es war mit altem Dung abgedeckt. Der Baum war sorgfältig gegossen worden. Ich suchte die Umgebung nach Blutspuren ab, konnte aber keine entdecken. Auch auf dem Weg zum Speicher gab es keine Blut- oder Schleifspuren. Die Tür zum Speicher war verschlossen. Es blieb für mich ein Rätsel, wo die Leiche geblieben war. Ich beschloss, mit meinem Vater über den Vorfall, das Verbrechen, zu sprechen.

Meine Tante brachte mich mit dem neuen Mercedes, die Knechte nannten ihn den Bauerndiesel, zum Bahnhof. Auf meine Frage, warum wir nicht mit dem Traktor fahren würden, antwortete sie: „Den Bulldog bekommt nur der Schorsch, der erste Knecht, an. Das Schwungrad ist nicht so leicht zu bedienen. Ich kann es nicht. Wir wissen nicht, wo der Schorsch ist."

Der Schulalltag begann und ich fand keine Zeit, mit meinem Vater über meine Erlebnisse zu sprechen. Am ersten Freitag nach Schulbeginn kam er sehr aufgeregt gegen sechs Uhr abends von der Arbeit nach Hause. Er, der sonst immer erst sein aufgewärmtes Mittagessen aß, und ein viertelstündiges Nickerchen hielt, bevor man mit ihm sprechen konnte, erzählte, schrie, mit sich immer wieder überschlagender Stimme: „Entsetzlich, was im Dorf passiert ist! Der Bauer ist tot. Er wollte den Bulldog anwerfen, man sagt, der Knecht sei vom Hof verschwunden, er brauchte den Bulldog, er habe vorschriftsmäßig vorgeglüht, das Werkzeug habe noch herumgelegen. Er muss das Schwungrad gedreht und nicht rechtzeitig losgelassen haben. Der Arm ist ihm abgerissen worden. Er muss wohl noch versucht haben, zum Haus zu laufen. Er ist zusammengebrochen und verblutet. Alle waren auf dem Feld. Sie haben ihn erst mittags gefunden. Da war er schon tot." Mein Vater war sehr aufgeregt. So hatte ich ihn noch nie erlebt. Ich hatte wohl einen Schock, denn ich konnte lange nicht weinen. Den ganzen Abend erzählte er immer wieder die Geschichte.

Ein paar Tage später erhielten wir die Todesanzeige. Meine Eltern kondolierten. Ich musste mitunterschreiben. Es dauerte ein paar Tage, bis ich meiner Tante schreiben konnte, um ihr mein Mitgefühl auszudrücken. Es dauerte noch ein paar Tage, bis mir bewusst wurde, das Geheimnis, das ich hatte, konnte ich für mich behalten.

Der Briefwechsel mit meiner Tante erfolgte in immer größeren Abständen. Im April erfuhr ich von ihrer bevorstehenden Heirat. Ich wurde nicht eingeladen. Weihnachten schickte sie einen kurzen Gruß ohne Text. Im Januar schrieb sie mir, sie habe einen Sohn geboren. Er sei auf den Namen Georg getauft worden. Danach hörte ich nichts mehr von der Familie.

Vor wenigen Tagen, als ich meine Tochter und meine beiden Enkeltöchter in Mainz besuchen wollte, ich wohne jetzt im Saarland, bin ich in Kirchheimbolanden, ich weiß nicht warum, von der Autobahn abgebogen und das erste Mal seit über fünfzig Jahren zum Dorf gefahren. Ich habe vor dem Bauernhof angehalten, war überrascht darüber, dass das große Hoftor verschlossen war. Ich hatte es nie verschlossen erlebt. Ich suchte den eisernen Zug der Türglocke an der Seitentür, es gab ihn nicht mehr. Ich drückte auf den Knopf einer elektrischen Klingel ohne Namensschild. Keine Reaktion. Ich drückte ein zweites Mal. Nichts bewegte sich. Enttäuscht setzte ich mich ins Auto und fuhr zur evangelischen, genau gesagt zur pfälzisch-unierten protestantischen Kirche. Sie war verschlossen. Ich fuhr weiter zum Friedhof, dem einzigen im Ort, der an der katholischen Kirche liegt.

Auf dem Friedhof fragte ich eine hübsche, ausgesprochen hübsche Frau, ungefähr in meinem Alter, mit tiefschwarzem, lockigem Haar, das zu einem Dutt gebunden war, nach den Grabstätten der Familie meiner Leihgroßeltern. Sie zeigte auf Grabmale aus Sandstein und Granit. Unaufgefordert erzählte sie mir die Geschichte der Familie. Sie kannte all die Unglücksfälle, die die Familie erlebt hatte. Ich erfuhr, dass meine Tante vor wenigen Jahren gestorben war. Wie ich nannte sie meine Tante, Tante, obwohl es auch nicht die Ihrige war. Ich bedankte mich und ging zu den Grabmälern. Auf den Grabstein meiner Tante legte ich einen Kieselstein. Sie sollte wissen, dass ich hier gewesen war und an sie gedacht habe.

Da ich wusste, dass ich vom unteren Ende des Kirchhofes einen Blick auf den Bauernhof meiner Tante werfen konnte, ging ich dorthin. Büsche versperrten mir die Aussicht. Ich musste eine Weile suchen, bis ich eine Stelle fand, von der ich die Rückseite der Scheune sah. Der Anblick hatte sich über fünf Jahrzehnte, wahrscheinlich über Jahrhunderte, nicht geändert. Der Nussbaum stand etwas abseits. Ein mächtiger Baum. Ob er ein Geheimnis barg?

Bevor ich den Friedhof verließ, drehte ich mich noch einmal um, suchte die hübsche Frau. Sie stand an einem Grabstein. Einen Augenblick dachte ich, ich würde Betty sehen.

GITTA EDELMANN

Sonne, Samba, Pfälzer Landwein

Wie ein überheiztes Treibhaus nimmt Rio de Janeiro mich frühmorgens am Flughafen Galeão in Empfang. Bis ich mit meinem Trolley das gelbe Aerotaxi erreicht habe, klebt meine Bluse am Rücken und Schweiß sammelt sich am unteren Rand der Sonnenbrille.

Die Fahrt zu meinem Hotel für eine Nacht an der Copacabana dauert länger als ich gedacht habe, aber dann endlich stehe ich an meinem Fenster im neunten Stock und schaue hinunter auf das schwarz-weiße Muster der Pflastersteine der Avenida Atlântica am wohl berühmtesten Strand der Welt.

Später werde ich hinuntergehen an den Strand und noch später in einer der Bars eine Caipirinha trinken. Dann ruhe ich mich aus und morgen Vormittag lasse ich mir vom Hotel ein Taxi bestellen und fahre zur Firma meines Mannes. Roland wird Augen machen! Schließlich habe ich ihm nicht geschrieben, dass ich eine erfolgreiche Therapie gegen meine Flugangst abgeschlossen habe. Der Arme denkt, er muss das ganze halbe Jahr, das seine Firma ihn hierher geschickt hat, alleine verbringen! Doch nun werde ich die letzten drei Monate bei ihm sein.

Ich wollte immer schon nach Rio de Janeiro. Und dieser allererste Tag gehört ganz mir. Ich suche im Koffer nach meinem neuen Bikini. Natürlich kann ich den jungen Brasilianerinnen am Strand keine Konkurrenz machen, aber nach meiner letzten Diät sehe ich gar nicht so übel aus. Ich wickle die beiden Flaschen Pfälzer Landwein aus, die ich dick in Luftpolsterfolie und T-Shirts gewickelt heil hierher transportiert habe. Roland wird sicher gerne mal wieder einen Tropfen aus der Heimat trinken.

Meinen Kulturbeutel stelle ich ins Bad und lege die Schachtel mit der Spritze daneben, die meine Freundin und Ärztin Johanna mir für alle Fälle mitgegeben hat. Sie rechnet immer mit dem Schlimmsten!

Sonne, Samba, Caipirinha – das Leben ist schön!

Das Klima hier schafft einen, dabei ist es noch nicht mal Hochsommer. Wie soll das erst werden, wenn's mal 40 Grad hat? Naja, Bebinha wird sich allerlei ausdenken, was nicht so anstrengend für mich ist, und die kleine Wohnung in Catete, die ich ihr zahle, hat im Schlafzimmer Air Condition.

Der Fahrer fährt die Copa entlang. Von Leblon aus wäre es durch den Rebouças-Tunnel schneller, aber hier sieht man das ganze hübsche Frischfleisch, appetitlich verpackt in knappen, bunten Stoffstückchen. Was hat Horst noch gesagt? Fio dental – Zahnseide heißen die ganz kleinen Dinger. Na, solche Ärsche kann man ruhig zeigen!

Die Tante, die da drüben steht und Richtung Leme guckt, sieht eher aus wie meine Frau. Das wär ja was, Birgit hier! Was fürn Glück, dass sie Flugangst hat. In Rio sollte ein Mann sich alle Möglichkeiten offen lassen!

Ich werfe einen Blick zurück auf die Frau, die von hinten aussieht wie Birgit. Von vorne sieht sie ihr noch ähnlicher. Mein Magen macht einen kleinen Hopser. Die Vorstellung ...

Ich schüttle den Kopf und konzentriere mich auf das Wesentliche. Das neue Armband wird Bebinha gefallen und sie wird sehr, sehr dankbar sein.

Nach einer guten halben Stunde am Strand fühle ich mich so durchgebraten, dass ich mein Kleid wieder überwerfe und zurück über die Straße zum Hotel gehe. Noch einmal schaue ich die Copacabana entlang, dann schlängle ich mich zwischen den Autos über die Avenida Atlântica durch. Zweimal drei Fahrspuren – ich bin froh, als ich heil auf der anderen Seite ankomme.

Ich schlendere noch ein wenig durch die umliegenden Straßen, entdecke ein Einkaufszentrum und eine Kirche und trinke schließlich an einem Obststand einen frischen Maracujasaft. Mit meinem Spanisch kann ich mich einigermaßen verständigen und ab morgen hilft mir ja Roland. Wir werden auf unser Wiedersehen den Pfälzer Landwein trinken, dann auf den Zuckerhut fahren, die Christusstatue auf dem Corcovado besuchen und sicher kennt er noch andere schöne Orte.

Bebinhas Bett ist der heißeste Ort in Rio. Diese Brasilianerinnen haben einen Hüftschwung! Erschöpft strecke ich alle Viere von mir und stelle mir vor, wie es wäre, für immer hierzubleiben. Oder zumindest noch ein paar Jahre, wie Horst es vorgeschlagen hat. Die Firma würde das gerne sehen. Ich glaube, ich auch. Im Rentenalter ist vielleicht das Klima der Pfälzer Weinstraße gesünder, aber davon bin ich ja noch weit weg.

Bleibt die Frage, was mach ich mit Birgit? Wir hatten eigentlich eine ganz gute Ehe, sie war auch nie so misstrauisch, dass sie meine kleinen Abenteuer mitgekriegt hätte. Aber hier wäre sie doch sehr – überflüssig. Na, keine Gefahr, sie fliegt ja nicht.

Ich war gestern wohl müder als ich dachte und bin beim Lesen des Reiseführers eingeschlafen. Ein bisschen schade um den Abend, aber dafür bin ich heute Morgen fit und freue mich auf Roland.

An der Tür der Firma stehen zwei Wachleute, die Rezeptionistin in ihrem vollklimatisierten Reich lächelt mich an und begrüßt mich mit einem Schwall portugiesischen Singsangs. Ich verstehe kein Wort, denke aber, in einer deutschen Firma muss die Rezeptionistin Deutsch verstehen, und das tut sie auch.

Als ich meinen Namen nenne, reißt sie die Augen auf. Mir scheint, Roland hat hier meine Flugangst doch mehr thematisiert, als ich es mir wünsche. Sie zeigt mir den Fahrstuhl, sagt etwas vom zwölften Stock rechts und nimmt den Telefonhörer zur Hand.

„Bitte melden Sie mich nicht an, ich möchte meinen Mann überraschen."

Die Rezeptionistin nickt ein wenig zweifelnd und als ich aus dem Fahrstuhl einen Blick zurückwerfe, hat sie den Hörer immer noch in der Hand.

Mit einem Pling öffnet sich die Fahrstuhltür. Ich trete hinaus auf den blauen Veloursteppich und wende mich nach rechts. Aus der Tür kommt eine Blondine und steckt ihre Bluse strenger in ihr braves Kostümchen. Sie stöckelt an mir vorbei und nickt kurz. An der Tür, aus der sie gekommen ist, steht Rolands Name.

Mein Herz klopft. Ich fühle mich wie bei unserem allererersten Rendezvous. Ich öffne die Tür.

Ich wollte es nicht glauben, als die Kleine von der Rezeption angerufen hat. Birgit ist hier. Nicht nur hier in Rio, sondern hier in der Firma. Gestern an der Copa – das war keine Halluzination. Ich ziehe Tanjas Rock wieder über ihre knackigen Oberschenkel und schicke sie zurück ins Sekretariat. Gerade noch rechtzeitig!

„Birgit!", stammle ich, als sie zur Tür hereinschaut. Ich hoffe, es klingt nur überrascht und nicht geschockt! Wir umarmen uns und ich halte sie länger als üblich, um

Zeit zu gewinnen. Dann lasse ich sie erzählen, das lenkt ab.

Birgit hier. Scheiße.

Gerade hatte ich meine Zukunftspläne so schön im Griff. Hier bleiben, das Leben genießen, vielleicht ein Kind mit Bebinha oder einer anderen Brasilianerin, damit ich eine ständige Aufenthaltsgenehmigung habe …

Und jetzt? Ich muss mit Horst sprechen. Er lebt schon so lange hier und hat immer für alles eine Antwort und Beziehungen.

Birgit zieht aus ihrer großen Umhängetasche eine Flasche. Auf dem Etikett steht Pfälzer Landwein. Nun bin ich doch gerührt. Wein aus der Heimat, genau der, bei dem wir uns kennengelernt haben. Aus dem Barfach der Schrankwand hole ich mangels Weingläsern zwei Sektgläser und einen Korkenzieher. Ich öffne die Flasche und schenke uns ein. Wir stoßen an. Der erste Schluck ist der Himmel. Genau die richtige Temperatur, trocken und ohne Härte. Ich schmecke den hohen Anteil an Müller-Thurgau-Trauben und wundere mich, wie Birgit das mit der Trinktemperatur so perfekt hingekriegt hat.

Aber dennoch bleibt die Frage: Was nun?

Rolands Fahrer fährt mich zum Museu Nacional de Belas Artes, dem Kunstmuseum, wo ich einen Teil der Zeit, in der Roland noch arbeiten muss, gerne überbrücke. Ich habe mich immer für Kunst interessiert. Außerdem gibt es mir Gelegenheit nachzudenken.

Rolands Empfang war nicht ganz so, wie ich ihn mir vorgestellt habe, trotz der Begeisterung über den Pfälzer Landwein. Er hatte diesen ertappten Blick, den ich nur zu gut kenne, und wenn er glaubt, ich hätte nicht gesehen, dass der Reißverschluss an seiner Hose halb offen stand …

Es sieht aus, als hätte Johanna recht.

Krisensitzung mit Horst. Sein Vorschlag kommt mir etwas drastisch vor, aber er legt mir die Vorteile so klar dar, dass ich schließlich zustimme. Er will seine Beziehungen spielen lassen, gleich heute, damit Birgit gar nicht erst in meine Wohnung kommt und falsche, bzw. die richtigen Rückschlüsse ziehen kann. Er erinnert mich auch daran, dass Birgit und ich vor meiner Abordnung nach Rio noch mal eine ziemlich komfortable Lebensversicherung abgeschlossen haben. Sie hat dabei eher daran gedacht, dass mir hier etwas passieren könnte. Rio ist ein gefährliches Pflaster. Nun wird ihr etwas passieren.

Ich atme tief durch. So ganz recht ist mir das nicht, aber ich sehe keine andere Möglichkeit. Hätte sie doch bloß diese blöde Therapie nicht gemacht und ihre Flugangst behalten.

Vom Museum nehme ich mir wie abgesprochen ein Taxi zurück zum Hotel, wo mich Roland mit meinem Gepäck nachher abholen und zum Essen ausführen will. Ich gehe ins Bad und stelle mich unter die lauwarme Dusche. Meine Tränen mischen sich mit dem Wasser und erst nach einer langen Weile fühle ich mich besser.

Als ich, in ein großes weißes Handtuch gewickelt, in den Spiegel schaue, steht mein Entschluss fest. Ich werde mich nicht auf irgendwelche Spielchen einlassen. Nichts einfach hinnehmen. Klare Linie. Schluss. Aus.

Ich nehme Johannas Spritze in die Hand und gehe hinüber zum Bett, auf dem mein Koffer liegt, um mein neues rotes Kleid anzuziehen und fertig zu packen. Zum Schluss wickle ich die zweite Flasche Pfälzer Landwein wieder in die Luftpolsterfolie und stecke sie zwischen meine T-Shirts. Die leere Spritze werde ich unterwegs in einen öffentlichen Mülleimer werfen.

Die Kriminalität in Rio ist weltbekannt – und nicht allzu teuer. Die unerklärlichen Schüsse aus dem Dunkeln, als Birgit und ich aus der Churrasqueria treten, werden dem Drogenkrieg zugeordnet. Ich brauche den Schock beim Anblick der fast schwarzen Flecken auf Birgits rotem Kleid nicht zu spielen. Ich bin geschockt. So einfach. So billig. So schnell.

Als ich zuhause ankomme, bin ich ziemlich fertig. Aber ich bin auch frei – und ich bin reich. Ich habe Durst, kann nicht entscheiden, ob ich feiern oder mich betäuben möchte.

Ich öffne Birgits Koffer, ja, da ist sie. Die zweite Flasche Pfälzer Landwein, von der sie vorhin gesprochen hat.

Der Wein ist zu warm, aber ich gieße mir trotzdem ein Glas ein. Ich brauche ihn jetzt, um Abschied zu nehmen. Abschied von Birgit und Abschied von der Überzeugung, ein guter Mensch zu sein. Verflixt, es macht mir doch mehr zu schaffen, als ich dachte.

Der Wein ist definitiv zu warm. Er schmeckt dadurch ein bisschen saurer als heute Vormittag in meinem Büro. Aber er erinnert mich an die Pfälzer Weinberge meiner Kindheit und die Deidesheimer Weinkerwe, wo ich Birgit kennengelernt habe.

Ich fühle mich komisch, beim Gedanken an Birgit zieht sich mein Magen zusammen. Mein Herz scheint stärker zu klopfen als sonst. Ich trinke das zweite Glas Wein in einem Zug. Doch ich fühle mich nicht besser, im Gegenteil. Ich hätte nie gedacht, dass einem das schlechte Gewissen körperlich so zusetzen kann. Trotz Klimaanlage steht mir der Schweiß auf der Stirn, mein Herz rast, meine Hände zittern, als ich mir noch einmal nachschenke. Mein Mund ist trocken, der Wein schmeckt jetzt auch ein bisschen bitter, trotzdem trinke ich, hoffe auf Besserung. Der Alkohol benebelt mich, ich fühle mich seltsam, doch immerhin sind die Magenschmerzen weg. Ich greife nach dem Korken, um daran zu riechen. Riecht okay, aber es sieht fast aus, als hätte jemand neben dem Loch vom Korkenzieher mit einer Nadel hinein gestochen. Vor meinen Augen flimmert es, dann wird es schwarz. Meine linke Hand kann den Korken nicht halten, das halbvolle Glas aus der rechten rollt davon, ich fürchte, das gibt einen Fleck auf meinem weißen Teppich, aber irgendwie ist das alles nicht mehr wichtig …

Brigitte Hähnel

Musenkuss

„So, das wärs." Elwe leckte an der Gummierung des Umschlags und presste ihn dann mit ihren gichtigen Fingern zusammen. „Jetzt noch die Adresse."

„Ich wieder?"

„Du hast die schönere Schrift, Schwesterchen."

„Nur wenn es dabei bleibt, dass wir endlich Schluss machen", sagte Tritsche ein wenig bockig.

„Claus mit C", sagte Elwe.

„Weiß ich doch. Und wenn er nicht anbeißt?"

„Der beißt an. Garantiert."

„Und dann?"

„Dann ist Ruhe."

„Für immer?"

„Für immer und ewig. Versprochen."

Das schwere, cremefarbene Büttenpapier der Einladung fühlte sich gut an und die Honorarhöhe zur Lesung überstieg Claus B. Pachulkes Vorstellungen. Mitternachtslesung? Warum nicht. Kunstverein „Musenkuss"? Hörte sich ambitiös an. Und wenn schon.

Einzig der Ort im Pfälzer Wald, an dem er lesen sollte, machte ihm zu schaffen. Er war so unbedeutend, dass selbst Wikipedia ihm nur drei Sätze gönnte. Doch der Berliner Schriftsteller Claus B. Pachulke war wild entschlossen dieses Leseangebot nach einer langen Durststrecke anzunehmen.

Seit fast zwanzig Jahren plagte ihn eine Schaffenskrise. So lange war es her, seit er seinen ersten und einzigen Roman geschrieben hatte, der dann auch gleich verfilmt worden war.

Doch der Ruhm verblasste und mit seinem Schwinden verschlankte sich auch der Kontostand. Nicht so der Dichter, der immer mehr in die Breite ging.

Seitdem die Muse ihn mied, schlug er sich mehr schlecht als recht mit Schreibkursen durch. Sein Thema: Wie schreibe ich einen erfolgreichen Roman und packe den literarischen Durchbruch.

Zwischendurch gab er auch Hilfe beim Biografieschreiben, basierte doch sein Roman in einigen, zugegeben wenigen, Passagen auf seiner Biografie.

Er hatte nach gutem Schulabschluss Anfang der Achtzigerjahre im VEB Kühlautomat Elektriker gelernt und anschließend Kühlgeräte für die großen Übersee-Frachter montiert. Logischerweise musste da Fernweh eintreten, wenn er auf dem Globus die Routen verfolgte, auf der die Kühlautomaten über die Weltmeere schaukelten. Der Versuch, sich über die ungarische Grenze seinen Kühlgeräten zu nähern, misslang allerdings und er wurde verhaftet.

In seiner Zelle freundete er sich mit einem Dissidenten an und lauschte gebannt dessen Erzählungen aus dem Untergrund. Damit waren die Grundlagen für seinen Roman geschaffen, den er im Gefängnis zu skizzieren begann.

Ein Jahr nach der Wende konnte er das Manuskript einem Verlag vorlegen, der auch sofort zugriff. Bekenntnisse politischer Häftlinge waren seinerzeit der absolute Renner. Natürlich musste am Text geändert werden. Dort etwas ver-, da etwas entschärft, hier ein wenig geglättet, da ein bisschen aufgeraut. Wer jemals in seinem Leben die Beine eines Tisches verkürzt hat, weiß, wie lange es dauert, bis der Tisch wieder standfest ist.

Pachulke hatte sich frühzeitig auf den Weg zum Ostbahnhof gemacht, weil er nicht wusste, ob die Berliner

S-Bahn wieder Ausfälle wegen unsachgemäßer Wagenwartung hatte. Die S-Bahn fuhr pünktlich, dafür hatte der Zug Verspätung.

Um sich die Wartezeit zu verkürzen, sah er den dicken Tauben auf dem herbstgrauen Bahnsteig zu, die von Papptellern Schrippenkrümel mit Mostrich pickten. Erst kürzlich hatte er über Großstadtvögel gelesen, die wendiger als ihre Brüder und Schwestern auf dem Lande seien, da sie unter einem ständigen Anpassungszwang litten. Die Reisenden, meist sehr junge Leute, die aufs Auto sparten oder Rentner, die die Bequemlichkeit einer Bahnfahrt dem Stress auf der Autobahn vorzogen, sahen gleichfalls interessiert den Tauben zu.

Claus B. Pachulke sollte auf dem Mannheimer Bahnhof abgeholt werden. Während der Fahrt stellte er sich äußerst lebhaft sein Empfangskomitee vor: eine knackige, quirlige Endzwanzigerin oder war es doch eher eine erfahrene Mittvierzigerin mit der erlesenen Schwere von Büttenpapier?

Doch nichts von alledem. Auf dem Bahnsteig lehnte an einem übervollen Abfallbehälter ein vergnazt aussehender, grauhaariger Kerl, der ihm die Zugverspätung zwar nicht ausdrücklich vorwarf, aber aus seiner Verärgerung keinen Hehl machte. Es ging um Parkgebühren, die sich dadurch erhöht hätten.

Pachulke beeilte sich zu sagen, dass er natürlich dafür aufkommen würde.

Das wäre ja wohl das Mindeste, knurrte der andere und drängte zur Eile.

Der rostige Opel Corsa war endlich in der Tiefgarage geortet und der Beifahrersitz von einer großen Papiertüte mit der Aufschrift „Kostümverleih" befreit worden. Nach äußerst waghalsigen Wendemanövern ans Tageslicht gelangt, wurde der Grauhaarige umgänglicher. Er sei froh, dass Pachulke nicht so neumodischen Kram schreibe wie die meisten.

War das ein Lob oder eine Abwertung? Pachulke entschied sich für Ersteres. Immerhin hatte er also seinen Roman gelesen.

Nein, nicht er, aber seine Frau, sagte der Fahrer und stellte sich endlich namentlich vor: „Nübling."

„Pachulke", sagte Pachulke. „Aber das wissen Sie ja schon."

Sie ließen die Stadt hinter sich und holperten über löchrigen Fernstraßenbelag. Nach gefühlten zwei Stunden wies Nübling nach links und sagte: „Hier hat sich die Steffi ihre Sporen verdient."

Pachulke begriff nicht.

Steffi Graf, die kenne er doch. Oder?

Pachulke nickte, verkniff sich aber die Bemerkung, dass er sich aus Tennis nichts mache.

Wieder vergingen zwei gefühlte Stunden. Dann fuhren sie über eine Brücke, die im Nebel zu schweben schien. „Vater Rhein", sagte Nübling, ließ das Lenkrad los und wies mit beiden Händen nach rechts und links in das neblige Gewaber.

Pachulke unterdrückte ein Gähnen.

Nübling interpretierte das als Begeisterung. Alle Künstler seien an dieser Stelle immer total begeistert.

Kämen denn viele Künstler, fragte Pachulke mäßig interessiert.

Viel seien es nicht, sind ja alle handverlesen.

Handverlesen! Pachulke spürte, wie sein ausgehungertes Ego gierig die Nachricht aufsaugte.

Ob er auch dem Verein „Musenkuss" angehöre, fragte er Nübling.

Der Grauhaarige sah ihn wortlos von der Seite an. Das war Antwort genug.

„Aber Frau Elwe und Frau Tritsche?"

„Die Elwetritschen, na klar doch", sagte Nübling. „Die ziehen doch die Fäden. Sozusagen der Vorstand vom ,Musenkuss'."

„Wie alt?"

„Sehr alt."

Pachulke hatte es geahnt. Also gut, dann eben eine Seniorenmitternachtslesung. In seinen Biografiekursen hatte er schließlich Erfahrung im Umgang mit Alten erworben.

„Beide sind schon über neunzig", sagte Nübling. „Aber ins Heim wollen sie um keinen Preis."

„Wer will das schon?", sagte Pachulke.

In einem Monat werde sein Ein-Euro-Job auslaufen, sagte Nübling und es gebe dann keinen Nachfolger bei den Alten mehr. Dann müssten sie in den sauren Apfel beißen.

Und Nübling? Was werde aus ihm?, fragte Pachulke,

„Was schon? Mit Anfang sechzig?"

Er könne doch zusätzlich ..., warf Pachulke vorsichtig ein.

„Nur für Gottes Lohn?" Nübling schüttelte den Kopf. „Die Alten sind blank, na ja fast. Bis auf ein paar sauteuer gehandelte Flaschen im Weinkeller, noch aus dem Weingut ihres Vaters, die sie aber gut versteckt halten." Er lachte anerkennend. Aber er müsse schließlich dann, wenn er vorfristig berentet sei – die Rentenhöhe sei ja mit Abzügen katastrophal – auch sein Zubrot haben.

„Werbezeitungen austragen oder so was in der Richtung?", fragte Pachulke, der in mageren Erwerbszeiten auch schon Ähnliches erwogen hatte.

„Ja, in der Richtung", sagte Nübling. Richtige Zeitungen lese sowieso kaum einer mehr. Überhaupt würde ja wenig gelesen. Wie einer sich da über Wasser halten kann, wie er.

Pachulke ignorierte die Frage, die wohl auch mehr rhetorisch gestellt worden war. Dann schwiegen sie.

„Gleich kommt Speyer", sagte Nübling nach einer Weile. „Soll ich halten?"

„Warum?"

Nübling wunderte sich über die Frage.

„Den Dom ansehen oder die Gaststätte, wo Kohl seinen Saumagen verdrückt hat. Die anderen Künstler hat das immer interessiert."

„Die anderen?"

Der letzte sei ein Maler gewesen, sagte Nübling. Abstrakt, sehr abstrakt. Der habe seit über fünfzehn Jahren kein einziges Bild gemalt. Aber nach seinem Besuch bei den Elwetritschen hat der dauernd Farbe nachkaufen müssen und Leinwand, weil ihn die Arbeitswut gepackt hatte. Sogar in London habe er einen Preis gekriegt.

„Einen Preis?", wiederholte Pachulke nachdenklich.

Ob er nun halten solle oder nicht, fragte Nübling.

„Weiterfahren", ordnete Pachulke an. Er wolle lieber mehr über die Elwetritschen erfahren.

Nübling lachte. Über die beiden Alten oder die Fabelwesen?

„Fabelwesen?", wunderte sich Pachulke.

Ja, habe er denn nicht gewusst, dass die Elwetritschen eigentlich Fabelwesen seien. Eine Kreuzung aus Federvieh und Waldelfen.

„Gestalten aus den Gutenachtgeschichten für Kinder?"

„So ähnlich", sagte Nübling.

Wie die Alten zu dem Namen gekommen seien, das würde Pachulke schon gerne wissen.

„Wegen der dürren Beine. Die hatten beide schon als junge Mädchen, als sie aufs Lehrerseminar gingen. Hühnerbeine. Ein Schulbub, der sich zu Unrecht schlecht benotet gefühlt hatte, hat die Namen dann später in die Welt gesetzt."

„Lehrerinnen also."

„Sehr tüchtig. Mit bestem Leumund. Unter ihrer Herrschaft hat es nie Sitzenbleiber gegeben. Irgendwie haben die es immer fertiggebracht, aus dem Faulsten und Dümmsten noch das Maximum rauszukitzeln."

„Für Männergeschichten war da wohl nie Zeit?"

„Überhaupt nicht", sagte Nübling. „Die haben nur für ihren Beruf gelebt."

„Und jetzt für die Kunst?"

Könne man so sagen. Nübling begann leise vor sich hin zu pfeifen. „Gleich hinter Dahn haben wir unser Ziel erreicht."

Ein ziemlich verkommenes Bauernhaus, trotz der einbrechenden Dunkelheit als solches erkennbar, entpuppte sich als Ziel. Fensterläden baumelten an abgebrochenen Scharnieren, Putz blätterte und Unkraut wucherte.

Eine verblühte Blondine mit langen Vorderzähnen empfing sie auf der Treppe. „Meine Frau", sagte Nübling. „Sie macht den Alten die Wäsche."

„Ihr habt ziemlich lange gebraucht", stellte Frau Nübling fest und inspizierte den Besucher. „Die Damen hätten ihren Gast gerne selber begrüßt, haben sich aber inzwischen ein wenig hingelegt, um zur Lesung frisch zu sein."

„Hier geht's lang", sagte Nübling und schob Pachulke seiner Gattin wie ein Geschenk entgegen. Pachulke stolperte über eine lockere Steinplatte und fiel der Langzähnigen direkt in die Arme. „So eine herzliche Begrüßung habe ich mir schon immer mal gewünscht", sagte sie lachend.

Im Haus roch es abgestanden und nach schlecht schließenden Kellertüren. In Pachulkes Zimmer standen die Fenster weit offen. Frau Nübling schloss sie resolut, wünschte „Guten Appetit" und wies auf ein wackliges Tischchen, auf dem belegte Brote vor sich hin trockneten. Dann verließ sie die Stube.

Für Pachulke stand längst fest, dass er die Lesung so schnell wie möglich hinter sich bringen wollte. Das gewohnte Programm: ein paar einführende Worte, die Fernbrille gegen die Lesebrille austauschen und dann loslegen. Doch zuvor würde er sich erst stärken und dann ein wenig ausstrecken. Kaum lag er, war er auch schon eingeschlafen.

Sanftes Klopfen an der Tür weckte ihn: „Es ist so weit."

Nübling hielt ihm steif eine beträchtlich große Papiertüte hin und bat ihn, sich umzuziehen.

„Umziehen?" Pachulke sah nachdenklich auf die Tüte und erstarrte beim Blick in das Innere. „Sträflingskleidung?"

„Frisch gereinigt", sagte Nübling. „Aus dem Mannheimer Kostümverleih."

Jetzt wusste Pachulke auch, warum ihm die Tüte so bekannt vorkam.

Er solle es nicht persönlich nehmen, tröstete Nübling. Eine Marotte der Elwetritschen. „Emotionale Verstärkung" würden es die Alten nennen.

„Für wen emotional verstärkend?", fragte Pachulke ein wenig genervt. „Für den Lesenden oder die Zuhörer?"

„Ohne Kostümierung kein Honorar", sagte Nübling und sah Pachulke fest in die Augen. Und sie seien ohnehin nur zu viert.

Zu viert? Pachulke schluckte. Die Hose spannte überm Bauch, aber die zwei Fußfesseln mit den schwarzen Kugeln aus Pappmaché rutschten wenigstens leicht über die Gelenke. Als Zehnjähriger war er einmal so zum Kinderfasching gegangen. Zum Glück kannte ihn hier keiner.

Im Leseraum, offenbar der guten Stube, nur von einer Leselampe erhellt, erwarteten sie die langzähnige Frau Nübling und zwei uralte Weiblein in taubenblau und lerchengrau gewandet. Die Elwetritschen.

Die Alten nickten huldvoll von ihren Sesseln aus. Die Nübling wies auf einen schlichten Holztisch nebst hölzernem Schemel. Es konnte losgehen. Kaum saß Pachulke, nahm er erst einmal einen Schluck aus dem Glas neben der Anderthalb-Liter-Karaffe. Das Mett auf den belegten Broten war stark gewürzt gewesen, zu stark. Der Wein, gut gekühlt, tat dem brennenden Rachen wohl. Ein exzellenter Riesling mit einem Hauch von Aprikosen. Ob es der Inhalt aus einer der versteckten teuren Flaschen war?

So etwas Süffiges hatte Pachulke schon lange nicht mehr auf der Zunge gespürt. Er spülte gleich noch mit einem kräftigen Schluck nach.

Dann begann er zu lesen. Gar keine so schlechte Idee dem Ganzen einen Happening-Charakter zu geben, dachte er, während er lesetechnisch auf Autopilot umschaltete und immer mal zwischendurch ein Schlückchen nahm. Den Text kannte er ja nahezu auswendig. Originelles Outfit, dieser Streifenanzug. Er würde es bei späteren Lesungen berücksichtigen. Dem Publikum würde mehr für die Optik geboten und gleichzeitig an die Entstehungsgeschichte des Romans erinnert werden.

Nur schade, dass es sich hier nur um vier Zuhörer handelte.

Als er endlich beschwingt die Lesung beendete, waren es sogar nur noch zwei: die beiden Alten, die Elwetritschen.

Wo denn die Nüblings seien?

Nach Hause geschickt worden, antwortete die Taubenblaue.

„Vor dem Babbsack und seiner Gemahlin haben wir jetzt endlich Ruhe. Ist doch recht, oder?"

Das sei schon ihn Ordnung, erwiderte Pachulke und kam ein wenig schwankend ihrer Aufforderung nach, sich in das noch freie Sesselchen an dem Couchtisch zu setzen.

Der Wein hatte ihn leutselig gestimmt und er wollte endlich seine Zellenerfahrungen aus Ostzeiten zum Besten geben, doch die Alten winkten ab. Das sei bekannt. Sie hätten alles ausführlich recherchieren lassen. Es gehe hier eher um seine Zukunft und weniger um seine Vergangenheit. Ihr Ziel sei es, den schöpferischen Brunnen in ihm, der trocken läge, wieder zum Fließen zu bringen.

Ja, seine schreiberische Kreativität ließe zu wünschen übrig, gab Pachulke selbstkritisch zu, bekam dabei seltsamerweise rote Ohren und fühlte sich mit einem Male wie ein Viertklässler. Nicht, dass er sich nicht bemühe ...

Das sei ja wohl das Mindeste! So der scharfe Einwurf der Alten.

Pachulke versuchte, sich zu erklären. Des Öfteren rumore es kreativ in seinem Inneren, doch die Pforte nach draußen sei versperrt. Eine Art seelische Verstopfung.

Die Alten schüttelten ihre Köpfe. Was, wenn es sich nur um versetzte Winde handle! Heiße Luft! Wenn es nichts Erwähnenswertes zu erzählen gäbe?

Das fand Pachulke dann doch ziemlich stark von den beiden Hexen.

Was ihm fehle, sei frisches Blut.

Blut? Pachulke glaubte, sich verhört zu haben.

Ja, frisches. Eine Transfusion sozusagen, im übertragenen Sinne freilich. Er sei der Wiederkäuer-Typ unter den Künstlern. Ja, es gebe Wiederkäuer und Raubtiere unter den Künstlern, so ihre Erfahrung aus dem Leben und dem Fach Literatur, belehrte ihn die Taubenblaue.

Pachulke versteifte sich.

Symbolisch gesehen, lediglich symbolisch gesehen, besänftigte ihn die Lerchengraue. Sie würden schon dafür sorgen, dass er eine Weide bekam, auf der ordentliches Schreibfutter für ihn wuchs. Er sei ja nicht der Einzige, den sie aus ebendiesen Gründen unter ihre Fittiche genommen hatten.

Pachulke dachte an den preisgekrönten Maler und versuchte sich zu entspannen.

„Darauf wollen wir gemeinsam anstoßen", sagte die Lerchengraue.

Beim Zuprosten stieß Pachulke an die Hände der Alten. Sie fühlten sich papieren an und sahen so bröcklig aus wie das Etikett auf der Weinflasche.

„Ein echter 1943er", sagte er ungläubig.

„Unser letzter."

Nach dem zweiten ausgiebigen Schluck fiel Pachulke das Glas aus der Hand und er rutschte tief ins weiche Polster. Später konnte er sich nicht mehr daran erinnern.

„Das hat aber lange gedauert", sagte Elwe. „Du hast doch nicht vergessen, den Riesling mit dem Marillengeist zu vermischen?"

„Der ganze halbe Liter ist drin", sagte Tritsche.

„Respekt, Pachulke", sagte Elwe zum hinübergetretenen Dichter. „Und jetzt zum Geschäftlichen. Wo sind die Umschläge?"

Tritsche holte aus ihrer Jackentasche die Scheine.

„Zehntausend für deine und zehntausend für meine Beerdigung. Steht alles drauf. Name und Summe."

„Das Geld stecken wir jetzt dem Pachulke in die Tasche. So. Die leeren Umschläge bleiben hübsch sichtbar liegen."

„Was wird er kriegen?"

„Ein Jahr oder anderthalb, genug Zeit, um Stoff zu sammeln und zum Skizzieren."

„Ein korrupter Politiker in seiner Zelle wäre nicht schlecht. Was meinst du?"

„Politiker? So einer kriegt eher einen Sessel im Europaparlament als eine Pritsche in der Zelle. Nein, unser Pachulke braucht auch mehr was Erdverbundenes. Aber das überlassen wir dem Schicksal. Mehr können wir nicht für ihn tun. So, und jetzt gieß ich uns noch den Rest vom 43er ein. Hast du die Schlaftabletten? Rein damit."

„Alle?"

„Alle. Oder willst du lieber ins Heim? Na also."

„Und wenn er wegen Doppelmord angeklagt wird?"

„Du hast doch unsern gemeinsamen Abschiedsbrief auf die Vitrine gelegt? Das hast du doch?"

„Habe ich."

„Dann ist es nur Diebstahl."

„Ja, Diebstahl."

„Wir hatten ein schönes Leben."

„Ja, hatten wir."

„Erinnerst du dich noch an Nüblings Schuleinführung?"

„Ach ja, der Nübling."

„Wie er uns als Dreikäsehoch sagte, er hätte schon zweimal bis unendlich gezählt."

„Und erinnerst du dich ..."

Pachulke, der die Zelle mit einem äußerst mitteilsamen Heiratsschwindler teilte, wurde bereits nach einem Jahr wegen guter Führung entlassen. Glücklicherweise stand das Gerüst für seinen neuen Roman schon fest. Sein Verlag hat bereits großes Interesse bekundet.

ULRIKE MAYRHOFER UND CARMEN SCHMIT

Nur ein Schluck

Dem betagten Küfer zittern die Hände. Der Schlüssel will nicht ins Schloss hinein, gleitet immer wieder ab. Er stützt den schweren Kopf gegen die Tür, atmet tief ein, atmet tief aus, umfasst den Schlüssel fester, hält die Luft an. Schiebt ihn vorsichtig ins Loch hinein, Schweißperlen bilden sich auf seiner Stirn. Nur einen winzigen Moment noch, Konzentration jetzt, Metall gleitet in Metall. Erleichtertes Ausatmen, der Schlüsselbart erfasst den Riegel und schiebt ihn mit einer Umdrehung zurück. Die Tür schwingt auf, sperrangelweit. Der Küfer verharrt auf der Schwelle und stockt. Er will eigentlich gar nicht hinein in diese viel zu enge Wohnung, die sich ihm, gleich einer alten Hure, schwerfällig anbietet. Irgendwie scheint sie zu wissen, dass er immer wiederkommt, auch wenn sie nicht schön anzusehen ist. Doch wiederkommen wird er, das steht fest, vielleicht aus Gewohnheit, vielleicht aus einem seltsamen Verantwortungsgefühl heraus, vielleicht aber auch nur deshalb, weil ihm keine andere Wahl bleibt.

Dem Küfer gefällt es nicht, solche Gedanken zu haben, deshalb stellt er sich vor, dass seine Frau sie ihm eingeflüstert hat, während er schlief, vielleicht um ihn auf die Probe zu stellen, vielleicht aber auch nur aus reinem Sadismus.

Er merkt, wie müde er ist, schlafen will er, und wie, nur ein Schritt und die Blockade ist überwunden, nur ein Schritt, los geh ihn doch.

„Manfred", ruft da seine Frau und wenn sie ihn so ruft, kann er aufhören zu denken und anfangen zu funktionieren. Sein rechter Fuß macht einen Schritt nach vorne und dann ist er auch schon über der Schwelle. Die Tür fällt hinter ihm ins Schloss, leise seufzend, irgendwie erleichtert. Er ist wiedergekommen.

Manfred steht im kargen Vorzimmer und zieht sich die Schuhe aus. Seine Bewegungen sind fahrig, er muss husten, streift die hässliche Kappe vom Kopf und nestelt dann an der billigen blauen Krawatte. Am Ende entledigt er sich der dunkelblauen Jacke mit der Aufschrift „Ordnungsamt", die ihm ein Gräuel ist. Es ist ihm ein Gräuel, ein Gemeindevollzugsgnom zu sein, der fremde Menschen abstraft. Es ist ihm ein Gräuel, die scheußlich dunkelblaue Uniform zu tragen, noch schlimmer wäre es, sich damit zu identifizieren. Er ist ein Schäffler, ein Küfer, kein Knöllchenschreiber, doch leider ist das verkehrt, denn seit zwei Jahren ist er ein Knöllchenschreiber und kein Schäffler mehr. Das Haus in Stadecken-Elsheim haben sie aufgeben müssen, das schöne, alte Haus mit dem wilden Garten und dem Duft der Reben. Alles Duftende ist verschwunden, jetzt lebt er in diesem Schuhkarton in Mainz und das für immer. Daran zu denken, bereitet ihm Kopfschmerzen. Da trinkt er lieber einen über den Durst, davon hat er dann zwar auch Kopfschmerzen, aber die sind ihm gefälliger. Dumpf sind sie, benebelnd und beruhigend. Weniger denken ist gut, weniger fühlen auch.

„Manfred", ruft seine Frau wieder aus der guten Stube und ihn schaudert es unwillkürlich. „Manfred, jetzt steh doch nicht die ganze Zeit im Dunkeln und komm endlich herein!" Ihre Stimme inklusive Stimmung kippt. Er registriert das mit einem Anflug weinseliger Belustigung: Da ist er ihr noch nicht einmal unter die Augen getreten und hat es schon wieder geschafft, den Abend zu ruinieren. Seine Lippen kräuseln sich zu einem freudlosen Lächeln. Er schlurft ins Wohnzimmer, sieht sie lieber gar nicht an, geht direkt zum Kühlschrank und holt sich von dort ein Bier. Manchmal geht der Plan auf, zum Beispiel wenn gerade „Das Traumschiff" läuft, dann ist sie abgelenkt, starrt auf den bauchigen, alten Fernseher und vergisst für eine gewisse Zeit ihren Groll und dass es ihn gibt. Heute aber strahlt das ZDF eine Katastrophen-Sondersendung aus und die kann sie leider nicht fesseln. Katastrophen üben keinen Reiz auf sie aus, offenbar hat sie schon zu viele davon selbst erlebt.

„Spät bist du gekommen. Dabei habe ich eine Überraschung für dich." Sie sagt es halb verärgert, bemüht sich jedoch um einen freundlichen Tonfall. Er lässt sich in den abgewetzten Ohrensessel fallen und nimmt einen Schluck aus der Bierflasche. Eine Überraschung? Das kann er sich irgendwie nicht vorstellen, deshalb sagt er gar nichts. Sie beobachtet ihn noch immer und greift langsam, so als koste es sie große Anstrengung, zu einem vollen Weinglas neben sich. Schwankend hält sie es in der Hand. Dann stellt sie es auf dem gläsernen Couchtisch ab. „Ein weißer Burgunder, *Elsheimer Blume*", flüstert sie und starrt ihn an auf eine Art, die es ihm unbehaglich werden lässt. Noch unbehaglicher als ohnehin schon. Er grunzt und sie widmet sich wieder ihrer Handarbeit. Zerrt an der grasgrünen Wolle, aus der sie einen Pullover strickt und presst die Lippen aufeinander. Ihre schlaffe Haut ist faltig. Das wäre nicht schlimm, überhaupt nicht, ist es aber doch. In ihrem Gesicht gibt es keine einzige Lachfalte. Nur Sorgenfalten, Gramfalten, Zornesfalten und Falten vom täglichen Unglücklich-Sein. Vor sehr, sehr langer Zeit hat er sie jeden Tag lachen sehen. Dann kamen die Probleme und das Lachen verging. Als er seinen Handwerksberuf aufgeben musste, blieb das Lachen dann ganz aus.

„Ich weiß doch, wie gern du den hast. Willst du ihn nicht wenigstens einmal kosten?", fragt sie beiläufig. Ihre Stimme klingt nebensächlich, ihre Finger sind in Aufruhr: eine rechts, eine links, eine rechts, eine links.

Er fährt sich mit der Hand über die Augen und schüttelt den Kopf. Gar nichts will er, schon gar nicht den Wein trinken, den ihm der Weinbauer vor zwei Jahren geschenkt hat. Mit diesem Abschiedsgeschenk hat er ihm für immer den Geschmack an der *Elsheimer Blume* verdorben. Bitter war es und bitter ist es noch.

Sie schnaubt wie eine Dampflok. „Gibst dein Geld lieber in irgendwelchen Kneipen aus, statt den Wein zu trinken, den wir zuhause haben. Lieber fürs billige Zeug Geld rausschmeißen, als hier was Anständiges zu trinken. Dabei fehlt es uns sowieso an allem!" Ihre Augen gleiten einmal missbilligend über seine Uniform und wenden sich dann wieder ihrer Strickerei zu.

Er nimmt noch einen Schluck Bier. Ein bisschen muss er ihr schon recht geben, er gibt das Geld wirklich in der Kneipe aus. Andererseits glaubt er nicht, dass er dieses Leben anders ertragen könnte – aus diesem Blickwinkel betrachtet also durchaus eine sinnvolle Investition.

Früher war das nicht so. Er war Schäffler gewesen, sogar ein ziemlich guter. Doch die Aufträge hatten gefehlt, und wie sie gefehlt hatten. Der Weinbauer, dieser Depp, hatte die guten alten Holzfässer gegen Stahltanks getauscht. Und die anderen hatten es ihm alle nachgemacht. Kurz darauf tauschte er das schöne alte Haus gegen den Schuhkarton in Mainz. Da war eine Geschenkkiste mit seinem ehemaligen Lieblingswein ein schwacher Trost. Das Amt hatte ihm dann eine Stelle vermittelt, eine, die aus dem Fassbauer einen Räuber machte. Räuber konnte er nicht leiden, sie passten nicht zu Prinzessinnen. Und eine Prinzessin war seine Frau gewesen, vor langer Zeit. Ihr langes blondes Haar und die rot glänzenden Lippen suchten ihn noch immer in so manchem Traum heim. Wie sehr hatte er sie geliebt. In ihrer Gegenwart wurde er vom fleißigen jungen Mann zum König. Ich bin ein König des Glücks, so hatte er sich selbst einmal genannt. Aus dem König wurde ein Bettler. Aus dem Bettler ein Räuber. Sie aber war noch immer eine Königin. Hoheitsvoll saß sie da und funkelte ihn aus Augen an, die es ihm kalt ums Herz werden ließen. Seine stocksteife Schneekönigin.

„Was siehst du mich so an?" Ihre Lider verengen sich argwöhnisch, ihr Ton ist lauernd.

Er nimmt einen Schluck Bier und sagt nichts.

„Ich verstehe nicht, wieso du den Wein nicht trinken willst. Hast du ein Geheimnis vor mir? Du kannst es mir ruhig sagen, ich komme sowieso dahinter. So klug bist du nicht, um etwas vor mir verheimlichen zu können, das kann ich dir sagen mein Lieber!"

Dass er nicht klug ist, weiß er selbst. Oft genug wird er darauf hingewiesen, nicht von Bekannten oder Freunden (als ob er welche hätte!), nein von Wildfremden auf der Straße.

Zum Beispiel von dem Geschäftsmann, letzten Dienstag, der ihn mit hochrotem Gesicht anbrüllte: „Macht Ihnen Ihr Beruf auch noch Spaß, oder was?"

„Nein, das mit Sicherheit nicht", hatte er geantwortet und es wirklich ehrlich gemeint.

„Dann hätten Sie besser etwas gelernt, dann müssten Sie sich jetzt nicht den ganzen Tag unbeliebt machen!"

Dann hätte er besser etwas gelernt. Hätte er nur etwas Besseres gelernt. Wie sagt man so schön? Es ist zu spät, um über verschüttete Milch zu weinen.

„Hände aus den Hosentaschen, Sie tragen schließlich eine Uniform", hatte ihn heute eine junge Frau mitten auf der Straße zurechtgewiesen. Er hatte es für einen Scherz gehalten und versuchte zu lächeln. Leicht fiel es ihm nicht, aber leicht fiel ihm sowieso gar nichts mehr und daher ging es ganz gut.

„Was grinsen Sie so dämlich, glauben Sie, ich mache Witze? Aasgeier, dämlicher." Damit war sie abgerauscht. Manfred nimmt noch einen Schluck Bier. Wenn er so darüber nachdenkt, ist es noch eine der positiveren Begegnungen gewesen. Jedenfalls ist sie ihm lieber gewesen als der Abend mit seiner Frau, die so ganz und gar nicht Traumschiffabgelenkt böse in seine Richtung starrt.

„Bist du wirklich schon so träge geworden, dass du deinen faulen Hintern nicht mal mehr für ein Glas von deinem Lieblingswein hochbekommst?" Sie sieht ihn herausfordernd an. Na los, sag etwas, wehr dich, sei ein Mann. Er setzt die Flasche an die Lippen und wehrt sich nicht, was hätte das für einen Sinn? Früher hätte er sich nicht so ansprechen lassen und sie hätte es nicht gewagt, ihn so zu beleidigen. Sie hatten beide dazugelernt im Laufe der Jahre.

Aus der liebreizenden Prinzessin war eine Hexe geworden und aus dem stolzen König ein rückgratloser Zwerg.

Sie wendet sich wieder ihrem Pullover zu, strickt ihn mit energischer Verbissenheit weiter.

Er beneidet die grasgrüne Wolle nicht, die sie so malträtiert, deren Faden sie in eine Form ihrer Vorstellung zwängt. Ihm wird bewusst, dass sie bei ihm dasselbe versucht hat, nur ist es ihr nicht gelungen. Nun beneidet er die Wolle doch ein bisschen, um ihre Nützlichkeit. Er war niemals nützlich, zumindest nicht für seine Frau. Die Wolle hingegen wird als Pullover Wärme spenden. Wärme ist etwas Gutes, etwas das ihnen fehlt. Ihr genauso wie ihm.

Ihre Finger sind so fest um die Nadeln geschlossen, dass die Knöchel weiß hervortreten. In allem was sie tut, sieht er die Wut. Unterdrückte Wut, die sie schon lange mit sich herumträgt, seit 25 Jahren schon. Wut, für die er verantwortlich ist, zumindest glaubt sie das.

„Versäufst das ganze Geld und wunderst dich dann, dass wir in diesem Loch hier festsitzen." Wütend wendet sie ihr Strickzeug. Er lächelt traurig, denn gerade hat sie ihm schon wieder bestätigt, was er sich soeben gedacht hat. Glücklicherweise sieht sie nicht, wie er lächelt, denn sonst würden die Fetzen fliegen, und wie, vielleicht aber auch die Stricknadeln.

„Und stur bist du. Ein sturer, alter Bock, dem es egal ist, dass ich extra den Wein für ihn aufgemacht hab. Nur einen Schluck könntest du nehmen, wenigstens einen. Aber du trinkst ja lieber das Bier und starrst dabei die Wand an."

Unbehaglich rutscht er in seinem Sessel hin und her. Was hat sie nur mit diesem verdammten Wein? Er kann es ihr nicht erklären, sie würde es nicht verstehen. Wie erklärt man jemandem, der innerlich tot ist, dass der Geschmack der *Elsheimer Blume* durch die bitteren Erinnerungen unerträglich geworden ist?

„Hast du heute bei meiner Mutter angerufen?"

Die spitzen Worte stechen in seine trägen Gehirnwindungen. Er hebt den müden Blick. Warum in Dreiteufelsnamen hätte er seine Schwiegermutter anrufen sollen? Die Frau ist stocktaub und hätte das Telefon vermutlich sowieso nicht gehört. Er räuspert sich und setzt zu einer Antwort an, doch da fährt sie schon fort: „Nein, du brauchst dich nicht zu rechtfertigen, ich verstehe schon. Es ist natürlich zu viel verlangt, meine Mutter einmal im Jahr an ihrem Geburtstag anzurufen, obwohl es ja sonst niemanden gibt, den wir anrufen müssen. Freunde haben wir schließlich keine, die hast du ja alle vergrault. Wahrscheinlich warst du auch viel zu beschäftigt in deinem neuen, ach so verantwortungsvollen Beruf, da kannst du dich doch nicht auch noch mit solchen familiären Nebensächlichkeiten abgeben, stimmt's?" Sie funkelt ihn an und er staunt darüber, dass sie während des ganzen langen Monologes kein einziges Mal Luft geholt hat. Einen langen Atem hat sie, das muss er ihr lassen. Weiß er aber auch schon länger. Deswegen streitet er auch nicht mehr mit ihr. Am Ende gewinnt sowieso immer sie, nicht weil sie im Recht ist, sondern weil sie einfach mehr Ausdauer hat. Er nimmt noch einen Schluck Bier und sie legt ihr Strickzeug beiseite. Ihre Hände haben nichts mehr zu tun und liegen nun in ihrem Schoß. Erinnerungswind kommt auf und bläst eine Szene aus der Vergangenheit ins Jetzt.

Ein sonniger Frühlingstag vor 25 Jahren. Er hält ihre zitternde Hand, und sie hält sich daran fest, während sie gemeinsam in der Praxis warten. Dann kommt der Arzt und bringt einen Koffer voll Wut mit, so einen, der niemals leer wird, bis ans Lebensende nicht. Als sie die Worte hört, entzieht sie sich ihm in derselben Sekunde. Legt die Hände in den Schoß, wird ganz starr und kalt und er steht hilflos daneben. Es ist seine Schuld, dass sie keine Kinder bekommen können, seine, nicht ihre, da fragt sie nach. Es scheint ihr sehr wichtig zu sein.

Sie beginnt ihn zu hassen, jeden Tag ein bisschen mehr. Er nimmt es auf sich, das ist seine Verantwortung, schließlich ist er dafür verantwortlich. Trägt es, erträgt es, sie so wütend zu sehen, denn tief im Inneren weiß er, dass sie die Emotion braucht. Sie klammert sich an die Wut, aus Angst sonst gar nichts mehr zu fühlen. Denn dann wäre sie so wie er und das ist mit Sicherheit das

Letzte, das sie will. Er setzt die Bierflasche an die Lippen, doch die ist leer. Und er sieht klar.

„Es tut mir leid", sagt er.

Sie springt auf. „Was soll das jetzt?", faucht sie ihn an. Seine Entschuldigung wirft sie aus der Bahn. Rastlos fährt sie sich durchs ergraute Haar, greift schließlich nach dem vollen Glas mit der *Elsheimer Blume* und hält sich daran fest.

Mühsam steht er auf und blickt sie ruhig an. Er hätte sie schon früher verlassen sollen, es wäre seine wahre Verantwortung gewesen. Das weiß er jetzt. Jetzt ist es zu spät, das weiß er auch. Trotzdem müssen sie nach vorne schauen. Alle beide.

„Als der Arzt damals gesagt hat ..."

„Hör auf!", fährt sie ihn an. „Ich will nichts davon hören! Zur Hölle fahren sollst du!"

Doch er lässt sich nicht den Mund verbieten. Unbeirrt fährt er fort: „Als der Arzt uns gesagt hat, dass wir keine Kinder bekommen können, hast du aufgehört, glücklich zu sein."

Sie starrt ihn bebend an.

„Wir haben kein einziges Mal darüber gesprochen, Gerda. Wir haben niemals über Adoption gesprochen. Oder über ... Trennung." Er ringt nach Atem. „Wir haben niemals darüber gesprochen, was es für uns bedeutet hat, unser Haus aufzugeben und in diese Pappschachtel zu ziehen. Wir haben so viel versäumt."

Eine einzelne Träne kämpft sich ihre Wange hinunter. Nimmt den Weg durch Sorgen-, Gram- und Zornesfalten und durch die Furchen vom täglichen Unglücklich-Sein. Das sind die tiefsten.

„Adoption", murmelt sie dumpf. „Ich dachte immer, so etwas käme für dich nicht in Frage. Wir hätten ein Kind haben können." Die Hand, mit der sie das Weinglas hält, zittert heftig. Geistesabwesend führt sie es an die Lippen und nimmt einen großen Schluck. Dann reißt sie in plötzlichem Entsetzen die Augen auf, das Glas gleitet aus ihrer Hand und das Strychnin durch ihren Körper. Mit einem Klirren zerspringt das Weinglas am Boden und gesellt sich zu den Scherben ihres gemeinsamen Lebens.

ANNE GRIESSER

Die Ermordung einer Weinflasche

Er stöhnt. Hebt den Kopf, um ihn sofort wieder sinken zu lassen. Schmerzen, Schmerzen! Woher kommen sie? Die Luft feucht und modrig. Spärliches Licht, kaum der Rede wert. War da nicht eben noch Sonne? Wärme? Wein?

Wein! Ja. Eine Erinnerung kitzelt sein schwaches Gedächtnis. Wieder hebt er den Kopf. Nein. Keine Bewegung, noch nicht. Später vielleicht.

Im funzligen Licht schemenhafte Umrisse. Regale? Gewölbe? Flaschen? – Ein Keller, ganz deutlich. Ein Weinkeller? *Wein?*

Zweifellos. Flaschen, gefüllt, in Reih und Glied. Ihm wird kalt, ihm wird schwindelig. Die Schmerzen lassen nicht nach. Vor ihm auf dem Boden eine weitere Flasche. Eine leere. Leer ...

Ein Fetzen von Erinnerung trifft ihn mit Keulengewalt. Nun ahnt er, wo er ist. Ahnt, wer ihn hergebracht hat. Weiß, wer die Schuld trägt. Weiß es genau.

Die Weinflasche, die leere, wo ist sie?

Fort mit ihr, an die Wand, an die Wand!

Nein, doch nicht. *Noch* nicht. So soll sie nicht davonkommen. So leicht. So schmerzlos. Er rümpft die Nase, seine Stimme klingt rau:

„Verfluchter Tropfen! Was hast du getan? Wie kannst du es wagen, mir unter die Augen zu treten? – Pfui, wenn ich dich schon rieche! Verführerisch willst du sein? Aromatisch wie Vanille, Pfirsich, Melone? Betrüger! Meine eigene Pisse duftet besser als du! Dieser Gestank! Schal. Abgestanden. Eine schöne Verheißung bist du! Betrogen hast du mich. Gauner! Spitzbub! Boshaftes Gesöff! An die Wand mit dir!"

Nein, doch nicht. *Noch* nicht. Er hält inne. Ein leises Stimmchen dringt in seinen Kopf. Oder *aus* seinem Kopf? Es ist nicht nur eines, es sind viele. Leise, ganz leise. Was sagen sie?

Oh weh, oh weh.
Welch ein Verdruss. Dass man das erleben muss!
Er schmäht den Wein, er flucht die Rebe.
Oh Bacchus! Wenn du kannst – vergebe!

Das ist doch unmöglich! Nein, nein. Kaum zu glauben! Und doch? Wer könnte das sein?

„Die Kellergeister! Übles Pack! Ihr habt mir gerade noch gefehlt! Na los, kommt raus, wenn ihr euch traut! Feiges Volk! Könnt nur im Dunkeln jammern, was? Rechtschaffene Menschen wollt ihr belehren?"

Er wartet. Ungeduldig. Vergebens. Alles bleibt wie es ist, doch die Stimmen sind da.

Was ist denn passiert? Was ist nur geschehn?
Man hat ein großes Unheil gesehn.

„Was geschehen ist? Ihr wagt zu fragen? – Na schön, dann will ich es euch sagen. Die Flasche, wo ist sie? Ah, unters Regal gerollt. Willst dich wohl verstecken, was?"

Er streichelt sie. Liebevoll, fast zärtlich.

„Deinetwegen habe ich mich aufgemacht, den Tag in der Straußwirtschaft zu verbringen. Nur deinetwegen, Teufelstrank, verfluchter! Der neue Wein! Spritzig wie ein Bergquell. Aromatisch wie die Küsse einer Frau. Frisch wie ein Sommermorgen, klar und grün wie der Rhein. Verführung und Verheißung ..."

Wütend stellt er die Flasche ab.

„Und Betrug! Du hast mich genarrt, in den Abgrund gestürzt. Alles Putz und Maskerade! Jetzt zeigst du endlich dein wahres Gesicht! Stinken tust du, bist leer und hohl!"

Eine Erinnerung, ein Stich in seinem Kopf.

„Allein saß ich da, ganz allein. Zufrieden mit mir und der Welt.

Die Frau gegenüber am Tisch – sie kam mit ihrem Mann. Ein hässliches Weib. Nicht mehr jung, mit Falten und Leberflecken. Hellgrüne Augen, wässrig, aber eindeutig das Schönste an ihr."

Die Farbe der Hoffnung. Die Farbe des Glücks.
Die Farbe von Wachstum, Natur und von Kraft.
Die Farbe von frischem, süffigem Wein –
wie könnte daran was Teuflisches sein?

„Dein zerstörerisches Werk hast du begonnen, mit dem ersten Glas: Die Züge der Frau werden weicher, die Brüste draller, das Lächeln strahlender."

Er streichelt die Flasche.

„Das zweite Glas: Dieses Funkeln in ihren Augen! Der verschmitzte Zug um den Mund. Alles an ihr ist Einladung. Die roten Lippen will sie mir öffnen, und nicht nur die.

Das dritte Glas: Ich muss sie haben. Sie ist die schönste, die begehrenswerteste, die sinnlichste Frau der Welt!

Das vierte Glas: Da! Jetzt steht sie auf! Schwingt die Hüften, tanzt mit dem Arsch. Komm mit mir, flüstern ihre springenden Brüste. Komm schnell, zwitschern ihre hellgrünen Augen."

Oh weh! Oh weh!
Er strauchelt, er schwankt, er hat einen Hau,

er keucht und er taumelt; er ist richtig blau.
Sein Blick ist ganz trübe, er kann kaum noch sehn,
dick ist seine Rübe, doch er lässt es geschehn.
Komm Mädel, so lallt er, nun hab mich doch lieb,
doch da ist keine Liebe, da ist nur ein Trieb.

Er reibt die Flasche am Gemächt.

„Sträuben willst du dich? Nicht einhalten, was du versprochen hast? Ich soll dich loslassen? – Das könnte dir so passen, Weib! Komm her, stell dich nicht an. Erst reizt du mich bis zur Weißglut, dann willst du dich verdrücken? Was? Du hättest mich gar nicht gereizt?"

Er lacht.

„Red keinen Stuss. Komm her, und sei trunken mit mir!"

Reiben, schneller, schneller.

Oh weh, oh weh.
Von hinten naht der Ehemann, sodass man ihn nicht sehen kann.
Er hat die Flasche in der Hand und schwingt sie wahrlich sehr gewandt …

Innehalten. Er stöhnt. Wo ist der Gegner? Eine Erinnerung nur, blass und konturlos wie die Kellergeister. Die Flasche! Auf den Kopf des Gegners muss sie! Na los, auf den Kopf.

„Siehst du? – Siehst du, was du angerichtet hast? – Es war Notwehr, ohne Zweifel. Da kann das dumme, hässliche Weib sagen, was es will. Natürlich hab ich mehrmals zugeschlagen. Ich war entfesselt! Du! Du bist schuld!"

An die Wand mit der Flasche, an die Wand!

Nein, doch nicht. *Noch* nicht. Wütend setzt er sie zurück auf den Boden.

„Du hast mein Blut erhitzt, alle Grenzen verwischt! Ohne dich wär ich doch niemals in diese Lage geraten! Du hast das Schlimmste in mir geweckt: das Tier, den Löwen. Vergessen war das Weib, vergessen die Verlockung. Meine Pranke wollte ihn erledigen. Den Rivalen ausschalten. Ich konnte doch gar nicht anders. Du hast mich gezwungen, du Mörder, elender!

Leicht und gesellig willst du sein? Und bist doch aggressiv wie ein Stier!"

Er atmet tief durch, wird ruhiger.

„Und nun ist er tot."

Weh dem, der dann zur Flasche greift,
wenn Wut mit Mordlust in ihm reift!
Ein schwacher Mensch soll niemals saufen,
ihm könnten Fehler unterlaufen:
Er rast, er bebt – ist nicht Herr seiner Werke
denn Weingenuss braucht Charakterstärke!

„Klugscheißer! Ihr habt gut reden! Was wisst ihr schon über Wut und Mordlust? Ihr gebt es ja zu: Ich kann nichts dafür. Schuld ist der Wein. Ich habe doch recht?"

Betretenes Schweigen. Die Stimmen verstummt.

„Doch damit nicht genug!"

Er nimmt die Flasche, hasserfüllt.

„Es hat dir ja nicht gereicht, den Mann zu erschlagen. Du wolltest mich ganz und gar erledigen, nicht wahr? Was hab ich dir getan, dass du mich so strafst? Na los! Sag's mir!"

Die Kellergeister: Verlegenes Hüsteln.

„Die Beine hast du mir schwer gemacht, die Zunge bleiern. Fliehen hätte ich sollen, leugnen, die Schuld weit von mir weisen! Unzurechnungsfähig, wie ich war! Es gab keine Zeugen, nur das hässliche Weib. Und *dich*, natürlich."

Ausspucken. Ekelerfüllt.

„Ich weiß, warum du mich verhext hast! Ich weiß es genau! Wolltest die Schuld von dir selbst abwälzen, nicht wahr? Keiner sollte dich verdächtigen, dich, den wahren Täter!

Oh, du schamloser Betrüger. Wie konnten sie nur auf dich hereinfallen?

Die Beine hast du mir gelähmt, damit ich nicht fliehen kann. Und die Zunge hast du mir im unrechten Moment gelöst, damit ich gestehe, was ich gar nicht getan habe. Ich, ein rechtschaffener Mensch! Und du warst aus dem Schneider."

Er knallt die Flasche zu Boden.

Im Wein liegt Wahrheit, das weiß jedes Kind!
Er kann gar nicht lügen, kann keinen betrügen,
er schildert die Dinge, genau wie sie sind.

„Papperlapapp! Da sitz ich nun in diesem Keller und warte auf mein Urteil. Warte auf die Polizei, die gleich kommen wird. Mich wollen sie verhaften, einen ehrlichen Menschen! Das Opfer wird zur Schlachtbank geführt – und der Täter entkommt."

Drohend umkreist er die Flasche.

„Du glaubst wohl, du hättest es geschafft? Glaubst, du wärst noch einmal davongekommen? – Ein junger, charmanter, geselliger Riesling, der alle blendet, alle belügt? Falsch gedacht! Hier nimm, was du verdienst!"

Jetzt! An die Wand mit ihr, bis sie zerspringt!

Schritte auf der Treppe, leise Stimmen. Männliche Stimmen: „Wo ist der Totschläger? Dort unten habt ihr ihn eingesperrt? Ist er nüchtern, inzwischen? Wir müssen vorsichtig sein."

Sie kommen mich holen. Sie kommen.
Ich bin jetzt ganz ruhig. Die Flasche ist tot.

Simone Jöst

Rotweingefühl

Das Tor stand angelehnt. Rosenblüten und Teelichter auf dem Boden lockten mich in den dunklen Innenhof. Wie vereinbart sollte ich der Fährte bis in den Weinkeller folgen. Das war purer Leichtsinn, denn ich wusste so gut wie nichts über den Mann, der heute Abend mein Gastgeber sein würde. Trotzdem fand ich seine Einladung aufregend und trat ein.

Vorsichtig hob ich den Saum meines Abendkleides an und folgte der Spur. Ich öffnete eine angelehnte Holztür und blickte eine Steintreppe nach unten. Die Stufen waren mit roten Blütenblättern bedeckt und mit festgewachsten Kerzen ausgeleuchtet. Ich zog meine schwarze Stola enger um die Schultern und war neugierig auf mein Rendezvous. Der Mann hatte in seiner Kontaktanzeige ein unvergessliches Candle-Light-Dinner versprochen und sogar die entsprechende Abendgarderobe vorgegeben. Wie befohlen trug ich ein blutrotes Kleid aus Satin, bodenlang und schulterfrei. Meine Knie zitterten vor Aufregung. Die Kerzen flackerten im Luftzug und zeichneten bizarre Schatten an das Deckengewölbe.

Mein Herz schlug mit jeder Stufe schneller und meine Bedenken wurden größer. Ohne zu zögern, hatte ich die Einladung eines Fremden angenommen und betrat nun seinen Weinkeller mitten in Oppenheim. Mit Verstand war dies nicht zu erklären, gerade jetzt, da ein Mörder in der Stadt sein Unwesen trieb.

Am Fuß der Treppe angekommen, verschlug es mir den Atem. Es roch nach Wein, Kerzen, Erde und Holz. Die Wände des Kellers waren aus grobem Stein gemauert. In der Mitte stand ein festlich gedeckter Tisch für zwei Personen. Feines Porzellan und zwei mit Rotwein gefüllte Gläser luden zum Dinner ein. Von irgendwoher erklang klassische Musik. Das Ambiente war atemberaubend.

Ein kühler Luftzug streifte meinen Nacken. Ich drehte mich um und starrte in eine türgroße, pechschwarze Öffnung. Ich hatte bereits von dem Labyrinth gehört, das sich unter der Stadt entlangzog, aber diese absolute Finsternis, die mir daraus hervorgähnte, sträubte mir die Haare. Ich raffte mein Kleid und lief hastig um den Tisch herum. Von der anderen Seite aus konnte ich die Treppe und den Zugang besser beobachten und fühlte mich sicherer. Zu meiner Rechten standen vier Holzfässer an der Wand. Links und hinter mir befanden sich Weinregale, die vom Boden bis hinauf zur Decke reichten. Die Flaschen waren mit einer Staubschicht überzogen, nur zwei von ihnen funkelten im Kerzenschein. Mein Blick wanderte wieder zu jenem Durchgang am Fuße der Treppe und ich überlegte, wohin er führen mochte oder was er verbarg.

Ich sollte besser gehen. Es war leichtsinnig gewesen hierher zu kommen, das sagte mir zumindest mein Verstand, aber stattdessen blieb ich stehen und fieberte meiner Verabredung entgegen, die mir schon seit einer Woche den Schlaf raubte.

Wo war mein Gastgeber überhaupt? Warum hatte er mich nicht an der Tür empfangen? Mir schossen die aberwitzigsten Vermutungen durch den Kopf. Er konnte entstellt sein und hatte Angst, dass ich schreiend davonlief, sobald ich sein Gesicht erblickte. Er konnte ein Psychopath sein, der mich aus dem Schatten heraus beobachtete und mir den Rückweg nach oben versperrte oder er konnte ein Gewaltverbrecher sein, dem ich naiv in die Arme gelaufen war. Ich zog meine Stola enger zusammen und beschloss, mich aus dem Staub zu machen, solange ich noch Gelegenheit dazu hatte.

„Ich glaube nicht, dass du gehst", sagte plötzlich eine Stimme. Mir jagte ein Schauer über den Rücken. Die Worte kamen aus jener schwarzen Öffnung neben der Treppe, klangen tief und melodisch. Sie wirkten auf mich wie ein Schluck schwerer Rotwein, der zuerst in meinem Mund zerging, seine herbe Note auf der Zunge entfaltete und mich mit einem wohlig warmen Gefühl umhüllte, mir die Sinne umnebelte. Ich war unfähig mich zu bewegen und starrte in die Dunkelheit, um wenigstens einen Schatten ausmachen zu können.

„Du willst wissen, wer ich bin?"

Mir kribbelte es vom Kopf bis in die Zehen, aber der Tisch zwischen uns gab mir das Gefühl nicht direkt angreifbar zu sein.

„Ich will dich nicht ängstigen", sagte der Mann und trat ins Kerzenlicht, sodass ich seinen Körper sehen konnte. Sein Gesicht blieb weiterhin im Schatten verborgen. Die Sorgfalt, mit der er seinen Auftritt inszenierte, machte mir Angst und faszinierte mich gleichermaßen. Er trug einen schwarzen Smoking und eine lilagemusterte Weste. Sein weißes Hemd war am Kragen und an den Ärmelkanten mit Rüschen besetzt. Seine Hände waren schmal und seine Haut auffallend blass. Mein Puls hämmerte.

„Fürchtest du dich?", fragte er mich, trat nach vorne und zeigte mir sein Gesicht. Ich hielt den Atem an. Er war wunderschön, seine Züge fein geschnitten, seine Lippen verführerisch geschwungen und seine Haut hatte eine edle Blässe. Seine langen schwarzen Haare fielen ihm seidig über die Schultern und glänzten. All meine Vorstellungen, die ich mir in den letzten Tagen von ihm gemacht hatte, reichten bei Weitem nicht an das, was ich nun erblickte.

Es fühlte sich an wie ein zweiter Schluck Rotwein. Dieses Mal durchflutete mich die Wärme bis hinab in die Zehen. Meine Arme und Beine wurden schwer. Ich durfte nicht die Kontrolle verlieren und suchte nach Worten. Es gelang mir erst beim zweiten Versuch.

„Ich hätte nicht herkommen sollen."

Er lachte, kam an den Tisch und blieb hinter dem Stuhl mir gegenüber stehen.

„Warum hast du es dennoch getan?"

„Ich weiß es nicht", flüsterte ich.

„Wirklich nicht?" Sein Lächeln war unwiderstehlich und seine spitz geschliffenen Eckzähne stachen dabei hervor. Er erinnerte mich an einen Vampir. Mein Blut begann zu kochen. Er beugte sich nach vorne und erhob sein Glas. Dabei zwinkerte er mir zu. Mein Verstand war schon lange zum Statisten meiner selbst geworden und mein Verlangen oder meine Neugier steuerten mein Tun. Wie hypnotisiert griff ich nach meinem Glas und erhob es ebenfalls. Statt zu trinken, senkte mein Gastgeber den Kopf. Sein Augenaufschlag war verführerisch und mir entfuhr ein Seufzen. Wenn ich nicht schnellstmöglich die Flucht antrat, würde dieser Abend für mich kein gutes Ende nehmen.

„Du siehst wunderschön in diesem Kleid aus", sagte er und kam einen Schritt auf mich zu. Ich wich ihm aus und lief in die entgegengesetzte Richtung, um den Abstand zwischen uns nicht zu verringern. Der Rotwein in meinem Glas schaukelte. Obwohl ich noch nichts getrunken hatte, fühlte es sich an, als ob ich bereits einen dritten Schluck zu mir genommen hätte. Dieses wohlige Rotweingefühl breitete sich immer weiter in meinem Körper aus. Meine Arme und Beine wurden bleischwer.

Mein Gastgeber lief langsam, wie in Zeitlupe, ohne mich aus den Augen zu lassen, um den Tisch herum und ich folgte seinem Beispiel. Seine grünen Augen fixierten mich. Ich hatte eine Höllenangst, doch mein Unterbewusstsein dürstete nach einer Berührung, verzehrte sich nach diesem wunderschönen Mann. War das nicht Sinn eines Blind Dates? Wieso sollte ich davonlaufen? Meine innere Zerrissenheit machte mich wahnsinnig und als ich nach einer Umrundung wieder an meinem Stuhl angekommen war, blieb ich einfach stehen.

Damit hatte ich die Weichen gestellt für die nächste Stufe, welcher Art auch immer sie sein mochte. Der Vampir hielt kurz inne. Er lächelte mir über den Rand seines Glases zu und trank. Ich beobachtete die Bewegung seiner Kehle beim Schlucken, sah den roten Schimmer des Weines auf seinen Lippen. Er stellte das Glas ab, ließ mich keine Sekunde aus den Augen, und lief wieder einen Schritt auf mich zu.

Ich wusste, dass Unheil über mir schwebte, doch ich fand einfach keine Kraft, mich aus seinem Bann zu lösen. Falls er wirklich der gesuchte Mörder war, dann würde in wenigen Sekunden eine kalte Klinge durch meine Kehle fahren und mein Blut über mein Abendkleid strömen. Sollte ich sein nächstes Opfer werden und genau wie die Tote, von der die Presse berichtet hatte, irgendwo zwischen Weinreben in einem Wingert aufgebahrt, die Haare sorgfältig um mein Gesicht drapieret, mit einer roten Rose in der Hand, verbluten?

Mein Rotweingefühl, schwerelos und bewegungsunfähig, wurde mit jedem Schritt, den er auf mich zukam, stärker. Er blieb dicht neben mir stehen, griff nach den beiden glänzenden Weinflaschen im Regal und zog etwas zwischen ihnen hervor. Er kam mir so nahe, dass ich seinen Atem auf meiner Haut spürte. Er roch verführerisch nach Vanille. Ich schloss die Augen und zitterte. Mit der Fingerspitze hob er mein Haar zur Seite und drückte behutsam mit seiner Hand gegen meinen Hinterkopf. Ich spürte seine Lippen an meinem Hals. Er küsste mich. Dann schob er die Stola von meiner Schulter und fuhr mit seiner Nasenspitze über meine Haut. Ich wurde wahnsinnig vor Verlangen. Plötzlich spürte ich seine Zähne, wie sie sanft in meine Halsbeuge bissen und dann entdeckte ich das große Messer in seiner Hand ...

Mein Kopf nickte zur Seite und ich wachte erschrocken auf. Ich lag nicht mehr in den Armen des bissigen Vampirs, sondern saß hinter meinem Chef im Verhörzimmer, wo ich eigentlich an der Befragung des gesuchten Weinbergmörders teilnehmen sollte. Unsere SoKo hatte nach wochenlanger Suche endlich einen Verdächtigen festgenommen. Der Mann fläzte sich mit einem überheblichen Grinsen auf dem Stuhl gegenüber meinem Chef. Die Fotos des Opfers am Tatort lagen vor ihm.

„Verdammt nochmal", schrie der Kommissar und donnerte mit der Faust auf den Tisch, „es hat keinen Sinn zu leugnen. Die Frau war bei Ihnen im Keller. Wir haben Ihre Korrespondenz auf dem Computer der Toten entdeckt. Sie hatte sich mit Ihnen zu einem romantischen Candle-Light-Dinner verabredet." Er raste vor Wut.

„Schön geträumt?", fragte der Verdächtige stattdessen und kümmerte sich nicht um den Kommissar, sondern zwinkerte mir zu. Peinlich berührt rückte ich mich auf meinem Stuhl zurecht. Mein Chef wirbelte herum, bedachte mich mit einem zornigen Blick und wandte sich wieder der Befragung zu.

„Also, ich höre."

Der Kommissar und die ganze SoKo waren völlig übermüdet. Wir arbeiteten bereits seit Wochen auf

Hochtouren an diesem Fall. Wir hatten unseren Täter, aber keine eindeutigen Beweise, die vor Gericht standgehalten hätten. Wir alle waren gereizt und wollten den Mann so schnell wie möglich hinter Gitter bringen. Er hatte den Mord an seinem Opfer zelebriert und uns verhöhnt.

„Mann, reden Sie", fauchte mein Chef, „wir werden Sie überführen, auch wenn Sie alles leugnen. Es gibt kein perfektes Verbrechen. Irgendeinen Fehler haben Sie gemacht und den werden wir finden."

Der Mann schwieg. Er sah durch den Kommissar hindurch, als ob er nicht existierte, und lächelte mich an. Da war es wieder, dieses lähmende Rotweingefühl. Meine Lider wurden schwer. Ich blickte ihm in seine grünen Augen und erhob mich. Unsere Blicke verschlangen sich ineinander. Ich lief langsam auf den jungen Mann zu, dessen langes schwarzes Haar im Neonlicht glänzte. Seine Haut war schneeweiß, wirkte unnatürlich und wenn er lachte, blitzten zwei spitz geschliffene Eckzähne hervor. Ich fand das widerlich und wahrscheinlich hatte ich deswegen von ihm als Vampir geträumt. Meine übermüdete Seele hatte mir einen makaberen Streich gespielt.

„Sie haben die Frau in ihren Weinkeller eingeladen und bei Kerzenschein mit Rotwein gefügig gemacht", sagte ich und blieb vor ihm stehen. Das Aufblitzen seiner Augen war kaum zu erkennen.

„Ich hatte sie eingeladen, das stimmt", gab er zu und lächelte, „aber sie kam nicht."

„Das ist gelogen."

Der Kommissar war aufgesprungen, sein Gesicht vor Zorn puterrot angelaufen. Seine Faust donnerte ein weiteres Mal auf die Tischplatte. „Sie haben die Frau ermordet und ihr die Kehle durchgeschnitten. Verdammt nochmal, geben Sie es doch endlich zu!"

„Das können Sie mir nicht beweisen. Ich habe die Frau niemals zu Gesicht bekommen." Der Mann grinste noch immer selbstgefällig. „Ihr Mörder muss sie wohl auf dem Weg zu mir abgefangen haben."

Er war sehr bedacht vorgegangen. Bisher hatte die Spurensicherung keine Beweise gefunden, die ihn zweifelsfrei als Mörder überführten.

Ich konnte meinen Blick nicht von ihm lösen. Meine Beine wurden schwer. Sein Lachen paralysierte mich genau wie in meinem Traum. Ich spürte seine imaginäre Berührung und plötzlich hatte ich das fehlende Detail, nach dem wir so verzweifelt suchten.

Ich klatschte in die Hände und drehte mich zu meinem Chef um.

„Ich hab's", lachte ich.

„Was? Reden Sie schon." Der Kommissar wurde ungeduldig.

„Er hat die Frau zu sich in den Keller gelockt, ihr schweren Rotwein zu trinken gegeben, sie mit Kerzen, Musik und seinem Charme eingelullt. Ich wette mit Ihnen, dass es zu einem Kuss kam oder zumindest zu einer zärtlichen Berührung, der die Frau nicht abgeneigt war und genau da hat er einen Fehler gemacht." Ich starrte den Verdächtigen an.

„Ich habe diese Frau nie zu Gesicht bekommen", wiederholte er.

„Falsch."

„Wie wollen Sie mir das Gegenteil beweisen?" Er beugte sich zu mir vor.

Ich blickte ihm ins Gesicht.

„Sie haben die Frau gebissen, vielleicht aus Leidenschaft, und gerade nur so tief, dass sich Ihre präparierten Eckzähne abzeichneten und wir gar nicht auf die Idee eines Gebissabdrucks kamen." Seine helle Haut wirkte mit einem Mal noch blasser und er richtete sich in seinem Stuhl auf.

„Chef, die beiden Abdrücke, die wir am Hals der Frau gefunden haben, und nicht zuordnen konnten ... Es würde mich nicht wundern, wenn sie identisch mit dem Abdruck der Eckzähne unseres Vampirs hier wären."

„Und wenn schon. Das ist noch kein Beweis, dass ich sie ermordet habe." Der selbstgefällige Gesichtsausdruck verschwand aus dem Antlitz des Täters.

„Stimmt", fügte ich hinzu, „aber es beweist, dass die Frau bei Ihnen war und außerdem weiß ich nun, wo Sie die Mordwaffe versteckt haben. Sie liegt zwischen zwei Weinflaschen im Keller. Es sind die einzigen Flaschen, die nicht staubbedeckt sind. Die DNA-Spuren an der Tatwaffe werden Ihnen das Genick brechen, mein Lieber."

Der Mann atmete schwer.

Mein Chef sprang auf, nahm meinen Kopf in seine Hände und küsste mich auf die Stirn.

„Das ist es, Frau Kollegin! Ich wusste, dass er die ganze Zeit gelogen hat und die Frau bei ihm war." Er befahl einem Beamten den Mann abzuführen und veranlasste die Untersuchung der Angelegenheit. Er klopfte mir auf die Schulter und fragte: „Wie sind Sie bloß darauf gekommen?"

Ich erinnerte mich genau an die beiden Weinflaschen zwischen all den verstaubten im Regal. Ich hatte sie bei der Tatortuntersuchung wahrgenommen, aber nicht weiter beachtet. Erst in meinem Tagtraum fügte sich das Puzzle zusammen.

„Naja ...", stammelte ich, denn von meinem erotischen Fantasien mit einem Vampir wollte ich dem Kommissar bestimmt nichts verraten.

„Wie auch immer", winkte er hastig ab. „Das müssen wir feiern. Ich lade Sie heute Abend auf ein Glas Rotwein ein. Ich kenne da einen urigen Weinkeller ..."

Der Gedanke mich mit meinem Chef meinem Rotweingefühl hingeben zu müssen, war mir nun doch zu viel. Ich lehnte dankend ab und wollte mich lieber zu Hause ausschlafen und etwas Schönes träumen.

INGRID SCHMITZ

Nicht nur Wein muss atmen

Heinrich Probst, der vergangene Woche fünfundsechzig Jahre alt geworden war, wollte nicht mehr. Er überlegte, ob er die Türen seines Privatmuseums für immer schließen sollte.

Bislang hatte es ihm sehr viel Spaß gemacht, all die Dinge für sein privates Weinmuseum zusammenzutragen. Gegen ein kleines Eintrittsgeld stellte er dem interessierten Publikum diese Gegenstände stets persönlich vor. Das Museum hatte in der Anfangszeit, in den Siebzigerjahren, großen Anklang gefunden, war beliebt bei den vielen Touristen. Seine Idee mit der anschließenden Weinprobe, dank verschiedener Winzer aus der Region verwirklicht, sprach sich schnell herum und der Zulauf wurde noch größer.

Aber in letzter Zeit ärgerte er sich sehr darüber, dass die Erwachsenen immer oberflächlicher, die Jugendlichen immer lauter, die Kinder immer dreister wurden. Anscheinend waren die Zeiten vorbei, in denen sonntäglich gekleidete Menschen vor den Ausstellungsstücken stehen blieben und andächtig die Beschriftungen davor lasen oder gespannt seinen Ausführungen lauschten.

Den Rest hatte ihm aber der Montag gegeben – der rabenschwarze Montag. An diesem Tag öffnete er das Museum nur für eine Sonderführung. Schon bevor die Gruppe erschien, schmerzte Heinrich Probsts Narbe am Bein. Das verhieß entweder Unheil oder schlechtes Wetter – draußen schien die Sonne und es war brütendheiß.

Punkt 15 Uhr standen sie vor dem Museum: Heinrich Probst, geschniegelt und gestriegelt im feinen Zwirn und der angemeldete Kegelclub *Stief drop* aus dem Rheinland, sportlich liederlich gekleidet. Die Männer im mittleren Alter trugen jeder eine Kampftrinkweste, die mit den vielen Taschen für Schnapsfläschchen, und scharrten mit den Füßen. Sie beabsichtigten am letzten Tag ihres Ausfluges den Punkt *Kultur* auf der Tagesordnung abzuhaken. Irgendetwas mussten sie ja ihren Frauen berichten.

Da standen sie also am Eingang des Weinmuseums und grölten *Kornblumenblau* und Thomas, der lauteste von allen, überstimmte mit einem *Wein her, Wein her, oder ich fall' um.*

Die bereits um diese Zeit nicht mehr ganz nüchternen Männer schenkten der reich geschnitzten antiken Eichentür mit den Motiven aus dem Weinbau keine Beachtung. Sie lauerten nur darauf, wann Heinrich Probst die Tür öffnete.

Der ließ sich extra viel Zeit. Er versuchte die Fassung zu bewahren. Mit seinen ein Meter achtzig hielt er sich kerzengerade im dunkelgrünen Blazer, was ihm eine stolze Haltung verlieh, dann schloss er langsam die Tür auf.

Die Kegelgruppe drängte an ihm vorbei und stürmte in den kühlen Vorraum des Museums, wo sie die Lage peilten. Thomas klopfte Heinrich Probst kameradschaftlich auf die Schulter: „Na, dann zeig' uns mal deine Schätzchen!" Er zwinkerte ihm zu.

Pflichtbewusst begann er mit seiner Führung: „Ich werde Sie in der nächsten halben Stunde durch die Räume meines 1970 erstmalig eröffneten Weinmuseums führen. *Mein* Weinmuseum ...", Heinrich Probst war besonders stolz darauf, *mein* sagen zu können, „beherbergt eine umfangreiche Sammlung zur Kultur des Weins. Unter Mithilfe zahlreicher Sponsoren und langfristiger

Leihgaben ist es mir gelungen, recht imposante Exponate zusammenzustellen. Die Erbmasse ..."

Es war wieder mal Thomas, der sich nun selbstständig machte. Mit hochrotem Kopf und durch den Alkohol verzückt verkrampften Gesichtszügen, schwankte er zu einer Vitrine: „Kalle! Guck ma!", schrie er in den für ihn viel zu trockenen Vortrag hinein. „Wat die hier haben! Nen goldenen Kelch! Dat wär doch wat für unseren Kegelkönig, ne? Da 'nen leckeren *Jägermeister* rein und ab jeht die Post!"

Heinrich Probst zog verächtlich die Mundwinkel nach unten. „Es handelt sich hier um einen Kelch aus dem Jahre 1910. Die Goldverzierung macht ihn zu einem der kostbarsten Kelche meiner Sammlung."

„Egal, Hauppsache, man kann draus trinken. Wann gibbet denn hier die Weinprobe? Wo is dat dann?"

Denjenigen, die noch etwas Anstand in den Nachmittag hatten retten können, war es nun sichtlich peinlich. Jemand schubste Thomas in Richtung Toilettentür, die aufsprang. Er drehte sich zu seinen Kegelfreunden um und rief: „Boah, die saufen hier den Wein aus Waschbecken."

Nur noch acht Männer heuchelten Interesse an der Führung durch das Museum und folgten dem unermüdlich bemühten Heinrich Probst, der diesen Tag insgeheim verfluchte. Er hatte wenig Hoffnung, dass die restlichen Kegler mehr kulturelles Verständnis zeigten, da in ihren Gesichtern lediglich die Gier nach Wein zu erkennen war.

Sie kamen zu einer Sammlung von Fässern, *der* Sammlung schlechthin. Er erzählte mehr sich als den unaufmerksamen Kegelbrüdern von den alten Holzfässern und den kunstvoll geschnitzten Klemmhölzern zum Verschließen der Fasstürchen. Schilderte, wie schlanke

Menschen durch dieses kleine Loch ins Fass kletterten und es reinigten. Sie wurden Fassschlubber genannt und durften keine Probleme in engen Räumen haben. Heinrich Probst konnte sich an diesem Kunsthandwerk der Fassriegel nicht sattsehen. Obwohl er die Exponate mehrmals am Tag sah, entdeckte er immer wieder neue Kleinigkeiten, die sein Herz erfreuten, und er stellte sich in Gedanken die Handwerker vor, wie sie vor langer, langer Zeit in ihren Werkstätten gesessen und in wochenlanger Kleinarbeit liebevoll das Holzstück zu einem Meisterwerk verarbeitet hatten. In Gedanken versunken, bemerkte er nicht, dass sich bereits sechs Männer aus dem Raum geschlichen hatten und auf eigenem Erkundungsgang zum Weinkeller strebten.

Nur noch zwei Exemplare der Spezies *Heute hau'n wir auf die Pauke* standen vor Heinrich Probst, sie hatten wohl den Anschluss verpasst, weil sie mit etwas völlig anderem beschäftigt waren. Paul drückte ständig auf den Tasten seines Handys herum, Horst schielte ihm über die Schulter. Eigens dafür hatte er sich schnell die Lesebrille auf die rotgeäderte Nase gesetzt. Heinrich Probst war fassungslos.

Schweren Schrittes ging er einen Raum weiter. Er dachte darüber nach, den Rundgang sofort abzubrechen. Wozu sollte er sich unnötig aufreiben? Er würde die beiden jetzt zum Weinkeller führen und Marie Bescheid geben, dass sie nur einfachen Tafelwein zur Probe anbieten sollte. Es wäre Perlen vor die Säue geworfen, diesen Saufköpfen womöglich eine körperreiche *Deidesheimer Maushöhle* oder, noch schlimmer, seinen Lieblingswein, eine *Mußbacher Eselshaut*, zu kredenzen, obwohl es vom Namen ja gepasst hätte, aber auch nur vom Namen her. Thomas kam aus der Weinstube zurückgestürmt und lallte: „Ja, wo bleibbsch ihr denn?" Er hielt Paul die Flasche Wein entgegen, zog den halb hervorschauenden Korken heraus und warf ihn achtlos auf den Boden.

„Hier. Das issst eine Deidesssheiiimmmer Maussshölle", aber da hatte Paul schon die Flasche an die Lippen gesetzt und einen kräftigen Schluck genommen.

Er schmatzte: „Das macht nix. Hauppsache lecker."

„Folgen Sie mir bitte", ächzte der verbitterte Heinrich Probst, obwohl er nicht damit rechnete, dass sie es auch wirklich taten. Und richtig. Thomas torkelte samt Flasche zurück zur Weinstube und Paul, der diesmal eine SMS schrieb, wich dem neugierigen Blick von Horst aus. Er stellte sich an ein schweres Holzgestell. Horst folgte ihm.

Heinrich Probst atmete tief durch. Sollten sie sich tatsächlich für die große Kelter interessieren? Er ging zu ihnen und holte zu einer Erklärung über die Funktionsweise aus. Da sah er in die Gesichter der Männer. Sie schauten sich wie zwei Kampfhähne an, die jeden Moment aufeinander losgingen.

Horst brach sein Schweigen: „Das war doch meine Frau, der du da eine Nachricht geschrieben hast!"

„Wie kommst du denn darauf?", versuchte Paul abzuwehren und verdeckte das Display.

„Na, nur du nennst sie doch *Liebchen* – nur du!" Er bekam dunkelrote Flecken im Gesicht.

„Ich nenne viele Frauen *Liebchen*!", erklärte Paul in Heinrich Probsts Richtung, der es gar nicht wissen wollte und sich peinlich berührt abwandte.

„Ja? Ja, wirklich? Ach hör' doch auf mit deinen Sprüchen!", Horst spuckte die Worte verächtlich aus.

„Jo, mach doch kää Schbrich!", übersetzte Heinrich Probst sich leise ins Pfälzische.

Horsts hysterisch heller werdende Stimme hallte unheimlich wider: „Und was sollte das: *Ich möchte dein*

Prinz sein? Ist es nicht Eva, *meine* Frau, die für Prinz Charles schwärmt und sämtliche Fotos und Zeitungsausschnitte sammelt, he?"

Heinrich Probst war nun auch ein wenig auf die Antwort gespannt und drehte sich zu den beiden Streithähnen um. Er sah den resignierten Blick von Paul, der sich keine Mühe mehr gab, Ausreden zu erfinden.

„Wenn du es nicht mehr bringst!", war sein letzter Satz, dann bekam er keine Luft mehr, weil Horst ihm an der Kehle hing und mit den Händen zudrückend um seine Ehre kämpfte. Paul befreite sich aus dem Griff. Sie krachten beide auf die Dielen.

Wäre Heinrich Probst zwanzig, nein vierzig Jahre jünger gewesen, hätte er eingegriffen, aber so sah er in Anbetracht seiner verkalkten Knochen keine Möglichkeit mehr, dazwischen zu gehen. Er verließ den Raum, um aus der Weinstube Hilfe zu holen. Eilig hatte er es dabei nicht.

Heinrich Probst war es so satt!

Er schlurfte grüblerisch durch die Räume, dachte dabei an seinen Ruhestand, ans Rasenmähen in seinem bescheidenen Gärtchen. *Ihm* blieb der Ärger mit den Frauen erspart. Seine Frau, Gott hab sie selig, hatte vor neun Jahren das Zeitliche gesegnet und die restliche holde Weiblichkeit konnte ihm seitdem gestohlen bleiben.

Wie immer, wenn er an den geschnitzten Klemmhölzern der Fasstürchen vorbeikam, blieb er eine Weile fasziniert stehen. Er sah auf die Uhr. Na, eigentlich wäre die Führung jetzt zu Ende gewesen.

Heinrich Probst öffnete die Tür zur Weinstube. Hier war die Hölle los. Die Luft war zum Schneiden. Es roch nach verschüttetem Wein, Rauch und Schweiß. Kegelbrüder krakeelten zu den Weinliedern, hier und da klirrte ein Glas.

Hinter vorgehaltener Hand raunte er seinem Wein-schenk zu, er solle doch mal im Raum mit der großen Kelter nachsehen, da sei ein Handgemenge im Gange.

Heinrich Probst setzte sich nicht zur Ruhe.

Er liebte sein Weinmuseum wie nie zuvor. Seit dem letzten Vorfall fuhren unzählige Busse vor. Die Men-schen, die nun hineindrängten, hörten ihm ehrfürchtig zu und konnten es kaum erwarten, den großen Raum zu sehen, der erst kürzlich als Tatort in den Medien Schlag-zeilen gemacht hatte.

Drama in der Pfalz! Tourist von Nebenbuhler mit Korken er-stickt!

… hatte es da geheißen.

SIMONE EHRHARDT

Der letzte Jahrgang

Warm und hell strahlte die Sonne vom Pfälzer Himmel
und verwöhnte die Weinreben. Guido hielt inne und
streckte den Rücken. Sein Blick schweifte über das weite
Tal vor ihm – die A6, deren stetiges Rauschen und Dröhnen das Einzige war, was die Lage der Weinberge über
Neuleiningen trübte; rechts konnte man das Atomkraft-
werk in Philipsburg sehen und gegenüber, auf der anderen Seite der Rheinebene, den Odenwald. Es war ein
wirklich klarer Tag mit außergewöhnlich guter Sicht.
Guido konnte sich allerdings nicht daran erfreuen, er
war mit den Gedanken woanders.

Er musste die Reben binden und dabei genau aufpas-
sen, dass er alles richtig machte. Rechts herum, links herum, rechts herum. Doppelter Knoten. Exakte Abstände
zwischen den Knoten, selbe Bindeweise, selbe Anzahl
pro Rebe. Am Morgen hatte er die Rolle mit der Schnur
nicht gefunden und befürchtet, sich nicht an die Arbeit
machen zu können. Seine Mutter hatte vorsichtig vorgeschlagen, er solle eine andere Schnur nehmen. Der Angst-
schweiß war ihm ausgebrochen, aber glücklicherweise
war die Rolle dann doch noch aufgetaucht. Sie lag unter
dem Traktor und er hatte absolut keine Erklärung dafür.
Er stellte sie stets an denselben Platz auf dem dafür vor-
gesehenen Regal, überprüfte anschließend mehrmals, ob
sie sicher war. Es war unmöglich, dass die Schnur herun-
terfallen und unter den Traktor geraten konnte, außer, es
hätte ein Erdbeben gegeben. Er hatte es nachgeprüft – keine Meldungen über die vergangene Nacht.

Guido hatte eine Bindezange, doch er benutzte sie
nicht. Ein Bekannter hatte sie ihm geschenkt und darauf

hingewiesen, dass die Arbeit damit viel leichter ginge. Guido hatte es versucht, aber kein Gefühl dafür bekommen. Es war einfach nicht dasselbe wie die Reben einzeln, Stück für Stück, mit der Schnur zu fixieren durch die Bewegung seiner Finger. Die immerselbe Bewegung seiner Finger. Ohne dieses Ritual fühlte er sich unvollständig, betrogen, und er glaubte, auch die Rieslingstöcke wären unzufrieden. Sie brauchten ihre gleichmäßigen Berührungen und ihr Wein gab ihm recht. Guido zitterte bei dem Gedanken an die Bindezange. Sie lag jetzt in dem Regal ganz oben, wo er sie nicht sehen konnte.

Am späten Vormittag warf ihn ein weiteres Ereignis vollkommen aus der Bahn. Guido hielt gerade eine Rebe in den Händen und bog sie zurecht, auf genau dieselbe Weise wie immer, sanft, gefühlvoll, und doch brach sie plötzlich entzwei. Er spürte das Knacken und machte einen Satz zur Seite. Entsetzt starrte er auf den Schaden, das Herz pochte heftig in seiner Brust, eine Enge befiel seinen Hals, Tränen bildeten sich in seinen Augen. Er war ratlos, hilflos, eine große Leere erfüllte seinen Kopf. Einige Male lief er vor und zurück, um sich zu sammeln. Sechs Schritte hin, sechs Schritte her, sechs Schritte hin, sechs Schritte her. Er kannte das doch, das passierte immer wieder, es war keine große Angelegenheit. Nach einigen Minuten hatte er sich wieder im Griff und konnte weiterarbeiten.

Am Nachmittag packte er seine Sachen zusammen und fuhr nach Hause. Am nächsten Tag wollte er die Arbeit fortsetzen. Der Himmel zog sich zu, Regen lag in der Luft. Günstig für die Weinstöcke, denn dann ließen sich die Reben wesentlich leichter biegen und es würde hoffentlich keine mehr brechen. Im Schuppen legte er die Schnur an ihren Platz, überprüfte zwei Mal, ob sie richtig lag, ging raus, kam zurück und kontrollierte sie ein weiteres Mal. Er wollte nicht am nächsten Morgen wieder nach der Rolle suchen müssen.

Entsetzen erfüllte ihn. Seine Reben! Seine sorgfältig bearbeiteten Reben! Alles war zunichte gemacht! Jemand hatte mit einer Bindezange jeden seiner Knoten überdeckt. Guido taumelte zurück, dann vorwärts, durch die Reihen, um den Schaden zu begutachten. Warum sollte jemand so etwas tun? Das war so unsinnig, so unglaublich, so niederträchtig! Er fühlte das Herzrasen und wie ein Irrer griff er sich eine Schere und knipste all die Plastikfäden ab, die seine Rieslingstöcke verunzierten und ihnen den Saft abschnitten. Er wusste, dass die Reben kein Plastik vertrugen, dass der Kunststoff die natürliche Zirkulation in der Pflanze störte. Jemand wollte seine Pflanzen vergiften!

Es dauerte Stunden, bis er alles Schädliche sorgfältig entfernt hatte, und den Rest des Tages widmete er sich dem Binden der restlichen Reben, so, wie er es immer tat, mit seinen eigenen Knoten, seiner Schnur aus Naturfaser, seinen Ritualen. Erschöpft ging er am Abend nach Hause, wo er noch schweigsamer als sonst am Tisch saß.

„Ist etwas los, Guido?", fragte seine Mutter besorgt, als er sich nicht an ihrem belanglosen Gespräch beteiligte, sondern geistesabwesend seine Suppe rührte.

„Jemand will mir etwas antun", entgegnete Guido niedergeschlagen. Seine Mutter ließ entgeistert die Kelle in den Topf fallen.

„Etwas antun? Wieso denn? Wer? Wie kommst du darauf?"

„Es war in der Nacht jemand im Weinberg und hat sich an den Stöcken vergangen." Er blickte düster in die Suppe, während er den Löffel darin umherbewegte, um sie abzukühlen – links herum, rechts herum, links herum, rechts herum.

„Vandalismus?" Die Stimme der Mutter klang dünn und zaghaft, ungläubig.

„Du würdest es wohl nicht so nennen, ich aber schon." Guido blickte ihr fest in die Augen. „Jemand ist mit einer Bindezange durchgegangen und hat meine ganze Arbeit zunichte gemacht." Sein Gesichtsausdruck änderte sich und wurde kindlich, weinerlich. „Warum, Mama? Warum tut jemand so etwas? Wer hasst mich so, dass er mir schaden will? Jeder meiner Knoten war überdeckt von einem anderen Knoten aus Plastikschnur!"

„Das ... das war alles?", fragte Guidos Mutter vorsichtig. „Vielleicht war es nur ein harmloser Streich?"

Guido starrte sie vorwurfsvoll an. „Ein Streich? Das ist kein Streich! Jemand, der mich ganz genau kennt, steckt dahinter. Jemand, der mich in den Wahnsinn treiben will. Aber wer, Mama? Wer würde so etwas tun?

Seine Mutter schüttelte langsam den Kopf. „Ich weiß es wirklich nicht, Guido. Aber schau, es ist doch nicht wirklich etwas passiert. Den Stöcken geht es gut, die Ernte ist nicht in Gefahr. Du solltest dir keine Gedanken mehr darüber machen."

Guido wusste, dass seine Mutter ihn nicht verstand. Niemand konnte es, er selbst auch nicht. Aber er war an seine Eigenarten gewöhnt und hatte gelernt, damit zu leben. Er wusste, dass er im Dorf als Sonderling galt, aber das war ihm egal, solange er eine gewisse Anerkennung durch die hervorragende Qualität seines Riesling-Weines erhielt. All die Jahre war es so gewesen und er war zufrieden damit. Seit der Vater tot war und er vor fast zwanzig Jahren das Weingut übernommen hatte, hatte sich Guido Schritt für Schritt seinen guten Ruf als Winzer erarbeitet. Und nie hatte ihm jemand Probleme gemacht. Wenn nun aber jemand seine Arbeit angriff, *ihn* angriff, indem er ihn an seiner empfindlichsten Stelle traf, würde das Folgen für sein ganzes Leben haben. Das war nicht nur ein Streich – es war eine Bedrohung für seine ganze Existenz!

Die Vorfälle häuften sich. Tag für Tag ging Guido in die Weinberge und jeden Tag graute ihm mehr davor. Es war immer etwas anderes, nie wirklich Gravierendes für die Reben, wenn man es oberflächlich betrachtete. Doch Guido wusste, dass all die Unruhe, die Manipulationen durch einen Eindringling, das Ungewohnte seinen Weinstöcken schadete. Ihm raubte es fast den Verstand und es kostete ihn unendlich viel Zeit und Arbeit, die Zerstörung zu beseitigen und alles in den ursprünglichen Zustand zurückzuversetzen. An einem Tag waren es falsche Knoten, am nächsten waren einige Reben in der verkehrten Richtung am Draht festgemacht. Dann lagen unordentliche Erdhaufen zwischen den Reihen oder es waren Blumen zwischen die Stöcke gepflanzt. Der Einfallsreichtum des Attentäters war grenzenlos.

Guido legte sich mehrmals auf die Lauer, verbrachte ganze Nächte in den Weinbergen, doch es war immer vergeblich. In jenen Nächten kam der Übeltäter nicht oder er trieb sein Unwesen in einem seiner anderen Weinberge. Guido wurde immer schmaler, sein Gesicht bekam etwas Verhärmtes, so schnell, dass seine Mutter ihn eines Abends erschrocken ansah, als sie es bemerkte.

„Du siehst schlecht aus, Guido. Du musst mehr schlafen. Ich mache mir Sorgen." Sie betrachtete ihn kummervoll.

„Das kann ich nicht, das weißt du doch. Solange dieser Vandalismus anhält, finde ich keine Ruhe."

„Aber Junge, du machst dir viel zu viele Gedanken. Lass den Dingen einfach ihren Lauf und dann hört alles von ganz alleine auf, du wirst sehen. Derjenige will dich doch nur ärgern. Wenn er sieht, dass es nicht funktioniert, verliert er die Lust."

Guido ignorierte ihre gutgemeinten Ratschläge und sagte: „Ich habe mir überlegt, wer am ehesten dafür in Frage kommt. Da ist zum einen der Frieder Laubinger. Der kann es am wenigsten ertragen, wenn meine Weine prämiert werden, und seinem Gut geht es dieses Jahr nicht gut. Er hat sich hoch verschuldet durch die neuen Geräte, die er sich angeschafft hat. Zutrauen würde ich es auch dem Georg Müller. Der hat mich schon in der Schule gequält. Außerdem steht noch der Balduin Wacker auf meiner Liste, weil er im letzten Jahr damit geprahlt hat, es mir so richtig zeigen zu wollen."

„Damals war er total betrunken, daran erinnert er sich bestimmt nicht mehr", warf seine Mutter ein.

Guido ließ den Einwand nicht gelten. „So betrunken war der nicht, der weiß noch ganz genau, was er gesagt hat. Und er hat es auch so gemeint, das habe ich in seinen Augen gesehen.

Seine Mutter seufzte. „Ich wünschte, du könntest dich endlich frei machen von diesem Kontrollzwang. Dann würde dir das Ganze nichts ausmachen. Wäre das nicht schön?"

Guido fühlte Wut in sich aufsteigen. „Du hast doch überhaupt keine Ahnung! Wie könnte es mir jemals nichts ausmachen, wenn jemand mir schaden will? Und hör auf, mich ändern zu wollen! Nach all den Jahren versuchst du es immer noch. Ich habe genug davon." Er stand auf und ließ sie mit dem Abendessen einfach sitzen.

Die Sonne tauchte alles ein in Gluthitze. Guido stand im Weinberg und weinte. Er weinte aus Erschöpfung und Verzweiflung, er weinte, weil er sich vorkam wie ein Tier, das in die Enge getrieben war. Es hörte nicht auf. Es würde niemals aufhören, das wusste er jetzt. Eben war es ihm klar geworden, als er zum ungezählten Mal die Kamillebüschel, die am Vortag noch nicht hier gewesen waren, aus der lockeren Erde zog. Man sah deutlich, dass sie vor sehr kurzer Zeit erst eingesetzt worden waren. In der letzten Nacht also. Einen gewissen Trost fand er darin, dass er die falsch gepflanzten Gewächse mit einem neu erdachten Ritual entfernen konnte, doch er redete dabei die ganze Zeit beruhigend auf die Weinstöcke ein, um den Schaden zu begrenzen.

Er hatte es sich angewöhnt, während der gesamten Zeit, die er im Weinberg verbrachte, vor sich hinzumurmeln. Er sprach mit den Reben, sagte ihnen, dass sie in Sicherheit waren und er für sie sorgen würde. Er redete ihnen zu, dass sie dieselben guten Trauben wie sonst auch hervorbringen sollten. Er machte sie zu seinen Verbündeten, fühlte ihren Schmerz und vermittelte ihnen Freude.

Er hatte sich verändert, das wusste er, doch er hätte nicht sagen können, worin die Veränderung bestand. Seit dem Streit vor einem Monat hatte er kein Wort mehr mit seiner Mutter geredet. Es war sinnlos, sie hatte ihn noch nie verstanden, hatte ihn immer sonderbar und fremd gefunden. Dabei war sie doch seine Mutter und sollte ihn lieben, wie er war! Guido hatte stattdessen die drei Verdächtigen auf seiner Liste näher unter die Lupe genommen, jedoch nichts wirklich Hilfreiches herausgefunden.

Ein Knacken ließ Guido zusammenzucken. In Todesfurcht kauerte er sich auf den warmen Erdboden und lauschte. Minutenlang verharrte er so, in der Hoffnung, den Mörder seiner Weinstöcke auf frischer Tat zu ertappen. Vorsichtig robbte er zwischen den Reihen durch und versuchte, keine Geräusche zu machen. Eine Feldlerche, die plötzlich vor ihm landete, ließ ihn erstarren. Als er sie als Vogel erkannt hatte, atmete er auf. Er nahm verschiedene Gerüche wahr, achtete auf jedes Geräusch, ließ seine Augen überall hinschnellen, doch er fand niemanden. Er war allein und doch nicht allein. Der Geist seines Feindes war hier; jeden Moment konnte er sich materialisieren. Er würde kommen, Guido wusste es mit absoluter Gewissheit. Er musste nur warten. Dieses Mal würden sie sich begegnen!

Die Nacht brach herein und Guido fühlte die Kälte aus dem Boden kriechen und die Dunkelheit sich auf ihn senken. Er lag auf dem Bauch und wartete. Über ihm standen die Sterne hell am Himmel, die Autobahn war fast völlig verstummt, Zikaden zirpten ihre Lieder. Er war eins mit der Erde; er grub seine Hände tief hinein und spürte die Feuchtigkeit in ihr. Er war die Erde, er war der Boden, auf dem die Weinstöcke wuchsen. Er war ein Weinstock und gleichzeitig war er in allen Reben. Er war der Boden, aus dem sie sich nährten, er war das Wasser, das ihnen Kraft gab. Er wusste, was sie dachten und fühlten. Er spürte die Wurzeln aus seinen Füßen wachsen und sich tief in den Grund bohren. Er lauschte ihren geflüsterten Worten und zarten Liedern. Der Riesling sang eine schöne, sehnsüchtige Weise, so weich und warm, so lieblich und anrührend. Er war nicht mehr Guido, er war ein Weinberg.

In der Ferne knirschten Steine auf dem Weg unter einem Gewicht. Er hörte leise Schritte, die sich näherten, roch einen fremden Duft, starrte mit weit aufgerissenen

Augen in die Dunkelheit. Es war so weit. Sein Feind betrat den Weinberg.

Mit viel Gelächter und Gejohle ließ sich die angesäuselte Besucherschar über den Feldweg transportieren. Georg Müller machte immer wieder Weinproben und fuhr mit den Grüppchen nach der Verkostung in seinen Weinberg, um den Leuten zu zeigen, wo die Stöcke wuchsen und welche Aussicht man von hier oben hatte. Eigens zu diesem Zweck hatte er einen offenen Anhänger mit Sitzbänken ausgestattet, den er im Sommer alle paar Tage mit dem Traktor heraufkutschierte. Im Weinberg machten sie jedes Mal Halt und er nutzte die Pause, um Anekdoten zum Besten zu geben und den Leuten noch eine Runde auszuschenken.

Die Aussicht war schön, etwas trübe zwar in der Sommerhitze, doch man konnte noch immer den dunstigen Odenwald sehen. Zehn Männer und Frauen saßen hinter ihm auf dem Hänger und amüsierten sich königlich. Bei jedem Ruckeln und jedem Schaukeln brachen sie in begeistertes Johlen aus. Touristen. Georg kümmerte sich nicht um sie, sondern konzentrierte sich darauf, den Traktor auf dem Weg zu halten. Es begeisterte ihn zwar nicht, diese Touren zu unternehmen, doch er brauchte das Geschäft mit den Ausflüglern und es störte ihn wiederum nicht sonderlich. Er konnte bei Bedarf ganz gut den Alleinunterhalter geben und die Leute, die zu den Weinproben kamen, waren dankbar für jeden kleinen Scherz.

Der Traktor knatterte gemächlich um eine Kurve, auf den Weg an Guidos Feld entlang. Georg sah einen Schatten zwischen den Weinstöcken und machte langsamer. Erst dachte er, auf dem Boden läge eine verirrte Plane, doch je näher er kam, desto deutlicher wurden die Umrisse. Georg stellten sich die Haare zu Berge, ruckartig trat er auf die Bremse. Die Fahrgäste wurden durchgeschüttelt und lachten aufgekratzt. Georg kletterte von seinem Sitz und eilte durch die Reihen von Weinstöcken. Allmählich machte sich auch bei seinen Gästen die Erkenntnis breit, dass etwas nicht stimmte. Eine gespenstische Ruhe trat ein. Georg beugte sich über die Gestalt am Boden. Auch wenn der Mann auf dem Bauch lag und er nur das halbe Gesicht sehen konnte – er wusste sofort, wen er vor sich hatte.

Er fühlte an Guidos Hals nach einem Puls, doch dieses Herz hatte schon lange aufgehört zu schlagen. Georg richtete sich auf und sah sich um. Er konnte es nicht fassen. Was war nur geschehen, seit er Guido am Vorabend zum letzten Mal gesehen hatte? Was sollte er tun? Jeder im Ort wusste, dass sie nicht die besten Freunde waren, Georg konnte sich das Gerede vorstellen. Die Polizei würde Fragen stellen, falls sich herausstellte, dass Guido umgebracht worden war. Georg wusste nicht, ob er heil aus dieser Sache herauskäme. Schweren Schrittes ging er zu seinem Traktor zurück.

Frieder Laubinger setzte sich erschüttert auf eine Holzbank, nachdem Georg gegangen war. Seine Gefühle waren jetzt, nachdem er die unglaubliche Neuigkeit erfahren hatte, gemischter Natur. Er konnte sich nicht vorstellen, dass Guido wirklich tot war. Er meinte, Georg müsste sich geirrt haben oder wollte ihn an der Nase herumführen. Er fühlte aber auch eine irrwitzige Freude darüber, dass sein größter Konkurrent endlich aus dem Weg war. Darauf hatte er lange gehofft. Er hatte sich die Lösung dieses Problems zwar anders vorgestellt, aber gut, er nahm es, wie es kam. Frieder atmete tief durch.

Ihm fiel plötzlich ein, dass er gewisse Dinge gesagt und andere getan hatte. Was, wenn es eine polizeiliche Untersuchung gab? Würden sie auf ihn kommen? Was würden sie herausfinden? Es war heikel, das wusste er. Er musste sich sehr bedeckt halten und durfte in der nächsten Zeit nicht auffallen. Mit Bedauern dachte Frieder daran, dass er momentan nicht die Mittel hatte, um Guidos Weinberge zu kaufen. Oder vielleicht doch? Er hatte hohe Schulden, aber möglicherweise konnte er einen Weg finden. Frieder erhob sich und ging entschlossen ins Haus.

Balduin Wacker erfuhr am Telefon von Guidos Tod. Er wurde so bleich, dass sich seine Frau furchtbar erschrak, dann stürzte er davon, raus, an die frische Luft. Er rannte, bis er nicht mehr konnte. Das hatte ihm noch gefehlt! Wieso starb dieser Idiot ausgerechnet jetzt? Es war noch nicht genug Gras über die Sache gewachsen. Die Sache mit seinen ausfälligen Bemerkungen im Vollrausch letztes Jahr. Jeder im Dorf hatte es mitbekommen, jeder hatte es kommentiert. Und nun würde jeder denken, er wäre es gewesen, der Guido umgebracht hatte. Balduin war innerlich überzeugt davon, dass es Mord war. Warum sonst sollte ein Mann im besten Alter sterben? Guido hatte nie etwas gehabt, wenn man von seinen Spleens absah. Aber daran starb man nicht. Die Polizei würde ihn, Balduin, einsperren, das wusste er mit absoluter Sicherheit. Er ließ sich auf den Boden fallen und fing an zu heulen.

Es klopfte vehement an der dicken Eichentür, immer wieder, bis die Mutter herbeieilte und sie öffnete. Vor ihr standen zwei Männer, Bekannte aus dem Ort, Georg Müller und Frieder Laubinger. Die beiden starrten sie eindringlich an, ihr wurden die Knie weich.

„Es geht um den Guido", sagte Frieder. „Er liegt im Weinberg. Tot", fügte er hinzu, als wäre ihm nachträglich klar geworden, dass seine Worte missverständlich sein könnten.

„Ich habe ihn gefunden, als ich mit dem Ausflugswagen raufgefahren bin", erklärte Georg mit zitternder Stimme. „Dabei kam ich an seinem Weinberg vorbei und sah ihn auf dem Boden liegen. Er muss schon stundenlang tot sein, er ist ganz kalt."

Die Mutter schwankte. Die beiden Männer sahen sich an. Zartfühlende Mitteilungen waren nicht ihr Ding und sie wussten nicht, wie Guidos Mutter die Nachricht verkraften würde. Sie war alt und hatte manchmal Schwächezustände. Doch noch stand sie.

„Ich habe natürlich gleich den Arzt geholt, aber der hat nur noch den Tod feststellen können", fuhr Georg fort.

„Er ist ganz von selbst gestorben", erklärte Frieder. „Ich hab's gehört, als der Arzt es gesagt hat. Vielleicht ein Herzinfarkt. Sah auch schlecht aus in letzter Zeit." Er nickte bestätigend, als könnte das die Mutter irgendwie trösten.

Die alte Frau stand jetzt im Türrahmen wie ein Zinnsoldat, ganz aufrecht und genauso grau. Sie machte den beiden Männern Angst. Zuerst sagte sie nichts, doch dann öffnete sie den Mund und hauchte: „Nicht von allein. Nein. Es ist meine Schuld." Sie öffnete und schloss die rissigen Lippen einige Male tonlos, dann drang es lauter aus ihr: „Ich habe ihn umgebracht, ich allein!"

„Aber was sagst du denn da!?", entgegnete Georg erschrocken.

„Ich, *ich* habe ihm das angetan. Ich, seine Mutter! Ich hab gedacht, ich könnte ihm helfen. Ich habe gedacht, er müsste das nur überwinden, dann wäre er es ein für

171

alle Mal los. Ich habe gemeint, das wäre das Beste für ihn."

„Anneliese, worum geht es hier?", fragte Frieder mit gerunzelter Stirn ungläubig. „Was hast du ihm angetan?"

Der Mutter wurde offenbar schwindlig und sie stolperte über die Schwelle in Georgs Arme. „Ich habe ihm immerzu alles in Unordnung gebracht. Ich habe ihn glauben lassen, es war jemand anderes, aber ich habe doch nicht gedacht, dass es ihm wirklich schaden würde! Ich habe gedacht, irgendwann gibt er es auf und dann haben wir alle unseren Frieden. Er war so hartnäckig und wurde immer weniger. Er konnte es nicht gut sein lassen, nicht wahr? Nein, das konnte er nicht. Ich hätte es wissen müssen. Er war schon immer so und es ist nie besser geworden, immer nur schlimmer. Ich hätte es wissen müssen."

Weinend brach sie vor den Augen der beiden Männer zusammen. Vorsichtig hoben sie die Mutter auf und trugen sie ins Haus.

Alexa Thiesmeyer

Entspannung

An ihrem 50. Geburtstag bemerkte Eva etwas Alarmierendes: Sie knirschte so laut mit den Zähnen, dass zwei ihrer Gäste sich nach ihr umdrehten. Ihre Kiefergelenke schmerzten und ihr Gesicht im Spiegel sah aus, als wollte sie Steine zerbeißen.

„Entspann dich", empfahl eine Freundin, „am besten auf Chinesisch, das hilft immer." Ein Vetter riet zur indischen Entspannung durch Yoga und eine Kollegin hielt die Hypnotherapie, die sie aus den USA kannte, für wirkungsvoller. Nach fünf weiteren Vorschlägen entschied Eva sich für ein Wochenendseminar mit dem Titel *Welche Entspannung passt zu mir?* Die Veranstaltung des Vereins *Lebenskunst* sollte auf einem alten Weingut stattfinden, das, wie man auf einem Video erkennen konnte, stilgerecht und liebevoll restauriert war.

Ein paar Tage später fuhr Eva mit dem Zug den Rhein hinunter und stieg in Bingerbrück aus. Als sie vor dem Bahnhofsgebäude stand, widerfuhr ihr etwas, womit sie nicht gerechnet hatte: Ihr war ein paar Minuten lang mulmig zumute. Mit dieser Gegend verband sie eine Erinnerung, die sie nicht zulassen durfte. In dem verbissenen Wunsch, sich zu entspannen, hatte sie keinen Moment daran gedacht, dass sie schon einmal in dieser Gegend gewesen war. Damals war sie mit dem Auto gefahren und die Klinik lag außerhalb der Stadt, nah am Rhein. Für zwei Tage hatte der Chefarzt sie und die andere dorthin eingeladen, um sie näher kennenzulernen. Zwei Tage nur. Sie hatten über ihr Leben entschieden.

Zum Glück fuhr das Taxi in die andere Richtung aus Bingerbrück heraus, fort vom Rheinufer und vom Ort ihrer Niederlage, hinauf in die Weinberge. Eva atmete auf. Die Erinnerung verblasste mit jedem Kilometer der gewundenen Straße.

Bald sah sie die Steinmauern des kleinen Weinguts. Hinterm Haus erhob sich der Berg mit Hunderten oder Tausenden von Weinstöcken und um Tor und Zaun rankten sich Reben, an denen bereits winzige grüne Trauben hingen.

Im Innenhof saßen die anderen Seminarteilnehmer an runden Tischchen, die auf unebenem Kopfsteinpflaster standen. Golden und rot leuchtete der Wein in den Gläsern und aus der weit geöffneten Tür des Hauses drangen weiche Flötentöne.

Eine weißhaarige Dame im wallenden, eisvogelblauen Seidenkleid kam auf Eva zu und stellte sich mit samtiger Stimme als Kursleiterin Maria vor. Während sie sprach, ließ Eva den Blick über die Köpfe der zehn oder zwölf Frauen und Männer schweifen, die vor ihr saßen. Von einem der vorderen Tische grinste ein feuerrot geschminkter Mund sie an.

Eva erstarrte. Die Reisetasche plumpste auf die Pflastersteine.

„... hoffe, dass Sie an die Matte gedacht haben", hörte sie die Leiterin sagen.

Hätte das schmiedeeiserne Tor noch offen gestanden, wäre Eva geflohen. So aber fiel ihr ein, was sie für den Kurs bezahlt hatte und dass sie sich einen zweiten Kurs nicht leisten konnte. Sie presste die Zähne aufeinander und meinte, das Knirschen zu hören. Als Zahnärztin wusste sie, wohin das führen konnte. Sie machte sich das Gebiss kaputt!

„Erst einmal sitzen wir hier bei unserem Hauswein", sagte die Leiterin. Sie wies auf das Tischchen, an dem außer der üppigen Blonden mit dem breiten Grinsen niemand saß. Hastig flog Evas Blick durch den Hof. Dieser hier war der einzige Tisch mit einem freien Stuhl, einem altmodischen Eisengestell mit Querlatten aus Holz.

„Setzen Sie sich, der Begrüßungsschluck kommt gleich", sagte Maria und entfernte sich.

Eva konnte nur stumm nicken. Kaum, dass sie mitbekam, wie ein junger Mann im grünen Kittel ihre Hand ergriff, sich als Peter vorstellte und ihre Reisetasche vom Boden nahm.

„Ich bring das Gepäck in Ihr Zimmer, Mäuseturm eins", brummelte er.

Eva sank auf den Stuhl, der leicht kippelte.

„Nun?", sagte ihr Gegenüber.

Was für eine bösartige Begrüßung! Auf diese Weise schob die Frau ihr die Last zu, das Gespräch zu beginnen, das, wie sie beide wussten, früher oder später in einen fiesen Streit münden musste. Eva blickte sich um, sah alle anderen in laute Diskussionen verwickelt und entschied sich.

„Du hast ihn mir damals weggeschnappt", zischte sie über die Tischplatte.

„So kann man es nicht sagen", meinte die andere mit spöttischem Lächeln.

„Geschickt hast du es eingefädelt. Ein Gerücht in die Welt gesetzt, es aufgebauscht und mich unmöglich gemacht!"

„Du warst nicht für ihn geeignet, das ist alles", sagte die Frau, die, wie Eva zugeben musste, unglaublich gut aussah. Sie selbst war hager, ihr dunkles Haar war dünn, ihre Haut fahl. Niemals hätte sie dieses Strahlen zustande gebracht, das die andere über ihr Gesicht zu schicken verstand. Und natürlich konnte sich Eva nicht solche Designer-Klamotten leisten, in denen das Strahlen einfacher sein musste als in der schlichten Bluse, die sie selbst trug.

„Unlautere Mittel, so nennt man das wohl", giftete Eva weiter. „Übelste Verleumdung!" Sie musste es loswerden, sonst würde aus der erhofften Entspannung an diesem Wochenende nichts werden.

„Sicher hast du jetzt einen anderen", meinte die Blonde.

„Du hast meinen Lebenstraum zerstört!"

„Ach was", versetzte die andere mit rauer Stimme. „Es war doch nur ein Job."

„Nur?" Es war der tollste Job, den sie sich denken konnte! Eine Privatklinik im Grünen, zu fürstlichem Gehalt und einem Luxusappartement im Park. Berühmte Künstler, Politiker und andere Prominente ließen sich dort die Zähne für ein blendendes Lächeln richten. Von Dolores, nicht von Eva. Dolores – jetzt war ihr der Name der Blondine wieder eingefallen. Dolores hatte dem Klinikchef erzählt, dass sie aus sicherer Quelle wisse, Eva habe bereits Fehler gemacht, aus Schusseligkeit intakte Zähne gezogen, einem Patienten in die Wange gebohrt und einem anderen die Mundpartie verunstaltet. Natürlich entsprach nur ein Bruchteil davon den Tatsachen. Dolores hatte schamlos übertrieben. Eva wusste nicht mal, woher ihr die Tatsachen bekannt waren, aber in einer Stadt wie Koblenz sprach sich manches herum. Sie war damals so geschockt gewesen, dass sie davor zurückscheute, sich noch ein weiteres Mal auf eine attraktive Anzeige zu bewerben. Stattdessen hatte sie eine schlecht bezahlte Stelle bei einem Vorstadtzahnarzt angenommen, der regelmäßig ab mittags betrunken war.

Der junge Mann, Peter, war aus dem Turmhaus zurückgekehrt und kam mit zwei Gläsern auf sie zu. Wie flüssige Seide schimmerte der Wein in den Kelchen.

„Unser Riesling. Ist es recht so?"

„Wunderschöne Farbe", sagte Dolores zu dem jungen Mann.

„Wie Ihre Bluse", sagte Peter. „Zart und unaufdringlich."

Die beiden lächelten sich an und wechselten noch ein paar Worte über die Weinsorten in der Gegend. Peter fügte hinzu, dass die Damen natürlich auch Roten haben könnten, einen trockenen Dornfelder vom Nachbarn.

Eva sah die beiden Gläser in der Sonne funkeln. Sie entschied sich schnell. Eigentlich führte sie das Pulver für den Fall mit sich, dass ihr Lebensüberdruss übermächtig würde. Nun war ihr etwas Besseres eingefallen.

Ein Griff in die Handtasche zu dem winzigen Döschen, das mühelos in ihrer Hand verschwand, ein Daumendruck, um das Deckelchen aufzuklappen, eine Armbewegung, als wollte sie eine Fliege über dem Wein verscheuchen, und schon sank das Barbiturat in das Weinglas vor Dolores. Gleichzeitig ließ Eva die offene Handtasche mit einem Aufschrei zu Boden fallen, wo sich Haarbürste, Geldbeutel, Kugelschreiber, Lippenstift, Schlüssel und Taschentücher unter dem Tisch verteilten. Wie erwartet beugten sich Peter und Dolores sofort zum Boden hinab, um ihr beim Aufsammeln zu helfen.

Als Eva sich wieder aufrichtete und die Handtasche schloss, saß Dolores schon aufrecht auf dem Stuhl, die Finger mit den rot lackierten Nägeln am Stiel ihres Glases. Eva sah mit Befriedigung, dass im bauchigen Kelch kein weißer Rückstand zu sehen war. Das Pulver hatte sich bestens aufgelöst.

Dolores hob lächelnd das Weinglas, prostete Eva zu und nahm einen großen Schluck.

Eva hob ihr eigenes Glas. Der aufsteigende Duft erinnerte sie an Pfirsich oder Aprikosen, aber sie konnte ihn nicht genießen. Was hatte sie getan – wie konnte sie nur?

„Prost", murmelte sie, entschlossen, die Sache jetzt durchzuziehen. Sie setzte das Glas an die Lippen um zu trinken. Ein weißer Strich an der Oberfläche des Weins, dünn wie ein Faden, ließ sie innehalten. Das Pulver! Dolores hatte die Gläser vertauscht!

„Ist was?", fragte Dolores.

Eva setzte das Glas ab. „Weißwein am Nachmittag bekommt mir nicht."

Dolores nickte, als hätte sie diese Erklärung gewartet. Ihr Lächeln war verschwunden.

„Der Job, auf den du so scharf warst, war ein Scheißjob", sagte sie. „Ich hab geschuftet wie eine Sklavin. Die Wohnung war nicht die, die er uns gezeigt hatte, sondern ein feuchtes Kellerloch. Gezahlt hat er so gut wie gar nicht. Er war kein Zahnarzt, wie er behauptet hatte, sondern ein raffinierter Betrüger, der mich mit Versprechungen hinhielt. Er überredete mich, mein letztes Geld in die Klinik zu stecken, und noch zu anderen Dingen, über die ich lieber schweigen will."

Eva schaute der anderen forschend in die grauen Augen, die unendlich traurig wirkten.

„Zweifelst du an meinen Worten?", fragte Dolores. Eine Träne rollte über ihre Wange. „Du hast keine Ahnung, wie es ist, wenn man so reingelegt wird. Ich war nicht nur finanziell, sondern auch psychisch völlig ruiniert."

Eva spielte unschlüssig mit dem Fuß ihres Glases herum. Am Boden des Kelchs war ein weißer Fleck zu erkennen.

„Du solltest mir dankbar sein. Vor alldem habe ich dich bewahrt." Die letzten Worte waren kaum zu verstehen, weil Dolores ihr Taschentuch aufs Gesicht presste.

Eva neigte sich dem Rosenstrauch neben dem Tischchen zu und kippte den Inhalt ihres Glases auf die Erde. Doch, sie glaubte es. Sie war tief betroffen. Wenn sie es recht bedachte, hatte der Chef damals allzu smart gewirkt, das war irgendwie verdächtig.

Dolores stöhnte. Ein Ruck ging durch ihren Körper, als risse sie sich gewaltsam zusammen. „Ich mach mich mal frisch." Sie stand auf. „Gleich findet die Einführung ins stille Qui Gong statt. Unsere erste Entspannung."

Auf steilen Absätzen schritt Dolores vorsichtig über die Pflastersteine. Eva blickte ihr nach, bis sie im Turmhaus verschwand.

Ich habe sie gehasst wie keine andere, dachte sie. Und nun ist alles anders. Wenn ihr Verhalten vor zehn Jahren nicht so verdammt schäbig gewesen wäre, täte sie mir leid. Nun hat sie ihre Strafe. Das ist genug.

Langsam erhob sich Eva, um ihr Zimmer aufzusuchen und sich umzuziehen. *Mäuseturm* las sie auf dem Schild neben der offen stehenden Eichenholztür. Ihre Turnschuhe betraten die gewundene Steintreppe, deren Stufen in der Mitte glatt und abgenutzt waren. Mit einem Mal geriet sie in so gute Stimmung, dass sie die Lippen spitzte, um eine Melodie zu pfeifen. Ein Geräusch aus dem oberen Stockwerk hielt sie davon ab.

Es war die raue Stimme von Dolores. Offenbar telefonierte sie. Eva blieb auf dem Treppenabsatz stehen, neben einer Kommode mit altertümlichen Werkzeugen aus Holz und Metall. Vermutlich waren sie früher für die Pflege der Weinstöcke gebraucht worden und lagen hier zur Dekoration.

„Liebling, das musste ich ihr sagen, es ging nicht anders!", hörte sie Dolores. „Die Hauptsache ist, dass diese Vogelscheuche den Unsinn geglaubt hat!"

Es war ein Gefühl, als hätte Dolores auf sie geschossen. Eva war verwundet, verletzt und wie im Fieber. Sie streckte die Hand nach der Kommode aus, griff nach der größten Schere und stürmte damit die Treppe hinauf. Dolores stand gegen die Wand gelehnt und schob das Handy in die Jacke. Sie erstarrte in der Bewegung, als Eva mit der hoch erhobenen Schere auf sie zustürzte.

„Ich hab es gehört! Du hast mich belogen!", schrie Eva.

„Halt!", stieß Dolores hervor. „Ich hab mit einem Freund über meine alte Mama geredet! Sie darf die Wahrheit nicht erfahren, es wäre ihr Tod!"

Sie drückte sich an den Türpfosten, als könnte er ihr beistehen.

„Von wegen Wahrheit!", brüllte Eva und schlug mit der Spitze der Schere auf den blonden Kopf ein. „Entspann dich für immer!"

Dolores sackte zusammen, als wäre sie aus Stoff. Rinnsale von Blut flossen vom Haaransatz über Stirn und Ohren. Eva fuhr zurück. Was, wenn alles stimmte, was ihre Feindin gesagt hatte? Was, wenn die arme alte Mama nun erfahren musste, dass ihre Tochter im Sterben lag?

Eva beugte sich übers Treppengeländer. „Ein Arzt!", rief sie hinunter. „Schnell! Sie stirbt!"

Im Innenhof ertönte Getrappel. Zwei Personen stürzten durch die Tür und hasteten die Treppe herauf. Das blaue Kleid der Leiterin schwang wie eine Welle über die oberste Stufe. Peter hielt ein Handy in der Rechten und tippte hektisch auf die Tasten.

„Ich sterbe nicht", keuchte Dolores am Boden. „Aber bitte ruft die Polizei! Eva soll im Gefängnis entspannen."

Die Leiterin blickte auf Evas Hand, die noch immer die Schere festhielt. „Wollten Sie unsere hundertjährige Rebenschere stehlen?"

„Lassen Sie mich abführen, Maria", flüsterte Eva.

Die Leiterin war bereits in die Hocke gegangen und tupfte mit einem Papiertuch über die Stirn der Verletzten. „Die Schere bedeutet mir nichts", sagte sie mit einem Lächeln, das alles Materielle auf den hintersten Rang verwies. „Wir brauchen keine Polizei."

„Du hast recht, Maria." Dolores hob eine Hand und tastete über ihr verklebtes Haar. „Entspannen wir uns."

„Das sollt ihr hier lernen."

„Bis zum Qui Gong bin ich wieder fit", sagte Dolores. „Es war nur ein unglücklicher Zusammenstoß."

Eva sah erstaunt von einer zur anderen. Muss ich die Wahrheit denn kennen?, dachte sie. Muss ich mich unbedingt rächen? Was würde es ändern?

Sie konnte Dolores nicht ansehen, sie wusste, was ihre Augen sagten: *Wieder musst du mir dankbar sein.* Und diesmal stimmte es.

Eva legte die Schere neben den Saum des blauen Kleides und lief die Treppe hinunter. Das schmiedeeiserne Tor stand offen. Davor stand ein Tisch mit einer schlanken Flasche, die fast voll war. Der fruchtige Duft traf ihre Nase. Sie nahm das Glas, das daneben stand, und schenkte sich ein. Ließ den Wein über die Zunge gleiten und spürte die zart prickelnde Säure am Gaumen. Das gab es nicht im Gefängnis. Hatte sie das vergessen?

Nicht schlimm, dass die Zähne noch einmal knirschten. Auch das würde sich geben.

ANNE GRIESSER

Der Mann an meiner Seite

*Fast liebevoll betrachte ich sein Gesicht: die Sorgenfalten, die
unnatürliche Blässe. Die trüben Augen. Er wirkt müde und
abgespannt. Grübelt über Dinge nach, die er nicht mehr ändern kann. Wenn das so weitergeht, wird er es nicht mehr
lange machen. Schon jetzt sieht man ihm jedes einzelne seiner
65 Lebensjahre an – und ein paar mehr, die er noch gar nicht
absolviert hat. Nein, er ähnelt in Nichts mehr dem Mann, den
ich zwei Jahre zuvor zum ersten Mal gesehen habe, an jenem
regnerischen Tag im Februar.*
Damals ...

... war er eine echte Augenweide.

Ich wusste es gleich, als er vor meiner Tür stand: Das
gibt Ärger. Wenn einer so gut aussieht und keinen Ehe-
ring trägt, ist der Stress schon vorprogrammiert. Deshalb habe ich Annelies auch erst mal gar nichts von ihm
erzählt. Habe ihm das Fremdenzimmer vermietet, einen
frischen Blumenstrauß auf seinem Tisch arrangiert und
ein Fläschchen *Sausenheimer Honigsack* danebengestellt.
Als Begrüßungstrunk. Wenn er Anstand hat, dachte ich
mir, lädt er mich zu einem Schoppen ein.

Herr Hügelheimer – Hans-Peter, 63 Jahre alt – wie ich
seinem Ausweis entnehmen konnte, bewies Anstand.
Noch am selben Abend tranken wir gemeinsam ein
Gläschen und beschnupperten uns. Er hatte eine Eins-
a-Figur, keine Spur von Bauchansatz, sein graues Haar
war noch außerordentlich füllig. Er trug Jeans und ein
weißes Hemd. Wie ein Playboy.

Dabei war er nur Vertreter für Verkorkungsmaschi-
nen. Das kennen Sie doch, oder? Wenn Sie aus einer

Weingegend stammen! Irgendwie muss der Korken ja in die Flasche kommen – das macht man doch nicht von Hand! Und manchmal, bei den besonders wertvollen Weinen, muss der alte Kork durch einen neuen ersetzt werden. Ganz vorsichtig, damit der Wein nicht verdirbt. Dafür braucht man besonders sensible Hände und Herr Hügelheimer war da Experte, sagte er.

Geld schien er auch zu haben. Wer weiß schon, was die verrückten Spinner für eine solche Umkorkungsaktion zahlen! Jedenfalls war ich an jenem Abend ziemlich betüdelt, was sicher nicht nur am *Honigsack* lag.

Einsam? Wer weiß! Fühlt sich eine Frau einsam, wenn sie Mitte fünfzig ist und außer ihrer besten Freundin niemanden hat? Ein bisschen schon. Zumindest seit Carlos tot war.

Nein. Nicht mein Mann. Wo denken Sie hin? Der hieß doch nicht Carlos! Der hieß Anton, war zwanzig Jahre älter als ich – und als ihn beim Halbfinale der Fußball-Weltmeisterschaft 2006 ein tödlicher Infarkt erwischte, war das nicht nur für ihn eine Erlösung. Saß sowieso nur noch vor der Glotze, der Arme, fett und gebläht, kaum noch fähig, sich zu bewegen. Nein, Carlos war mein Hund. Ein Königspudel. Ich vermisse ihn sehr.

Natürlich ließ sich der Verkorkungsmaschinen-Vertreter nicht auf Dauer vor Annelies verheimlichen.

„Ei, Elfriede, das ist ja ein Prachtexemplar! Wo hast du den bloß aufgegabelt? Du hättest doch nichts dagegen, wenn ich ... ?"

Ich hatte ziemlich viel dagegen. Aber das konnte ich Annelies ja schlecht sagen. Schließlich war sie meine beste Freundin. Und schon länger allein als ich. Obwohl – sie hat immerhin zwei Töchter, die jeden Mittwoch zum Kaffee bei ihr reinschneien. Wofür sie stets großzügig mit Taschengeld belohnt werden. Man kann Annelies einiges nachsagen, aber knickerig ist sie nicht.

„Das muss Herr Hügelheimer schon selbst entscheiden", antwortete ich deshalb nur ein wenig spitz.

Er sei Witwer, erzählte er mir zwei Tage später beim Abendessen. Ich hatte ihn mit einem Pfälzer Winzertopf gelockt, mit viel Rindfleisch drin, denn jeder Mann braucht von Zeit zu Zeit sein Fleisch – selbst wenn er so schlank ist wie Herr Hügelheimer. Er habe seine Frau sehr geliebt. Hier musste er das Gesicht abwenden, da ihn seine Gefühle zu überwältigen drohten. Ich ergriff behutsam seine sensible Hand und drückte sie mitfühlend aber unaufdringlich.

Er stamme aus Hamburg, erzählte er weiter, und ich nickte. Das hatte ich längst auf seinem Ausweis gelesen. Aber in der Pfalz, wo er oft beruflich zu tun habe, gefiele es ihm so gut, dass er sich vorstellen könne, seinen Lebensabend hier zu verbringen.

Das klang vielversprechend.

Danach wollte er nur noch über mich reden. Ich erzählte von meiner Leidenschaft für schöne Blumen und wie gerne ich Floristin geworden wäre, hätte Anton es nicht als „Schande" empfunden, mit einer berufstätigen Frau verheiratet zu sein. Sonst erwähnte ich Anton gar nicht, nur die kleine Rente, die ich nach seinem Tod bezog – nicht gerade üppig, aber doch ausreichend zum Leben. Außerdem besserte ich meine Einnahmen ja ein bisschen auf, indem ich das Fremdenzimmer im Obergeschoss an Urlauber oder Geschäftsleute wie Herrn Hügelheimer vermietete.

Er nickte, lächelte und stieß mit mir an.

Mein kleiner Vorsprung in Sachen Verkorkung schmolz jedoch dahin, als Annelies am nächsten Tag bei uns auftauchte und Herrn Hügelheimer bat, ihren Weinkeller zu besichtigen. Sie habe da einige alte Rieslingflaschen, noch aus Huberts Nachlass, Gott hab ihn selig, und da müsse dringend mal ein Experte einen Blick drauf werfen, die Korken seien schon ganz brüchig.

Brüchig! Als hätte Annelies auch nur den leisesten Schimmer von Wein! Die alten Flaschen standen nur deshalb noch herum, weil sie sich strikt weigerte, das „muffige Geläpper" zu trinken und statt dessen lieber Rioja im Supermarkt kaufte.

Ich weiß nicht, was in ihrem Keller geschah, aber es muss etwas für beide Angenehmes gewesen sein, denn danach sah ich Herrn Hügelheimer nur noch selten. Und Annelies auch.

Es war eine furchtbare Zeit für mich. Anfangs litt ich still, kämpfte mit kleinen Aufmerksamkeiten: Blumen, Wein, einer Einladung zum Abendessen. Herr Hügelheimer ignorierte sie alle. Hatte nur noch Augen für Annelies. Putzte sich heraus wie ein Pfau, badete in parfümiertem Wasser, überschlug sich an Höflichkeiten und Komplimenten. Ihr gegenüber.

Widerlich!

Ich hatte schreckliche Stimmungsschwankungen. Nachts schmiedete ich blutrünstige Pläne, konnte mich aber nicht recht entscheiden, ob ich lieber Annelies oder Herrn Hügelheimer umbringen wollte. Erst als die Mordgelüste immer stärker wurden, wusste ich ganz sicher, dass er dran glauben sollte. Zwei Fliegen mit einer Klappe sozusagen: Das Opfer der Begierde aus dem Weg geräumt, gleichzeitig an der Rivalin gerächt. Außerdem würde Annelies nach einer angemessenen Trauerzeit sicher Trost bei mir suchen, schließlich war ich ihre beste Freundin. Und die Tage waren doch ziemlich lang und einsam, ohne sie.

Halt! Jetzt aber mal langsam. Sie glauben doch nicht im Ernst, ich könnte jemanden ermorden? Einfach so? – Sie trauen mir wohl alles zu, was?

Ich lächle ihn an. Wir sitzen im Café, die Sonne scheint. Am Nachbartisch nippt eine ältere, attraktive Dame an ihrer heißen Schokolade. Natürlich kann er sie nicht ansprechen, so lange ich dabei bin. Stattdessen bestellt er mit leicht brüchiger Stimme einen Espresso. Ich trete ihn unterm Tisch gegen das Schienbein; er erschrickt. Dann versteht er.

„Und einen Riesling", sagt er. „Für meine Begleitung." Der Kellner nickt, lässt sich nichts anmerken. Hans-Peter stürzt den Espresso hinunter wie ein Verdurstender. Ich rühre meinen Wein nicht an, bin einfach nicht dazu in der Lage. Schließlich trinkt er ihn selbst leer und blickt mir vorwurfsvoll in die Augen.

Mord schied also aus. Zumindest in der Realität. Aber irgendetwas musste ich unternehmen. Ich konnte doch nicht einfach zusehen, wie Annelies und Herr Hügelheimer ...

Immerhin hatte ich Zugang zu seinem Zimmer. Vielleicht ließ sich dort etwas finden, was mir von Nutzen sein konnte? Normalerweise stecke ich meine Nase nicht in die Sachen meiner Gäste, das müssen Sie mir schon glauben! Aber hier lag der Fall ja nun wirklich anders.

Mit den Klamotten war ich schnell durch: drei weiße Hemden, ein dunkelblauer Pullover, zwei Jeans, ein Anzug. Alles feinste Markenware. Die Unterwäsche dagegen recht schäbig. Herr Hügelheimer schlief in Bermudashorts und Feinripp. Ob Annelies das wusste? Eine Geschmacksverirrung, zweifellos, aber sie genügte sicher nicht, um den Verkorker bei ihr in Missgunst zu bringen. Also suchte ich weiter, obwohl ich selbst nicht so recht wusste, wonach. Unter den Socken wurde ich schließlich fündig. Ein unscheinbarer, brauner DIN-A-4-Umschlag. Versiegelt. Wäre er nicht so gut gesichert gewesen, hätte er mich vielleicht gar nicht interessiert. Aber so ...

Geschickt löste ich das Siegel, ohne es zu beschädigen. Ich habe nämlich auch sehr sensible Hände! Aus dem Umschlag fielen zunächst mehrere Personalausweise. Sie lauteten auf die Namen Hans-Peter Hartmann, Hans-Peter Helbig, Hans-Peter Hasenfratz. *Hasenfratz!* – Jeden Ausweis zierte ein Bild von Herrn Hügelheimer. Außerdem steckten in dem Umschlag noch mehrere Heiratsurkunden. Fünf Stück, um genau zu sein. Scheidungspapiere suchte ich vergebens.

Was denken Sie denn? Natürlich war das ein Festtag für mich! Herr Hügelheimer entpuppte sich als Heiratsschwindler. Als Bigamist. Als fieser, gemeiner, hinterfotziger Betrüger! Und Annelies ... Wie mich das freute!

Ich grinste den ganzen Tag wie ein Honigkuchenpferd und buk sogar einen Kirschplotzer. Überlegte kurz, ob ich Annelies dazu einladen sollte. Entschied mich dann aber dagegen. Ich wollte das schöne Gefühl der Schadenfreude doch wenigstens ein oder zwei Tage auskosten, bevor ich sie mit der Wahrheit konfrontierte. Man hat ja sonst nicht so oft einen Grund zum Feiern.

Ich weiß auch nicht, warum ich es dann immer weiter hinausschob. Es ergab sich einfach keine günstige Gelegenheit. Und ich traf Annelies ja kaum noch alleine, immer war Herr Hügelheimer dabei. Bis zu jenem Nachmittag, als meine Freundin mit frischer Dauerwelle und einem nagelneuen, todschicken Kostüm bei mir auftauchte.

„Ich muss dir etwas erzählen, Elfriede. Etwas Wunderbares! Du hast doch sicher bemerkt, dass ich mich recht gut mit Hans-Peter verstehe?"

Ach nee. Tatsächlich?

„Und nun ... Stell dir vor, er hat das Vertreterdasein satt. Ist ja auch nachvollziehbar, in seinem Alter! Er möchte sich mit einem kleinen Weinladen selbstständig machen. Und weißt du, Elfriede, ich hab da ja noch einen ganzen Batzen Geld von Hubert geerbt, sein Aktienpaket, und das möchte ich Hans-Peter gern als Startkapital überschreiben, denn – jetzt halt dich fest, Elfriede – wir beide, wir wollen heiraten!"

Da waren all meine guten Vorsätze plötzlich dahin. „Herzlichen Glückwunsch, Annelies", hörte ich mich sagen. „Das freut mich jetzt aber für dich!"

Als wir das Café verlassen, Hans-Peter und ich, stolpert er direkt neben dem Tisch der attraktiven Dame über seine eigenen Füße. Er lächelt sie an, betörend, wie er wahrscheinlich findet, und bittet honigsüß um Entschuldigung. Sie nickt gönnerhaft, wendet den Blick aber schnell wieder ab. In ihren Augen lese ich leise Abscheu. Oder ist es Mitleid?

Tja, Hans-Peter: Ist nicht mehr weit her mit deinem Charme. Das Glück bei den Frauen hat dich offenbar verlassen.

Meine spontanen und ehrlich klingenden Glückwünsche müssen Annelies ziemlich überrascht haben. Sie wirkte auf einmal ganz kleinlaut und schuldbewusst.

„Toll", sagte sie, „dass du es so gelassen hinnimmst. Ich habe das Schlimmste befürchtet. Ich weiß doch, dass er dir auch gefällt. Aber zwischen Hans-Peter und mir ... Ach, Elfriede! Mir hat schon so lange kein Mann mehr Komplimente gemacht. Selbst als Hubert noch lebte ...

Aber das kennst du ja alles. Ich fühle mich so jung wie seit Jahren nicht mehr. Ach, was. Seit Jahrzehnten! Unsere Freundschaft ist mir allerdings mindestens genauso wichtig. Ich könnte es nicht ertragen ... Zwischen uns darf sich nichts ändern, versprichst du das? Wir können weiter Freundinnen bleiben, nicht wahr?"

Es lag etwas Flehendes in ihrer Stimme.

Ich rutschte nervös auf dem Wohnzimmersessel hin und her. Die gute Annelies! Mir wurde erst in diesem Moment klar, wie sehr ich sie in den vergangenen Wochen vermisst hatte. Ich musste sie unbedingt warnen, durfte sie auf keinen Fall ins offene Messer laufen lassen. Aber wie soll man der besten Freundin sagen, dass der Mann ihres Herzens ein gemeiner Abzocker ist?

„Annelies", begann ich deshalb zögernd. „Herr Hügelheimer, ähm ..., Hans-Peter ..."

Leider wurde in diesem Moment die Tür aufgerissen und der fiese Betrüger stand höchstpersönlich im Wohnzimmer. Lächelnd. Siegessicher. Zum ersten Mal nahm ich seine dünnen Lippen und den kalten Glanz seiner Augen wahr, die vom Lächeln nicht erreicht wurden. Er schwenkte drei Flaschen Wein in den Händen und grinste: „Hast du es ihr schon erzählt, Annelies? – Darf ich die Damen zu einem Gläschen Wein einladen?"

„Jetzt?", rief ich empört. „Am helllichten Tag?"

„Warum nicht? Ist ja kein gewöhnlicher Tag." Herr Hügelheimer ließ keine Ausflüchte zu.

„Ach bitte, Elfriede", mischte sich nun auch Annelies ein und mein Widerstand erstarb. Was hätte ich auch tun sollen? Ich konnte die Bombe doch nicht einfach so vor meiner überglücklichen Freundin – und dem Attentäter platzen lassen. Das sehen Sie doch sicher ein!

Dummerweise vertrage ich kaum Alkohol. Schon gar nicht auf nüchternen Magen. Im Nachhinein betrachtet war dies wohl der entscheidende Fehler. Ich hätte nichts trinken dürfen. Gar nichts.

So aber ließ ich mir von Herrn Hügelheimer – Hans-Peter – im Laufe des Nachmittags zwei Schoppen Riesling einschenken – und ein Gläschen Eierlikör obendrein. Die strahlende Annelies verabschiedete sich nach zwei Stunden, selbst schon leicht beschwipst. Als ich mit dem Heiratsschwindler alleine im Wohnzimmer saß, drohte die Stimmung zu kippen. In meinem Kopf drehte sich alles. Was sollte ich jetzt unternehmen? Annelies hinterhereilen und ihr junges Glück zerstören? Herrn Hügelheimer mit meiner Entdeckung konfrontieren? Ihn anzeigen? Oder mich erst mal in mein Schlafzimmer zurückziehen und den Rausch ausschlafen?

Letzteres wäre sicher das Vernünftigste gewesen. Aber auf einmal tauchte in meinem benebelten Hirn eine fünfte, attraktive Möglichkeit auf. Was, so fragte ich mich, war es Herrn Hügelheimer – Hans-Peter – wohl wert, wenn ich weiterhin schwieg?

Den Umschlag hatte ich vorsorglich behalten, hatte ihn an einem sicheren Ort versteckt. In dem kleinen Hohlraum unter der Gefriertruhe.

Vielleicht konnte ich den Halunken dazu bringen, Annelies aus freien Stücken zu verlassen? Dann musste ich ihr nicht die böse Wahrheit überbringen.

Feige, meinen Sie? Schon möglich. Aber ich hatte wirklich nur ihr Wohl im Auge, das müssen Sie mir glauben.

„Nun, Herr Hügelheimer-Hartmann-Helbig-Hasenfratz", begann ich und bemühte mich um angemessene Haltung. „Wie genau gedenken Sie meine beste Freundin glücklich zu machen?"

Ich muss sagen, er reagierte ausgesprochen souverän. Stil hatte er schon. Brauchte er vermutlich auch für seinen Job.

„Oh", sagte er und wurde nur sehr kurz blass. „Sie haben mein kleines Geheimnis entdeckt? Ich wusste schon beim ersten Kennenlernen, dass Sie clever sind, Elfriede. Sehr clever." Dabei zwinkerte er mir zu, als wären wir Verbündete.

„Sie haben meine Frage nicht beantwortet." Ich ließ mich nicht von seinem Geplänkel aus der Rolle bringen. „Wie wollen Sie Annelies glücklich machen?"

„Okay, okay." Er hob die Hände als Zeichen der Ergebung. „Ich weiß, wann ich verloren habe. Wieviel, Elfriede? Wieviel wollen Sie?"

Shit. Darüber hätte ich mir vorher Gedanken machen sollen. Was mochte ein Heiratsschwindler wohl verdienen?

„Zwanzigtausend", sagte ich. Und dachte dabei an die Weltreise, von der ich schon immer geträumt hatte. „In kleinen, nicht nummerierten Scheinen." So hatte ich es im Fernsehen gehört und ich wollte ja unbedingt professionell rüberkommen.

Er zuckte nicht einmal mit den Wimpern. „Ich schreibe Ihnen einen Scheck aus, ist das in Ordnung?"

Hielt er mich für blöd? Was, wenn sein Konto nicht gedeckt war?

„Nein", lallte ich. „Online-Überweisung. Jetzt, sofort."

„Na schön." Er resignierte. „Dann müssen Sie mit hoch in mein Zimmer kommen. Der Laptop ist oben."

Ja, ja. Ich weiß, was Sie jetzt denken. Und Sie haben recht. Man soll einem gerissenen Gauner nicht trauen. Wenn mein Kopf nur nicht so schwerfällig gewesen wäre!

Er stieg die Treppe hinauf und ich wankte ein wenig, als ich ihm folgte. Mir war schwindelig und schlecht.

Den Stoß habe ich nicht kommen sehen. Nicht mal geahnt. Er erwischte mich völlig unvorbereitet, als ich auf der oberen Treppenstufe angekommen war. Kopfüber fiel ich hinunter. Mit ein wenig Glück hätte ich den Sturz sogar überleben können. Aber nein, ich muss ja mit dem Schädel auf den letzten Stufen so blöd aufschlagen, dass mein Genick bricht.

Wenigstens ging es schnell und tat kaum weh.

Vor dem Café zündet sich Hans-Peter eine Zigarette an. Früher hat er nicht geraucht. Aber da war er auch noch kein solches Nervenbündel.

Für Annelies war es schon schlimm. Sie hat an meinem Grab bittere Tränen geweint. Die Hochzeit hat sie dann selbst abgeblasen, kam ihr wohl gar zu pietätlos vor. Außerdem hat sie bei der Beerdigung meinen Bruder Theo kennengelernt, der in Amerika lebt. Oder lebte, muss man sagen. Kürzlich ließ er sich nämlich scheiden. Jetzt wohnt er in meinem Haus und trifft sich täglich mit Annelies. Ein schönes Paar, die beiden!

Ach, Sie fragen sich, was aus mir geworden ist? – Jetzt seien Sie doch nicht so ungeduldig!

Als ich hinüber war, dachte ich zuerst, ich würde sofort in den Himmel auffahren und meinen treuen Carlos wiedersehen. An Anton habe ich nicht gedacht, um ganz ehrlich zu sein. Aber nein, irgendwie klappte es nicht mit dem Auffahren. Der alte Herr dort oben hatte offenbar noch etwas anderes mit mir vor. Ich konnte mich partout nicht von Herrn Hügelheimer – Hans-Peter – lösen. Ging einfach nicht. Wie ein Schatten klebte ich an ihm.

Im ersten Moment sah es ja so aus, als käme er ungeschoren davon, der elende Mörder! Die Papiere stecken noch immer unter der Gefriertruhe und der Schurke verschwand nach meiner Beerdigung einfach von der Bildfläche.

Ich kochte. Tobte. Schrie. Aber keiner konnte mich hören.

Keiner – bis auf Hans-Peter Hügelheimer. Er ist nämlich der Einzige, der mich sehen und spüren kann. Was ihm nicht sonderlich gefällt, wie Sie sich denken können.

Schon nach wenigen Tagen begann sein körperlicher und geistiger Verfall. Manchmal versucht er es ja noch in seinem alten Metier – so wie vorhin, bei der attraktiven Dame im Café. Aber glauben Sie etwa, das funktioniert – mit mir an seiner Seite?

Prinzessin fein

Prolog

Es ist Sommer. Das zweite Wochenende im August.

Völlig außer Atem rennt ein Mädchen die festlich geschmückte Dudostraße hinunter. Seine langen Haare flattern ihm wie eine Fahne hinterher. Es ist spät dran. Zuhause auf dem Weingut hat es zusammen mit den anderen Kindern beim Ausspritzen der Rebentanks geholfen. Um den Erwachsenen eine Freude zu machen.

Nicht mal auf seinen kleinen Freund, der auch mitkommen wollte, hat es gewartet, ist einfach weggerannt, als die St. Michaels Kirche Viertel vor sieben schlug.

Man riecht den süßen Duft von Dampfnudeln mit Vanillesoße. Die an der Straße gelegenen Weingüter haben Verkaufsstände aufgebaut, bieten vielerlei Weinsorten an. Die meisten Gesichter schauen freundlich. Denn heute hat in Duttweiler das Weinfest der Freundschaft begonnen. Ein jährliches Spektakel, das die nächsten Tage andauern wird und mit der Krönung der neuen Weinprinzessin beginnt.

Obwohl ihm der Vater heute Mittag etwas Geld gegeben hat, rennt das Mädchen, ohne das Tempo zu verlangsamen, an den verlockenden Dampfnudeln vorbei. Auf keinen Fall möchte es den feierlichen Augenblick, wenn die letztjährige Weinprinzessin von Duttweiler der neugewählten Prinzessin die Krone auf den Kopf setzt, verpassen.

Seit letztem Sommer träumt es von genau diesem Augenblick. Jeden Tag hat es seinem kleinen Freund davon vorgeschwärmt. Er hört immer geduldig zu.

Trotz seiner geringen Körpergröße bahnt sich das Kind einen Weg durch die vielen Menschen, die vor der

Festbühne stehen, um ebenfalls das Ereignis der Krönung anzuschauen.

Vorne angekommen, versperrt oben bei den beiden Weinprinzessinnen der Ortsvorsteher mit seinem breiten Rücken unerbittlich die Sicht. Es ist wie verhext. Macht das Mädchen einen Schritt nach rechts, macht der Mann ebenfalls einen Schritt nach rechts. Macht es einen Schritt nach links, macht er einen Schritt nach links. So, als ob er hinten Augen hätte und das Kind ärgern wollte. Aus den Lautsprechern ertönt seine Stimme nur bruchstückhaft.

Als er endlich die Festbühne zusammen mit der letztjährigen Weinprinzessin verlässt, trägt die neue Prinzessin die Krone bereits auf dem Kopf. Stolz hält sie in der rechten Hand ein Weinglas mit goldenem Wein, lächelt strahlend dem Fotografen des Duttweiler Nachrichtenblatts in die Kamera. Die Menschen vor der Bühne klatschen, freuen sich.

Dem Mädchen stockt der Atem, als ihm klar wird, dass es alles verpasst hat. Das Blut weicht aus dem zarten Gesicht. Es dreht sich um. Möchte nichts mehr sehen, nichts mehr hören. Es quetscht die Augen zusammen und presst sich die Fäuste auf die Ohren.

Die umstehenden Erwachsenen sind verwundert über das seltsame Verhalten des Mädchens vom Weingut Reichinger. Manche bestaunen flüsternd die langen Haare, die selbst jetzt in der milden Abendsonne wunderschön glänzen. Haare, die wie ein Magnet die Blicke auf sich lenken.

Gerade, als eine Frau das Kind fragen möchte, ob es Hilfe braucht, wird die Geräuschkulisse vom Knistern eines Lautsprechers übertönt. Die Besucher des Weinfestes werden ruhig, hören auf zu sprechen, um sich auf die kommende Zeremonie zu konzentrieren.

Gleich wird der Ortsvorsteher von seinem Dienstzimmer aus durch die Ortsrufanlage der neuen Weinprinzessin erneut gratulieren. Als einmalige Ausnahme in der Geschichte von Duttweiler, da das Mikrofon auf der Festbühne ausgefallen ist und die Zuschauer so gut wie nichts verstanden haben.

Das Gesicht der jungen Frau mit der Krone auf dem Kopf errötet vor Freude, während sie das überdimensionale Weinglas zärtlich wie einen Säugling im Arm hält. Mit feierlicher Stimme, unterbrochen von Atempausen, wünscht der Mann der neuen Weinprinzessin alles Gute für ihr Amt. Bittet sie darum, dem Duttweiler Wein immer Ehre zukommen zu lassen.

Der Lautsprecher ist so mächtig, dass man die würdevollen Worte bis in den letzten Winkel von Duttweiler hören kann. So mächtig, dass sie durch die Kinderhände mit den vom Pressen schneeweißen Fingerknöcheln bis tief hinein in die Ohren dringen.

Das Mädchen ist verzweifelt. Am liebsten würde es die Rufanlage von der Hauswand der Ortsverwaltung herunterreißen und zertreten. Seit letztem Sommer hat es von nichts anderem geträumt, als die Übergabe der Krone zur neugewählten Prinzessin zu sehen.

Ihr kleiner Freund, der eben völlig erhitzt auf das Fest nachgekommen ist, der das Mädchen in seiner großen Not dastehen sieht und es fragt, was passiert sei, wird mit bösen Worten überschüttet.

Die Frau, die es mit dem Mädchen gut meint, die kein Wort des Gesprochenen versteht, zieht den Jungen an den Schultern von ihm weg. Fordert ihn auf, das Mädchen gefälligst in Ruhe zu lassen.

Bevor das Mädchen wegrennt, schlägt es ihm die appetitliche Dampfnudel, die er für es gekauft hat aus der Hand. Hinunter auf den von der Sommerhitze staubigen Boden.

Tieftraurig blickt der kleine Junge seiner Freundin nach. Noch nie in seinem Leben hat er ein anderes Mädchen mit einer solch wunderbaren Haarfarbe gesehen. Er würde alles für es tun.

Über einen weiten Umweg läuft das Mädchen nach Hause. Es muss nachdenken. Analytisch wie ein Erwachsener sortiert es im Geiste das Geschehene.

Das gleichmäßige Zirpen der Grillen auf den Feldern nimmt es nicht wahr. Nachdem es einen Entschluss gefasst hat, beginnt es mit tonlosen Lippenbewegungen ein Lied zu reimen. Nach einer Weile, als es mit dem Text zufrieden ist, fängt es mit unnatürlich hoher Stimme an zu singen.

Schon bevor es den Refrain fertig gesungen hat, hören die Grillen auf zu zirpen. Es wird gespenstisch ruhig auf den Feldern vor Duttweiler. (Man sagt, dass Tiere schon lange Zeit vor den Menschen das Böse wittern.)

Zuhause, auf dem etwas außerhalb gelegenen Weingut angekommen, besucht es die Katze mit ihren halbwüchsigen Kätzchen. Spricht freundlich zu den Tieren. Die Katze legt die Ohren nach hinten, faucht, zeigt die spitzen Eckzähne. Schlägt mit ausgefahrenen Krallen nach den Kinderhänden.

Später holt das Mädchen ein Hochglanzfoto der verflossenen Weinprinzessin aus einem Geheimversteck. Vorsichtig löst es aus seinem Reiseausweis das Passbild heraus. Geschickt mit Schere und Kleber verpasst das Kind der vergangenen Prinzessin sein eigenes Gesicht.

Zärtlich betrachtet es sein Werk, ehe es das Bild mit der kindlichen Weinprinzessin sorgfältig in eine Muschelschatulle legt, nochmals liebevoll darüberstreicht und zurück in das Geheimversteck schiebt.

Als der Ortsvorsteher in dieser Nacht nach Hause kommt, liegt ein totes Kätzchen mit seltsam verrenktem Kopf vor seiner Haustüre. Ein Vorderpfötchen fehlt.

Fünfzehn Jahre später

Wütend schlug Dominika beim Eintreten in ihren Wohncontainer die Türe hinter sich zu. Die junge Erntehelferin war außer sich. Wie jedes Jahr am zweiten Wochenende im August.

„Lukasz, ich finde es lächerlich, dass ich keine Weinprinzessin werden kann! Ich bin längst volljährig, kenne die Sachkunde perfekt, sehe gut aus und lebe auf einem Weingut. Was soll dann das Getue mit der Staatsangehörigkeit?", rief sie dem jungen Mann zu, der gerade Anstalten machte, seine Arbeitsschuhe anzuziehen.

„Warum verstehst du nicht, dass polnische Erntehelferinnen nicht zur Kandidatur zugelassen werden? In meinen Augen ist das logisch, Dominika! Deutsche Frauen können sich in Polen auch nicht auf Ämter bewerben!" Die Stimme des Mannes blieb ruhig, als er während des Sprechens, ohne einen Blick auf die junge Frau zu werfen, sorgfältig seine Schuhe schnürte.

Seit dem 18. Geburtstag der rothaarigen Polin gab es an jedem zweiten Wochenende im August dasselbe Drama. Als Kind hatte sie sich in den Kopf gesetzt, eines Tages Weinprinzessin von Duttweiler zu werden.

Die Bestimmungen setzten jedoch für dieses Amt die deutsche Staatsbürgerschaft voraus.

Dominika hatte, wie andere Erntehelfer auch, von klein auf jeden Sommer in Duttweiler verbracht. Ihr Vater, der inzwischen wieder in Polen lebte, hatte viele Jahre hier auf dem Weingut der Familie Reichinger als erster Vorarbeiter gearbeitet. Und da es für die meisten Winzer selbstverständlich war, dass die Familien ihrer polnischen Vorarbeiter während der Sommermonate anwesend waren, fühlte sich Dominika in Duttweiler zuhause.

Mittlerweile arbeitete sie selbst monatelang im Jahr auf dem florierenden Weingut der Familie Reichinger. Dominika war mit Duttweiler unumstößlich verwurzelt. Sie kannte alle Einheimischen, sprach gut deutsch, wenn auch mit polnisch gefärbter Betonung. Sie kannte jeden Baum, jeden Stein. Aus diesem Grund wollte die junge Frau die Vorschrift mit der Staatsbürgerschaft partout nicht akzeptieren.

„Du kannst mir wenigstens in die Augen schauen, wenn du mit mir sprichst, du Idiot! Was bildest du dir eigentlich ein, wer du bist?" Ihre normalerweise glockenhelle Stimme hatte plötzlich einen messerscharfen Unterton.

Lukasz zog missbilligend seine Augenbrauen in die Höhe, erhob sich von seinem Stuhl und ging Richtung Türe. Er musste noch dem Winzer beim Ausspritzen der Rebentanks helfen.

„Beruhige dich Dominika, akzeptiere endlich die Bestimmungen! Viele Frauen wären gerne Weinprinzessin, nicht nur du ... und die kapieren es auch!", entgegnete er bemüht ruhig, um die junge Frau nicht noch aggressiver zu machen. „Lass uns heute Abend auf das Fest gehen, um mit unseren Freunden zu feiern! Ich beeile mich mit der Arbeit!"

„Bist du verrückt? Dass vor meiner Nase die nächste Weinprinzessin gekrönt wird, die sich erstens längst nicht so gut mit Wein auskennt wie ich, die zweitens hässlicher ist als ich und sich drittens den nächsten Winzer unter den Nagel reißt, oder was?" Verächtlich pustete sie die langen Stirnfransen aus dem Gesicht. „Ich wäre die perfekte Duttweiler Weinprinzessin!" Sie verharrte kurz, um zu überlegen. „Apropos Winzer! Wenn ich schon keine Weinprinzessin werden kann, weiß ich was zu tun ist! ", sagte sie nach wenigen Augenblicken und schaute Lukasz, der eben die Türe zum Hinausgehen öffnete, herausfordernd an. „Schon viel früher hätte ich auf diese Idee kommen sollen, ich Kalb! Was andere Frauen können, kann ich auch!"

Erschrocken schloss der Mann die Türe wieder, setzte sich zurück auf den Stuhl. Seine Ruhe war wie weggeblasen. „Ich bitte dich Dominika, komm auf keine schlechten Gedanken!" Fast flehend blickte er die Polin an. „Tu es nicht!"

Lukasz wusste, dass Dominika als Kind nicht nur Weinprinzessin werden wollte, sondern auch oft davon geschwärmt hatte, eines Tages Winzerin zu werden.

„Dann schau, dass du zu einem Weingut kommst! Vielleicht überlege ich es mir dann anders!", antwortete die junge Frau kurz angebunden und verließ mit knallender Türe den Wohncontainer.

Draußen jaulte Blue, der Hofhund, kurz auf. Als Dominika wie ein Flammenengel die Stufen hinunterrauschte, war sie ihm rücksichtslos auf den Schwanz getreten, da er es nicht rechtzeitig geschafft hatte aufzustehen, um ihr den Weg freizumachen.

Obwohl Lukasz an diesem Abend mit seinen Freunden reichlich Riesling auf dem Duttweiler Weinfest der Freundschaft getrunken hatte, machte er in dieser Nacht so gut wie kein Auge zu. Er wartete auf Dominika. Den ganzen Abend hatte sie ihn auf dem Weinfest nicht beachtet, sondern sich in der Nähe des Tisches, an dem der Juniorwinzer, Thomas Reichinger, mit seiner jungen Frau saß, aufgehalten. Lukasz hatte beobachtet, wie sich die Erntehelferin und der Mann zu vorgerückter Stunde ständig Blicke zuwarfen. Er war verzweifelt. Er hatte Angst wegen Dominika.

Der Glockenturm der St. Michael Kirche schlug Viertel nach drei, als Dominika endlich in den Wohncontainer schlich. Obwohl sie überzeugte Nichtraucherin war, roch Lukasz bereits bei ihrem Eintreten den durchdringenden Geruch von Zigarettenrauch. Bevor sie sich, nur mit Unterwäsche bekleidet, ins Bett legte, warf sie ihre nach Nikotin riechenden Kleider achtlos hinaus auf die Metalltreppe.

„Dominika, wo warst du?", raunte er. Es kam keine Antwort. Entweder war sie augenblicklich eingeschlafen oder sie stellte sich schlafend, um unangenehmen Fragen auszuweichen.

Mit offenen Augen lauschte der junge Mann den gleichmäßigen Atemzügen der Frau. Durch die Außenbeleuchtung des Weingutes, die das Innere des Wohncontainers ein bisschen erhellte, sah er schemenhaft den Umriss ihres Körpers. Sie lag mit seitlich gekipptem Kopf auf dem Rücken, die langen tizianroten Haare waren auf dem Kissen ausgebreitet wie ein Fächer. Ihm wurde angst und bange. Wo war Dominika gewesen? Er wusste es. Lieber Herrgott im Himmel. Wie soll ich es schaffen, ein eigenes Weingut zu bekommen, nur damit Dominika keine Dummheit macht?, betete er und fiel kurz vor dem Weckerklingeln in einen unruhigen Schlaf.

„Prinzessin fein trinkt güldnen Wein, heiratet reiches Winzerlein", summt es in ihrem Kopf, bis sie eingeschlafen ist.

Eine Woche nach dem Weinfest der Freundschaft

Es war ein schwüler Sommertag ohne Sonne. Obwohl die diesjährige Heuernte bereits vor zwei Tagen in die

Scheunen eingefahren worden war, konnte man in ganz Duttweiler immer noch den würzigen Duft von getrocknetem Gras riechen.

Die Familie Reichinger betrieb neben dem Weinanbau noch eine kleine Landwirtschaft und die Erntehelfer waren seit dem späten Nachmittag damit beschäftigt, die Gerätschaften der Heuernte zu warten. Ihre gebräunten Gesichter glänzten vor Schweiß, da kein Windchen die Luft bewegte.

Obwohl sich im Büro auf dem Schreibtisch seit dem Weinfest die Arbeit anhäufte und beide Vorarbeiter anwesend waren, packte Thomas Reichinger, der Juniorwinzer, mit an. Eben war er damit beschäftigt, den Motor der Heupresse zu inspizieren. Im rechten Mundwinkel hing lässig eine Marlboro, während beide Hände mit Werkzeug bepackt waren. Wie kein anderer auf dem Weingut beherrschte er die Kunst, beim Arbeiten freihändig zu rauchen.

Aus der Richtung der Heuwendermaschine hörte man plötzlich ein glockenhelles Lachen. Es war unverkennbar Dominika. Alle Köpfe drehten sich neugierig zu der jungen Frau.

„Tomek, schau was mir passiert ist! Ich habe eine Schraube abgebrochen!", rief sie immer noch lachend hinüber zum Juniorwinzer. „Das andere Stück steckt noch. Du musst mir helfen!" Fröhlich hielt die junge Frau ein Stück der gebrochenen Schraube in die Höhe. Dabei spannte sich das T-Shirt über ihrem runden Busen.

„Ich frage mich was es zum Lachen gibt, wenn etwas kaputt gegangen ist?", murmelte Anna Reichinger, die Seniorwinzerin, missbilligend vor sich hin. Die 50-jährige Frau stand in der Küche am geöffneten Fenster, um ihre wunderschönen violettweißen Geranien, die in prächtigen Tonkästen vor dem Fenster hingen, in Form zu zupfen. In Wirklichkeit wollte sie sehen, was auf dem Hof vor sich ging. Seit dem Weinfest vernachlässigte ihr Sohn seine täglichen Pflichten. Und da sie ihn kannte, hatte sie einen Verdacht, der sich gleich bestätigen sollte.

Nachdem die Polin den Juniorwinzer angesprochen hatte, ließ er alles stehen und liegen, um zu ihr zu laufen. Er machte sich sogar die Mühe, seine Zigarette aus dem Mund zu nehmen, um sie mit einer kurzen drehenden Bewegung seiner Lederstiefel auf dem mit Kantsteinen gepflasterten Boden auszutreten. Thomas beugte sich über den Heuwender, um nach dem Rest der abgebrochenen Schraube zu schauen, dabei berührte sein Handrücken leicht die Hand von Dominika, die direkt neben ihm stand. Sie wiederum hatte ihr rechtes Bein an seinen Oberschenkel gelehnt und beugte sich nun ebenfalls über den Wender. Die Köpfe der beiden jungen Menschen waren nicht zu sehen, da die Maschine vor der Scheunenwand stand.

Unmöglich dieses Getue!, dachte Anna Reichinger verärgert, während sie die beiden jungen Menschen neben dem Geranienzupfen her unauffällig beobachtete. Dominika trau ich zu, dass sie die Schraube selbst abgebrochen hat, um Thomas herzulocken! Wie oft hat sie früher Streiche gemacht, um die Aufmerksamkeit der anderen Kinder zu bekommen. Der Gipfel war, als sie zur Ortsrufanlage hochgeklettert ist, um einen verfaulten Blumenkohl reinzustecken. Natürlich wusste man gleich, zu welchem Weingut das Mädchen mit den flammendroten Haaren gehört. Ich darf gar nicht mehr an den Ärger mit der Ortsverwaltung denken. Aber nein, sie hat alles abgestritten, alles auf andere geschoben. Gezwungen habe man sie dazu und den Namen dürfe sie nicht sagen, da sonst ihre Mutter in eine Eidechse verwandelt würde. Wie kann ein kleines Kind auf solche bösen Gedanken kommen, um sich zu schützen? Anna Reichinger schüttelte verständnislos den Kopf. Na ja, wenigstens hat ihr Vater richtig reagiert und ihr ein paar Tage Stubenarrest gegeben. Nie vergesse ich ihr hasserfülltes Gesicht hinter dem Fenster, als die anderen Kinder mit den Fahrrädern ins Duttweiler Schwimmbad gefahren sind und sie drinnen in der Stube hocken musste. Wenn Blicke töten könnten, hab ich mir damals gedacht!

Die Erinnerungen an Dominikas Kindheit wurden unterbrochen, als die Winzerin auf der weitgeöffneten Heubühne über der Scheune Lukasz erblickte. Kurz zuvor hatte sie gehört, wie er die Aufgabe bekommen hatte, die riesigen Heuballen in Reihen zu schieben. Im Moment jedoch stand er direkt über Dominika und Thomas und schaute auf die beiden herunter.

Das wird ihm nicht gefallen, was er da sieht!, dachte sie und schämte sich für das Verhalten ihres Sohnes. Ihre Zupferei an den violettweißen Pflanzen wurde immer hektischer. Ich muss mit Thomas sprechen. Erst vor einem dreiviertel Jahr hat er Patrizia geheiratet. So geht das nicht. Auch nicht wegen Lukasz, der so zuvorkommend und zuverlässig ist, nein, das lass ich nicht zu. Böses Blut auf dem Hof möchte ich nicht! Er soll sich um das Büro kümmern und nicht um andere Frauen!

Gründlich wusch sich die Seniorwinzerin ihre Hände an der Küchenspüle und legte sich nebenher in Gedanken zurecht, was sie morgen in aller Herrgottsfrüh unter vier Augen zu ihrem Sohn sagen würde. Heute hatte sie keine Gelegenheit mehr dazu, da Thomas nachher, so wie jeden Tag um diese Jahreszeit, mit seinem Geländewagen in die Weinberge fahren würde, um die Rebstöcke zu kontrollieren.

„Dann hätte er nicht heiraten dürfen, wenn er sich weiterhin wie ein Junggeselle schöne Augen machen lässt. So ein Dreckspatz. Patrizia ist ein nettes Mädchen!", sprach sie zu sich selbst, während sie die Hände abtrocknete und schon wieder aus dem Küchenfenster schaute. Eben lief Dominika an Thomas vorbei. Im Laufen band sie sich die Haare zu einem Pferdeschwanz zusammen, sodass ihr T-Shirt schon wieder über dem Busen spannte. Dabei streckte sie Thomas frech die Zunge heraus. Als Antwort zwinkerte der Juniorwinzer zurück.

Mein Gott, wie pubertierende Kinder! Ohne Rücksicht auf andere. Hoffentlich sieht Patrizia nicht das Getue der beiden! Peinlich berührt drehte sich Anna Reichinger weg und begann, den ohnehin schon sauberen Küchenboden zu fegen. Dominika knöpf ich mir morgen ebenfalls vor. Die soll sich schämen. Bisher hat sie sich auch nur für ihre gutaussehenden Landsmänner interessiert und Thomas war ihr egal. Im Gegenteil! „Tomek Stinktier" hat sie ihn früher genannt wegen seiner Raucherei! Nein, nein! Jetzt braucht sie auch nicht mehr anzukommen. Das hätten sich die beiden früher überlegen müssen. Sie hatten Zeit genug! Patrizia ist mir sowieso lieber mit ihrer zurückhaltenden Art.

Lukasz, der inzwischen mit den Heuballen fertig war, stand bewegungslos im Scheuneneingang. Sein Gesicht war ernst. Trotz der Bräune und der körperlichen Anstrengung wirkte es fahl. An den Schläfen rannte der Schweiß hinunter.

Aus dem offenen Weinverkaufsraum, der gegenüber der Scheune lag, kam die junge Ehefrau von Thomas Reichinger mit einer Kundin heraus. Die beiden Frauen, die Weinkartons zum Auto der Kundin trugen, blickten zu ihm hinüber.

„Lukasz, ist alles in Ordnung mit dir?", fragte die Jungwinzerin freundlich und schaute ihn besorgt an.

„Ja!", antwortete er lahm und lief in Richtung der Maschinenhalle. Seine Hände waren schweißnass. Die Angst wegen Dominikas Verhalten kroch seinen Rücken hinauf. Es war die gleiche Angst wie damals, als er als kleiner Junge beobachtet hatte, wie dem Kätzchen mit bloßen Kinderhänden der Hals rumgedreht wurde.

„Prinzessin fein, trinkt güldnen Wein, heiratet reiches Winzerlein", summt die hohe Stimme vor sich hin. Auf Lukasz' Armen stellen sich die Härchen auf.

Die Schwüle des Tages war abends einem angenehmen Wind gewichen. In den Häusern von Duttweiler riss man weit die Fenster auf, um die stickige Luft aus den Zimmern zu treiben. Der intensive Geruch nach frischem Heu war trotz des Windes immer noch zu riechen.

Ungewöhnlich an diesem Abend war, dass man keine Grillen hörte. Das zirpende Geräusch, das den Feierabend der Menschen, die draußen saßen, untermalte, fehlte gänzlich.

„Blue, komm endlich unter der Küchenbank hervor!", rief Anna Reichinger, bückte sich und hielt ihrem Hund ein Stück Leberwurst direkt vor die Nase. Das Tier schnupperte leicht daran, wollte aber nicht fressen. Die Winzerin wunderte sich, dass sich der Hofhund seit Stunden verkroch und sogar seine Leibspeise verschmähte. Besorgt legte sie ihm das Stück Leberwurst direkt vor die Schnauze, streichelte über seinen schwarz-weißen Kopf. „Wovor hast du Angst?"

„Hey, Lukasz, was ist los? Willst du heute verdursten?", rief in diesem Moment draußen eine gutgelaunte Männerstimme.

Neugierig richtete sich die Winzerin auf, um zum geöffneten Küchenfenster hinauszuschauen. Aufmerksam ließ sie den Blick über das Wohnareal der Erntehelfer schweifen. Sie sah, dass Lukasz alleine vor seinem Wohncontainer saß. Die anderen Männer hockten gemütlich auf Gartenstühlen in der Mitte des Areals beisammen und tranken gut gelaunt Riesling. So wie jeden Abend bei trockenem Wetter. Die Frauen hatten sich, wie meistens, in zwei Gruppen aufgeteilt. Eine Gruppe hielt sich verdeckt von den Containern am Rande des Areals auf, während die anderen Frauen in der Nähe der Männer in einem Stuhlkreis beisammen saßen. Sie unterhielten sich angeregt in ihrer Muttersprache. Dabei blickten sie immer wieder hinüber zu Lukasz.

Als der Seniorwinzer aus dem Wohnzimmer nach Anna Reichinger rief, drehte sie sich vom Fenster weg. Dabei fiel ihr Blick auf die Küchenuhr und sie wunderte sich, dass ihr Sohn noch nicht zu Abend gegessen hatte.

Die anderen Erntehelfer des Reichingerhofes fanden es schade, dass Lukasz nicht wie sonst mit ihnen bei einem guten Tropfen zusammensaß, um in geselliger Runde den arbeitsreichen Tag ausklingen zu lassen. Auch mit Zurufen und fröhlichen Sprüchen war er nicht von der Metalltreppe vor Dominikas und seinem Container wegzubewegen.

„Stell dich nicht so an und komm zu uns!", rief einer der Erntehelfer, der wie die restlichen Männer und Frauen meinte, die Gefühle von Lukasz zu kennen.

Lukasz antwortete nicht. Wie eine Salzsäule saß der Pole mit leerem Blick da. Dieser Eindruck täuschte, denn in seinem Kopf ratterten die Gedanken hoch und runter. Lukasz dachte an die Nacht in seiner Kindheit zurück, als das Kätzchen starb. Damals hatten die Grillen aufgehört zu zirpen, während er auf seine Freundin wartete. Warum war er so feige gewesen und hatte nie jemanden erzählt, wie gefährlich sie in Wirklichkeit war? Wie sie als Kind seine Schwester erpresst hatte, wie sie sich verstellen konnte, damit alles nach ihrem Kopf ging. Er war es gewesen, der ihre wunderbaren Haare hatte streicheln dürfen, so lange bis ... Lukasz zwang sich, nicht mehr daran zu denken, und hob den Kopf. Oben am Schlafzimmer der jungen Winzerleute sah er in der inzwischen angebrochenen Abenddämmerung die Silhouette einer Person; es sah aus, als würde sie auf etwas warten.

Der junge Mann bekam eine Gänsehaut. Die Angst in ihm wand sich wie ein Aal im Fischernetz.

Kurz nachdem die Glocken von St. Michael zehnmal geschlagen hatten, hörte man oben in den Weinbergen die Sirene der Duttweiler Löschgruppe, vermischt mit dem schrillen Ton eines Rettungswagens. Der Himmel war durch die drehenden Martinshörner der Fahrzeuge blau erleuchtet.

Die Erntehelfer hatten sich bereits in ihre, durch den Abendwind gut gelüfteten Wohncontainer, zurückgezogen, um für den nächsten Tag ausgeschlafen zu sein. Manche kamen bei dem Sirenengeheul noch mal kurz heraus, um zu schauen wo etwas passiert war. Da der Unglücksort zu weit weg war, um hinzulaufen, gingen sie wieder schlafen. Morgen würde man Näheres erfahren.

Für Lukasz, der immer noch auf der Metalltreppe saß, war die panikverbreitende Geräuschkulisse der Rettungsfahrzeuge wie der Schlag eines elektrischen Viehzauns. So, als ob er ein Unglück erwartet hätte. So, als ob er es gewusst hätte.

Als man nur noch die blauen Kreisel der stummge-stellten Martinshörner am Himmel sah, fiel ihm auf, dass die Grillen wieder zirpten. So wie immer in solchen Nächten um diese Jahreszeit.

Seine Beklemmung wuchs ins Unermessliche. Es war genau wie damals.

Weit nach Mitternacht fuhr ein Polizeiauto in den mit Kantsteinen gepflasterten Innenhof des Weinguts Reichinger. Zwei Beamte stiegen aus und liefen in Rich-tung Wohnhaus.

Bevor die beiden Männer die Haustüre erreicht hat-ten, wurde sie von innen geöffnet. Lukasz sah Anna Reichinger, die um diese Zeit noch ihre Tageskleidung trug. Blue, der Hofhund, stand neben ihr.

Oben im Schlafzimmer der Jungwinzer war es dun-kel. Trotzdem erkannte der junge Pole hinter den Schei-ben einen hellen Fleck.

Dominika war immer noch nicht zuhause. Auf ihrem Handy meldete sich seit Stunden nur die besprochene Mailbox. Lukasz wurde übel.

Epilog

Liebevoll, mit zeitlupenartigen Bewegungen, so, als ob sich ein Schatz darin befände, öffnet sie die Muschel-schatulle, die sie gerade aus ihrem Geheimversteck ge-zogen hat.

Ein Hochglanzfoto aus längst vergangener Zeit liegt darin. Es zeigt eine Weinprinzessin mit Kindergesicht. Zärtlich streichelt sie darüber, bevor sie es heraus-nimmt. Den Gegenstand, der darunter zum Vorschein kommt, lässt sie in der Schatulle liegen. Langsam glei-tet ihre rechte Hand in den Hosenbund der Jeans. Ehe sie die Hand als geschlossene Faust herauszieht, ruht sie einen Moment. Ihre Augen sind dabei andächtig geschlossen.

Aus zierlichen Fingern lässt sie etwas Glänzendes in die Muschelschatulle hinein zum verdorrtem Katzenpfötchen gleiten. Das massive Metall der Radschraube ist warm. Lange hat sie sie dicht an ihrem Körper getragen. Es war ein schönes Gefühl. So wie damals beim Katzenpfötchen, von dem nur ihr kleiner Freund wusste. Bevor sie das Bild mit der kindlichen Prinzessin in die Muschelschatulle zurücklegt, fährt sie mit dem Zeigefinger akribisch die Konturen der Krone nach.

Als die schöne Witwe Patrizia ihre Trophäen zurück ins Geheimversteck geschoben hat, streicht sie ihre wie von einer Silberspule gesponnenen hellblonden Haare nach hinten und fängt mit unnatürlich hoher Stimme an zu singen.

Jenes Lied, das nur ihr kleiner Freund kannte. Jenes Lied, das ihr kleiner Freund nie hören wollte.

Schon bevor die Witwe den Refrain zu Ende gesungen hat, verstummen die zirpenden Grillen draußen auf den Feldern.

Pressemeldung (Duttweiler Archiv)

Am Abend des 23. August verunglückten der Juniorwinzer des renommierten Weinguts Reichinger und seine Beifahrerin tödlich.

Der Geländewagen des Mannes raste in den hinteren Weinbergen eine Böschung hinunter und überschlug sich mehrmals. Die 21-jährige polnische Staatsbürgerin, die seit Kindheit mit Duttweiler eng verbunden war, sowie der 25-jährige Winzer erlitten einen Genickbruch, da beide nicht angeschnallt waren und aus dem offenem Verdeck des Fahrzeugs geschleudert wurden.

Laut Polizeiuntersuchungen hatte der Wagen in einer steilen Abwärtskurve das rechte Vorderrad verloren, da eine für den Fahrzeugtyp nicht zugelassene Schraube durch die immense Belastung des Rades in der Kurve durchgebrochen war. Die Zufahrt zu den oberen Weinbergen war bis in die frühen Morgenstunden gesperrt.

Der Zwillingsbruder der tödlich verunglückten Frau beging, nachdem er die Todesnachricht erfahren hatte, noch in der gleichen Nacht Selbstmord.

Die Bevölkerung von Duttweiler ist über die beiden Unglücksfälle zutiefst betroffen.

GITTA EDELMANN

Der Weinberg

Als ich bei Thomas klingle, bin ich schon ziemlich verzweifelt. Seit fast zwei Stunden suche ich nach Papa. Warum nur habe ich seinem Bitten nachgegeben und ihn an diesem Wochenende nach Hause geholt? Er ist im Seniorenheim in Alzey so gut aufgehoben und versorgt. Als berufstätige und alleinerziehende Mutter kann ich mich nicht den ganzen Tag um einen verbitterten Diabetiker mit Parkinson kümmern, sorry. Andererseits hat gestern alles ganz gut geklappt und Papas Freude über die Backesgrumbeere war ansteckend. Dieser Kartoffelauflauf mit Speck, Wein und saurer Sahne ist immer noch sein Lieblingsessen.

Ich drücke ein zweites Mal auf die Klingel neben dem Namensschild Wolff und halte die Luft an.

Thomas öffnet selbst und ich atme erleichtert aus. Mit Thomas kann ich reden, wir sind zusammen zur Schule gegangen und nicken uns bis heute grüßend zu, wenn wir uns zufällig begegnen. Ansonsten herrscht seit Generationen eisiges Schweigen zwischen den Familien Wolff und Groß.

„Beate?"

Thomas starrt mich an. Wie viele Jahre habe ich nicht mehr bei ihm geklingelt? Dreißig?

„Papa ist verschwunden", sage ich, „er ist dieses Wochenende hier, aber jetzt ist er weg. Ich hab Zwiebelkuchen gebacken und kann ihn nicht finden. Meinen Vater, meine ich."

„Und da suchst du hier?", fragt Thomas überrascht.

„Ich war sonst überall. Keiner hat ihn gesehen. Meinst du, dein Vater ..."

Thomas legt den Kopf schief und sieht mich an, als wollte er sagen: „Wie kommst du auf die Schnapsidee?"

Aber Heinrich Wolff verbringt einen großen Teil seines Tages damit, aus dem Fenster zu schauen, und vielleicht hat er Papa ja gesehen.

„Ich frag ihn. Willst du reinkommen?"

Thomas öffnet die Tür ein Stück weiter, aber ich schüttle den Kopf. Er zuckt mit der rechten Achsel und geht hinein. Einen Moment lang glaube ich wieder den schlaksigen Abiturienten vor mir zu sehen, mit dem ich mich heimlich in unserer Hütte am Rosenberg traf, um Mathe zu lernen.

Thomas ist schnell zurück.

„Mein Vater ist auch nicht da. Warte kurz, ich helf dir suchen."

Ich nicke dankbar.

„Weit kann er nicht sein. Er ist inzwischen sogar mit dem Stock sehr schlecht zu Fuß. Der Parkinson ..."

Thomas nickt verständnisvoll, obwohl sein Vater noch topfit ist und täglich durch die Weinberge spaziert, um die Trauben wachsen zu sehen. Seine Trauben und seine Weinberge, immer noch, obwohl Thomas schon seit Jahren das Weingut führt.

„Der Wolff ist geizig, der gibt nichts her – der Wolff ist gierig und will noch mehr", sagt Papa immer. Aber jetzt ist nicht die Zeit, an Heinrich Wolff zu denken.

„Du bist sicher, dass er nicht schon wieder zuhause ist?", fragt Thomas.

Ich nicke.

„Jasmin ist daheim und ich hab das Handy dabei. Sie hätte mich sonst angerufen."

Wir stehen vor Thomas' Haustür und wissen nicht so recht, wo wir mit dem Suchen anfangen sollen.

„In einer Stunde muss er seine Medikamente nehmen", sage ich.

„Wenn wir ihn dann noch nicht gefunden haben, rufen wir die Polizei", sagt Thomas, „aber du kennst deinen Vater ja am besten – wir werden ihn schon finden. Hat er irgendwas Besonderes gesagt?"

Ich schüttle den Kopf.

„Wir hatten zum Mittagessen eine Flasche Silvaner und er hat die ganze Zeit nur über Wein und Weinbau geredet, dass hier in Rheinhessen schon vor Christi Geburt Wein angebaut wurde und dass der *Niersteiner Glöck* die älteste urkundlich belegte Weinlage Deutschlands ist und so. Jasmin und Stefan haben sich dann ziemlich schnell verdrückt. Stefan ist mit Freunden ins Kino und Jasmin wollte lernen. Sie macht ja jetzt Abi."

„Und – kann sie Mathe?"

Thomas grinst und die Erinnerung durchzuckt mich heiß. Einen Augenblick sehen wir uns in die Augen.

„Wenn er nirgends hier im Dorf ist, ist er vielleicht in den Weinbergen spazieren gegangen?", schlägt Thomas vor.

„Keine Ahnung, ob er so weit gehen kann", sage ich.

Aber ich habe keine bessere Idee und so gehen wir nebeneinander die schmale Straße entlang, die zu den nahe gelegenen Weinbergen führt. Die Sonne scheint warm und die halbreifen Trauben versprechen eine gute Lese.

„Vielleicht hat er die Orientierung verloren oder er ist gestürzt", sage ich, dann rufe ich mehrmals laut „Papa!"

Keine Antwort.

„Meinst du, er könnte zum Wolffsberg gegangen sein?", fragt Thomas.

„Du meinst den Rosenberg", sage ich automatisch. Der Rosenberg war Papas bester Weinberg, bis Heinrich Wolff ihn gekauft, bzw. sich durch irgendwelche schmutzigen Tricks, wie Papa sagt, angeeignet hat. Seit rund dreißig Jahren heißt er nun nach seinem neuen Besitzer Wolffsberg.

Der Rosenberg – das ist möglich. Mit dem Rosenberg sind viele Erinnerungen verbunden und alte Leute leben ja oft in der Vergangenheit.

Ich war nie wieder dort, doch meine Füße finden den Weg automatisch. Wie oft bin ich zur Hütte gelaufen, die Papa für Mama und uns Kinder in den Weinberg gebaut hat! Ob sie noch steht? Oder hat der alte Wolff sie abgerissen? Ich könnte Thomas fragen, aber auch für uns beide ist der Rosenberg voller Erinnerungen und ich vermeide Thomas' Blick.

Die Hütte steht noch, auch die schmale Bank davor, auf der man sitzen und über die Reihen von Reben schauen kann. Von Weitem erkenne ich einen Stock, der an der Bank lehnt, und auf dem Boden vor der Bank einen dunklen Sack, nein, es sieht eher aus wie ein Mensch – Papa!

Ich renne, stolpere, renne weiter. Ja, es ist mein Vater. Er sieht aus, als sei er eingenickt und im Schlaf von der Bank gerutscht. Doch ich sehe sofort, dass er nicht schläft. Seine Augen starren ins Laub der Reben, auf die hellgrünen Beeren der Trauben, ins Nichts, in die Ewigkeit. Papa ist tot.

Sein Tod war offenbar milde – er sieht erleichtert und zufrieden aus.

„Es tut mir leid", sagt Thomas und legt seinen Arm um mich.

Einen Moment lehne ich mich an ihn. Dann beuge ich mich hinunter zu meinem Vater und schließe seine Augen.

Thomas telefoniert. Mit dem Arzt oder dem Bestatter, ich weiß nicht, wen man in so einem Fall anruft, aber Thomas scheint es zu wissen. Ich bin froh, dass er bei mir ist. Vielleicht hätten wir damals einfach nur stärker sein müssen. Doch wir waren die Kinder unserer Väter.

Unwillkürlich schaue ich unter die Bank. Dort sind sie noch, die beiden Herzen, die wir lachend ins Holz geritzt haben. „R + J" und „T + B". Romeo und Julia und Thomas und Beate. Romeo und Julia sind tot. Thomas und Beate leben. Zusammengekommen sind wir genauso wenig, obwohl wir an jenem Nachmittag so sicher waren.

Auf dem Boden liegt Papas Messer. Es sieht auf den ersten Blick aus wie ein Taschenmesser, aber es ist ein altes Rebmesser mit Holzgriff, die gebogene Klinge sicher eingeklappt. Papa hat es immer bei sich getragen. Ob er ein letztes Mal eine Traube abschneiden wollte?

Es dauert nicht allzu lange, bis alles geregelt ist und Papa abtransportiert wird. Thomas wartet mit mir und ich bin ihm dankbar, auch wenn Papa es sicher nicht gern gesehen hätte, dass ein Wolff bei ihm Totenwache hält.

Ich lehne Dr. Maiers Mitfahrangebot ab, möchte lieber nach Hause laufen. Thomas begleitet mich. Wir gehen nicht denselben Weg, den wir gekommen sind, sondern den längeren, der über die Höhe führt. Unseren Weg. Wir tauschen einen Blick und lächeln. Wenn sein Vater auch tot wäre, hätten wir vielleicht eine zweite Chance, denke ich. Thomas' Hand streift meine.

Plötzlich bleibt er stehen und schaut zwischen den Rebreihen hinunter.

„Da liegt wer", sagt er und läuft auf die leblose Gestalt zu. Ich folge ihm.

Heinrich Wolff hatte keinen milden Tod. Sein Gesicht ist verkrampft und schmerzverzogen, sein hell kariertes Hemd rotbraun vor Blut. Fliegen tanzen um ihn herum.

Mein Herz rast und ich bereue, dass ich ihm eben noch den Tod gewünscht habe.

Thomas will sich zu seinem Vater hinunterbeugen, aber ich halte ihn fest und schüttle den Kopf. Dies sieht nicht nach einem natürlichen Tod aus. Besser keine Spuren verwischen. Ich wähle die 110.

Wir warten.

„Schon komisch, erst dein Vater, jetzt meiner ...“

Die Rollen haben sich schnell vertauscht, nun ist Thomas derjenige, der Trost und Beistand braucht. Wir sitzen nebeneinander auf einem Stein am Wegrand und ab und zu lege ich meine Hand auf seine.

Doch ich bin nicht ganz bei der Sache. Ich denke an Papa und seine verbitterten Sprüche über Heinrich Wolff. Vor ein paar Jahren hat er noch regelmäßig geflucht, den alten Wolff müsse man abstechen, und dass er erst in Ruhe sterben könne, wenn der Schweinehund nicht mehr wäre.

Abstechen. Unwillkürlich fasse ich in meine Jackentasche. Da ist es, Papas Rebmesser. Ich kenne es seit meiner Kindheit, den Schlitz an der Klinge, um es aufzuklappen und die gebogene Edelstahlklinge, die früher immer so schön silbern in der Sonne blitzte und nun dunkle, angetrocknete Flecken aufweist.

Ich weiß plötzlich, warum Papa im Tod so friedlich aussieht. Er hat sich seinen letzten Wunsch erfüllt und ist dann wohl einfach eingeschlafen.

Thomas starrt das Rebmesser an.

„Dein Vater?", fragt er leise.

Ich nicke stumm. Tränen laufen mir übers Gesicht. Thomas wendet sich ab.

Wir bleiben die Kinder unserer Väter.

Wir bekommen keine zweite Chance.

Träume. Und Albträume.

Mike im Auto. Allein. Seinen kreisenden Gedanken ausgesetzt.

Oh, es macht einen Unterschied, ob man sich eine Sache ausmalt, Szenen in Gedanken durchspielt, oder ob man leibhaftig mittendrin steckt und nicht mehr zurückwill, denkt Mike und hat Mühe, sich aufs Autofahren zu konzentrieren. Wäre es nach ihm gegangen, hätten er und Cora ihre sengende Affäre friedlich beendet. Friedlich, vernünftig und vor allem endgültig. Das aber erwies sich als nur sein eigener Wunsch, Cora hat sich in ihn verbissen und lässt nicht los.

Seit gut sechs Wochen schon hat Mike versucht die Sache zu regeln. In seinem Sinne. Was ihm sonst in allen Lebensbereichen stets gelingt. Sämtliche Register hat er gezogen, gab sich zärtlich, autoritär, drohend. Aber die Halbschwester seiner Ehefrau Lydia widersteht. Und sie hält entscheidende Trümpfe in der Faust. „Ich werde Lydia von uns erzählen, wenn du zu feige bist! Alles! Mich kannst du nicht einfach abservieren wie eine Angestellte in deiner Firma, die keinen Kündigungsschutz genießt. Du wirst dich scheiden lassen, doch, das wirst du. Ich verliere ungern. Und wir sind das Traumpaar mit Zukunft, das hast du doch nicht vergessen?", hat sie ihm vorgestern gedroht. Und er weiß, sie scherzt nicht. Diese Art, unbeirrbar zu sein, Pläne auf Biegen und Brechen zu verfolgen, hat sie mit Lydia gemeinsam. Diese Sturheit und eine offenbar genetisch bedingte Neigung zu allergischen Reaktionen. Besonders Cora tut gut daran, sich vor Wespenstichen zu hüten. Dreimal schon machten ihr diese gelb-schwarz gezeichneten Hautflügler fast den Garaus.

Abgesehen von solchen Gemeinsamkeiten jedoch können zwei Frauen kaum gegensätzlicher sein als diese beiden, die denselben Vater haben.

Als Mike vor zwanzig Jahren die selbstständige Buchhändlerin Lydia kennenlernte, bei einer begeisternden Weinprobe im von der Sonne verwöhnten Großkarlbach, wo seit 763 Wein gedeiht, schlug sein Herz sofort für sie. Für ihre ruhige Schönheit, ihre Ernsthaftigkeit und Herzlichkeit. Eine Frau fürs Leben, für sein Leben! Erst am Tage ihrer Hochzeit lernte er auch die fast mittellose Cora kennen, die am Arm eines blondierten Dandys ein Glas *Freinsheimer SATYR Riesling Sekt* nach dem anderen schlürfte und kurz vor Mitternacht danach drängte, auf der weißgedeckten langen Tafel zu strippen. Im Kurparkhotel in Bad Dürkheim. Cora, Schrecken aller Gäste und des wohlerzogenen Personals: primitiv, provokant, hohl. Aber verführerisch. Zum Niederknien!

Mike sieht auf die Uhr auf dem Armaturenbrett. Noch gut zwei Stunden bis Mitternacht. Er wird rechtzeitig dort sein, in dem abgelegenen Blockhaus, einem von Rebstöcken umrahmten Holzbau. Ein ideales Liebesnest in den letzten drei Monaten für Cora und Schwager Mike, den sie der acht Jahre älteren Lydia vom ersten Tag an ausspannen wollte.

Mike sieht sie in Gedanken vor sich, eine hochgewachsene Grünäugige mit brombeerfarbener Kraushaarmähne. Wie immer zu seinem Empfang auf dem breiten Diwan ausgestreckt, als erwarte sie Fotografen vom PLAYBOY. Aber statt der leichtsinnigen Gier vergangener Wochen steigt Ekel in ihm auf. Abscheu gegen sie. Und gegen sich. War das wirklich er selbst, der sich in diesen Strudel von Begierde, Lügen und Verschwendung ziehen

ließ? Der sich einreihte in die Kette von Coras Liebha-
bern? Seit der Rausch einem Katerungeheuer gewichen
ist, seit die sprichwörtlichen Schuppen von seinen Augen gefallen sind, scheint ihm jener wilde Mike wie ein
Fremder. Mit dem will er nichts mehr zu schaffen haben.
Er möchte die Zeit zurückdrehen, aus dem Albtraum er-
wachen. Sich das Kostbarste erhalten, das ihm das Leben je bot: Lydias Liebe.

Mike öffnet das Autofenster einen Spalt breit. Luft! Frische, belebende Luft! In Gedanken geht er wieder und
wieder die nächsten Schritte, die er glaubt tun zu müssen, wenn er sich eine Chance auf ein glückliches, erfüll-
tes Leben mit der ahnungslosen Lydia sichern will. Sie
soll ihm vertrauen dürfen, es darf kein Schatten auf ihre
Liebe fallen.

Sein Handy piept. Mike reißt die rechte Hand vom Steu-
er, zuckt dann zurück, als hätte er in eine offene Flamme
gefasst. Verdammt! Da hat er, der Perfekte, doch vergessen, das Ding abzuschalten! Bloß keine Komplikatio-
nen, Telefonieren ist nicht eingeplant. Lydia glaubt ihn
zu dieser Stunde an seinem Schreibtisch zu Hause, in
Freinsheim, seine Flasche *Großkarlbacher Riesling, Auslese*, neben sich, während sie an einer Tagung *Neue Bücher
weltweit* in Wiesbaden teilnimmt. Und Cora? Schon in
acht Minuten wird er ja bei ihr sein. Ob sie sich sofort auf
den *Freinsheimer Goldberg* gestürzt hat? Dieser Klassiker
ist ihr Favorit. Eine Flasche davon hat er bei einem kurzen, geheimen Besuch gestern in die Kühlschranktür gestellt, nachdem er durch den Korken eine einschläfern-
de Flüssigkeit gespritzt hatte. Wenn sie auch heute zum
Wein gegriffen hat, wird Mike leichteres Spiel haben, er
ist aber nicht darauf angewiesen.

Mikes Blick in den Autospiegel wirft beruhigend ein Abbild seines zweiten Ichs zurück. Heute ist er unterwegs, nicht ohne falschen Bart, nicht ohne die unverzichtbare dunkle Gangsterbrille. Er ist auf mörderischer Tour ohne seinen schwarzen Ferrari. Der unauffällige VW Variant, eines seiner älteren Firmenautos, tut gute Dienste. Mit schmutzbespritzten Nummernschildern. Die Reifen? Sie werden ausgewechselt und entsorgt. Gleich morgen. Ebenso wie seine ausgelatschten Turnschuhe.

Punkt 22 Uhr, eine Stunde nach Coras geplanter Ankunft, biegt Mike in den Weg zum Blockhaus ein, stellt den Wagen etwa hundert Schritte von ihrem Refugium entfernt ab. Er ist inzwischen ganz ruhig, alle störenden, ihn umtosenden Gedanken sind aus seinem Kopf verbannt. Der Coup wird gelingen, wie ihm bisher alles glückte. Erfolgsmensch. Er streicht die Glacéhandschuhe an seinen Fingern glatt, greift sich das festverschlossene Marmeladenglas aus seinem Kofferraum. Gleich wird er sie freilassen, die darin boshaft und rachsüchtig sirrenden Wespen, die unermüdlich gegen die Wände des gläsernen Gefängnisses fliegen und davon abprallen.

Die massiven Fensterläden am Haus sind, wie immer nachts, verschlossen. Mike öffnet die Tür mit seinem Schlüssel. Die kleine Stehlampe hinten im Raum grüßt ihn mit schwachem, gedämpftem Licht. Flüchtig nimmt er von der Türschwelle aus die Ruhende auf dem Liegesofa wahr. Bevor er das gläserne Wespengefängnis öffnet, schüttelt er es kräftig, er hat es zuhause mehrmals getestet: Wenn die Wespen durch das Schütteln so richtig aggressiv gemacht wurden, stechen sie alles, was ihnen in die Quere kommt. Dann öffnet er das Glas, stellt es blitzschnell auf dem rustikalen Esstisch ab und verschwindet in die Nacht.

Zurück im Auto. Immer noch zittern Mikes Hände nicht, sein Atem geht ruhig. Er funktioniert, als wäre nichts geschehen, er fühlt sich erleichtert. Aus seiner Opferrolle hat er sich befreit, hat gehandelt. Eine Grenze überschritten, selbstverständlich und irgendwie mit Leichtigkeit. Glückwunsch!

Als habe er paktiert mit den Dämonen der Nacht, begegnet er keiner Seele auf dem Weg, niemandem auf den kleinen Straßen. Mike schaltet das Radio ein, der Sprecher des Heimatsenders grüßt alle Autofahrer mit warmer Stimme und legt für sie die nächste Schnulze auf. *Gute Nacht, Freunde, es wird Zeit für mich zu gehen.*

Mike parkt den Variant für diese Nacht auf einem abgelegenen Platz, wechselt die Kleidung, schlendert dann zu seinem Haus, hängt drinnen, in der weiten Diele, seinen sandfarbenen Trenchcoat sorgfältig auf einen Acrylbügel an der Garderobe. Aus dem hohen, schmalen Spiegel sieht ihm jener überlegene Geschäftsmann tief in die Augen, der sein Leben im Griff hat, der wohlüberlegt tut, was getan werden muss. Einer, der auch Risiken eingeht – und gewinnt.

Als er sich umwendet, fällt sein Blick durch die halb offen stehende Esszimmertür, wo offenbar der ovale Tisch festlich für zwei Personen gedeckt ist. Brennende Kerzen flackern im dreiarmigen Silberleuchter. Azurblaue Römer neben weißem KPM-Porzellan. Kunstvoll gefaltete hohe Servietten. Im Kühler lockt eine Flasche Wein.

Lydia? Schon?

Mike streicht sich die Haare aus der Stirn, zögert sekundenlang, setzt dann ein zärtliches Lächeln auf. Er geht auf die Tür zu, gibt ihr mit der rechten Fußspitze einen leichten Stoß und tritt ein.

Aus einem der zimtfarbenen Wildledersessel am Kamin erhebt sich eine hintergründig-triumphierend lächelnde Cora, kommt näher. Hautnah.

„Na, hat sie aufgegeben, unsere törichte Lydia? Und jetzt bist du mir dankbar, gib es zu! Gib es doch zu! Es war höchste Zeit, sie aus unserem Leben zu verjagen." Cora starrt ihn an, als wolle sie ihn hypnotisieren, führt Mikes rechte Hand tief in den Ausschnitt ihrer schwarzen Satinbluse, und im nächsten Augenblick hält er zwei Flugkarten zwischen feuchten Fingern.

„Endlich! Unsere Reise nach Miami. Lydia wird uns nicht daran hindern, die dumme Kuh. Hatte keine Ahnung und wollte mir einfach nicht glauben. Sie vertraute dir tatsächlich blind. Und baute auf eure sogenannte Liebe. Sie wollte Beweise. Da habe ich ihr gesagt: Fahr nicht nach Wiesbaden, Schwesterchen, sondern erwarte deinen Mike an meiner Stelle heute um 22 Uhr an unserem Treffpunkt. Auf unserem Kuschelkuschel-Lager. Und frag ihn, was er da zu suchen hat."

Johanna Ruescher

Best of Riesling

Er genoss die Aussicht auch nach über dreißig Jahren noch, als wäre er das erste Mal hier. Alleine im Weinberg zu sitzen und eine Flasche Riesling zu trinken war für ihn die einzige Möglichkeit, sich wirklich zu entspannen. Auch wenn es anfangs ein merkwürdiges Gefühl war, dienstagsnachmittags ohne Gesellschaft zu trinken, hatte er es sich zu seinem persönlichen Ritual gemacht. Am Wochenende war es ohnehin ausgeschlossen, hier alleine zu sein. Schon bevor dieser Weg *Muskateller Wanderweg* genannt worden war, wimmelte es am Wochenende von Touristen, die hierherkamen, um eine halbe Stunde zu „wandern" und sich anschließend zu betrinken. Er verachtete diese Menschen, die Schwaben und Karlsruher, die sich im Sommer im Weinberg erleichterten und im Herbst kistenweise Trauben mitgehen ließen. Dienstags nachmittags konnte man hier allerdings in Ruhe nachdenken und seinen Riesling genießen, ohne von vorbeiwankenden Schwaben mit einem gelallten „Mahlzeit" gestört zu werden. Es war schon Ende Mai, der vierte Dienstag dieses Jahr, an dem es warm genug war, um draußen zu sitzen. Er saß auf seiner Bank und hatte bereits eine halbe Flasche Riesling intus. Es war windstill, die Windräder im Tal würden heute wohl wenig Strom liefern. Lächelnd ließ er seinen Blick zu den Kühltürmen des Atomkraftwerks schweifen. Er hoffte, der alte Schrotthaufen würde an einem schönen Dienstagnachmittag in die Luft fliegen. Er könnte den Ausblick in Ruhe genießen und auf – so hoffte er zumindest – hunderte Tote trinken. An seinem eigenen Leben hing er nicht besonders, was diesem Gedanken einen zusätzlichen Reiz verlieh. Er griff zur Flasche und goss sein Schoppenglas zum zweiten Mal voll. Trockener Riesling vom Weingut Gimpel aus Birkweiler. Gimpel, dieses kleine arrogante Arschloch. Nie würde er den Abend vor acht Jahren vergessen, an dem Anna ihn für diesen schmierigen Gimpel verlassen hatte. Für einen angeberischen Winzersohn, den schon damals alle als hoffnungsvollen Jungwinzer bezeichnet hatten. Im Gegensatz zu ihm war Gimpel der Traum jeder Schwiegermutter – gutaussehend, erfolgreich, gebildet – und bald tot, dachte er lächelnd. In zwei Wochen sollte Gimpel den vorläufigen Höhepunkt seiner Karriere erreichen. Sein Riesling würde mit der Auszeichnung *Best-of-Riesling* geehrt werden. Als er das in der Zeitung gelesen hatte, stand sein Entschluss endgültig fest: Gimpel würde diesen Tag nicht mehr erleben. Auch wenn der Riesling zugegebenermaßen wirklich ausgezeichnet schmeckte.

Er hatte sich die letzten acht Jahre immer wieder vorgestellt, ihn endlich zu töten. Jetzt war es an der Zeit, konkreter zu werden. Anna war nur für ihn bestimmt, das hatte er von Anfang an gewusst. Sie hatte einen großen Fehler gemacht, als sie ihn verlassen hatte. Die letzten Jahre war er ihr aus dem Weg gegangen aus Angst, sie würde über ihn lachen. Nie hatte er sie darum gebeten, bei ihm bleiben – dazu war er auch damals schon zu stolz gewesen. Sie konnte also nicht wissen, dass er jeden Tag an sie dachte. Das würde er ihr sagen, nachdem er ihren Mann aus dem Weg geräumt hatte. Sie würde Trost brauchen und er würde sie endlich wieder zurückbekommen. Er trank einen großen Schluck, lehnte sich auf der Bank zurück und träumte noch eine Weile von Anna.

Endlich Dienstschluss. Hauptkommissar Keller war zum Tennis verabredet, musste aber noch zu Hause vorbei, um sich umzuziehen. Die Strecke von Landau nach Eschbach, wo er seit zehn Jahren mit seiner Familie wohnte, kannte er blind. Im Winter, wenn die Weinberge kahl neben der Straße aufragten, war sie ziemlich trist. Aber jetzt, im Sommer, liebte er die Strecke, gesäumt von dichtem, grünem Weinlaub, mit Blick auf den Pfälzer Wald. Er fuhr nach Hause, grüßte seine Frau mit den Worten „Ich muss gleich wieder los", zog sich schnell seine Tennishose an und machte sich auf den Weg zum Tennisclub. Eigentlich verbrachte er dort nur ungern mehr Zeit als nötig. Im Clubhaus gab es billig Bier und Weinschorle, weshalb sich dort nicht nur Clubmitglieder regelmäßig betranken. Das Niveau der Gespräche war gegen sieben Uhr abends bereits auf einem Tiefpunkt. Als Keller aus seinem Auto stieg, hörte er schon das übliche „Oh passe uff, do kummt de Kommissar!" Er grüßte leicht genervt die angeheiterte Runde und ging auf den Tennisplatz, wo Schmidt bereits auf ihn wartete. Schmidt spielte besser als er und würde wahrscheinlich wieder gewinnen. Aber wenigstens war Schmidt nicht so ein Schwätzer und er kam gut mit ihm aus.

Aus Höflichkeit trank Keller nach dem Spiel mit Schmidt noch ein Radler vor dem Clubhaus. Der alte Geissner war bereits dazu übergegangen, Rieslingschorle aus der Balldose zu trinken, was die anderen Männer auf der Terrasse johlend kommentierten. Geissner war im Tennisclub eine Institution. Keiner wusste, ob er überhaupt jemals Tennis gespielt hatte. Jedenfalls war er im Sommer beinahe jeden Abend dort und konnte Unmengen Alkohol trinken, ohne auch nur annähernd ins Wanken zu geraten. Dank seiner dicken Frau, die ihn jeden Abend um neun Uhr abholte, war er über alles und jeden bestens informiert. Den neuesten Tratsch, den seine Frau in der Kirche, bei den Landfrauen oder beim Einkaufen den ganzen Tag sammelte, gab Geissner dann auf seine eigene, sehr humorvolle Art im Tennisclub wieder. Keller lehnte sich in seinem Plastikstuhl zurück und entspannte sich bei den auf breitem Pfälzisch vorgetragenen Geschichten. Aus dem Clubhaus roch es nach altem Frittierfett und ihm fiel auf, dass er noch nicht gegessen hatte. Seine Frau würde wohl schon auf ihn warten. Er verabschiedete sich von der Runde, die heute erstaunlich wenig über seinen Beruf hergezogen hatte, und ging zu seinem Auto. Auf dem Parkplatz dachte er kurz, dass wohl mindestens die Hälfte der Männer auch mit dem Auto gekommen war und mehr oder weniger betrunken, mit den Worten „ich fahr jo bloß Wingert", über die Landwirtschaftswege nach Hause fahren würde. Aber das konnte ihm egal sein, um diese Zeit würde er schon in Ruhe mit seiner Frau vor dem Fernseher liegen.

Es war Samstagmorgen, als Keller vom lauten Klingeln des Telefons geweckt wurde. Die Kinder waren über das Wochenende zu seinen Schwiegereltern gefahren und er hatte sich eigentlich auf gemütliche Tage mit seiner Frau gefreut. Doch schon bei den ersten Worten seines Kollegen Maier, der an diesem Wochenende Dienst hatte, wurde ihm klar, dass daraus nichts werden würde. „Keller, zieh dich schnell an, wir treffen uns in einer halben Stunde im Keschdebusch in Birkweiler. Da wurde vorhin eine Leiche gefunden und der Staatsanwalt ist jetzt schon völlig aus dem Häuschen. Anscheinend ist es der junge Gimpel!"

Noch im Halbschlaf brummte Keller „Ja ja, bis gleich" in den Hörer, gab seiner Frau, die inzwischen wieder tief eingeschlafen war, einen Kuss auf die Wange und steuerte die Dusche an.

Schon von Weitem sah er zwei Streifenwagen und die Kollegen, die gerade dabei waren, den Fundort abzusperren. Er parkte am Waldrand, ließ seine Wagentür, in der Hoffnung, dass das Auto keine Siedetemperatur erreichen würde, offen und lief zwischen zwei Rebzeilen hinunter zu den Kollegen. Maier hatte bereits einen nass geschwitzten Rücken und einen hochroten Kopf. Seine dünnen Beine schienen einfach keine Ruhe zu finden und sobald er Keller bemerkte, trippelte er ihm erleichtert entgegen. „Keller, gut dass du da bist! Es ist tatsächlich der junge Gimpel. Seine Frau hat ihn vor einer halben Stunde gefunden und sofort bei uns angerufen. Sie ist jetzt im Weingut und steht ziemlich unter Schock. Aber wir können ja gleich mal da vorbeigehen ..."

„Maier! Jetzt halt die Luft an und lass mich erst mal sehen, was hier überhaupt los ist", unterbrach ihn Keller barsch. Bei Maier gab es keine höfliche Variante, um seinen Redeschwall zu beenden. Er ging an ihm vorbei und langsam auf den jungen Mann zu, der einige Meter entfernt auf dem Boden lag. Becker von der Gerichtsmedizin kniete neben der Leiche und berührte mit der Handschuhspitze den Rand einer blutigen Wunde an der Schläfe. „Hier wurde er mit einem stumpfen Gegenstand erwischt. Nicht tödlich. Schau dir das mal an." Er hob einen grünen Bindeschlauch hoch und deutete mit der anderen Hand auf Gimpels Hals. „Erdrosselt. Heute Morgen."

Gegen diese für Becker typische Wortkargheit wartete Maier mit einem erneuten Redeschwall auf: „Bindeschläuche verwendet man um Reben hochzubinden. Eigentlich sind die Reben hier mit Blitzbindern hochgebunden und nicht mit Bindeschläuchen, der kommt also vielleicht aus einem anderen Weingut ..."

„Klappe, Maier, ich versuche hier zu arbeiten!", diesmal verlor Becker als Erster die Geduld. Keller ließ den Blick schweifen. Es war eigentlich ein schöner Ort zum Sterben. Natürlich nicht mit Anfang dreißig, aber prinzipiell schon. Weinberge, wohin das Auge reichte, umgeben von Wald und strahlend blauem Himmel. Und, solange Maier den Mund hielt, konnte man nur die Vögel hören, die fröhlich zwitscherten und denen ein Toter mehr oder weniger völlig gleichgültig war. Leider hielt Maier nie besonders lange den Mund.

Am Weingut Gimpel angekommen gab er Maier noch die knappe Anweisung, sich nicht bei der Befragung einzumischen und klopfte an der schweren Holztür. Eine kleine alte Frau in Kittelschürze öffnete ihnen, er stellte sich und Maier kurz vor und sie wies ihnen wortlos den Weg in die alte Stube. Das Haus war sicher einhundertfünfzig Jahre alt und hatte sich offensichtlich seit dieser Zeit nicht allzu sehr verändert. Der alte Dielenboden knarzte unter ihren Füßen, als sie das Zimmer durch eine niedrige Tür betraten. Drei Menschen saßen um einen alten massiven Holztisch, anscheinend die Eltern und die Frau des Opfers. Sie schienen vor Schmerz gelähmt zu sein. Der unter anderen Umständen warme und gemütliche Raum erschien Keller wie eine kalte traurige Gruft. Er sprach der Familie sein Beileid aus und bat die junge Frau, einige Fragen stellen zu dürfen. Sie solle ihm doch bitte schildern wie es dazu kam, dass sie die Leiche ihres Mannes fand. Bei diesen Worten schrie die Mutter auf und weinte hemmungslos, sodass ihr Mann sie, eine kurze Entschuldigung murmelnd, aus dem Raum brachte. Auch die junge Frau, sie war trotz Blässe und geschwollenen Augen noch auffallend hübsch, konnte kaum sprechen. „Er ist jeden Samstagmorgen um halb sechs losgegangen, um seine Weinberge zu kontrollieren. Normalerweise dauert das genau eine Stunde und um sieben Uhr haben wir immer mit seinen Eltern gefrühstückt. Als er heute um kurz vor sieben noch nicht zu Hause war, ist seine Mutter ungeduldig geworden. Ich hab ihr gesagt, ich lauf ihm entgegen und sag ihm, dass er sich beeilen soll. Aber er kam mir nicht entgegen."

„Und dann sind Sie bis in die Weinberge gelaufen?", fragte Keller mit ruhiger Stimme.

„Ja, ich dachte, vielleicht haben die Rehe ein paar Reben angeknabbert und er schaut sich nur den Schaden an. Aber dann hab ich ihn gesehen, voller Blut", sie brachte keinen Ton mehr heraus und die Tränen liefen ihr über das Gesicht. Nach einigen Minuten flüsterte sie: „Und wir bekommen doch ein Baby".

Für heute mussten sie sich mit diesen Informationen zufrieden geben, da die Frau offensichtlich am Ende ihrer Kräfte war. Im Auto lobte Keller seinen Kollegen für dessen vorbildliche Unauffälligkeit – es schien ihn tatsächlich niemand richtig bemerkt zu haben – und fuhr nach Landau zum Präsidium.

Maier hatte bei seinem morgendlichen Anruf wohl diesmal nicht übertrieben. Der Staatsanwalt, der Dr. Breit-Langer hieß und tatsächlich auch so genannt werden wollte, lief vor Kellers Büro den Flur auf und ab und war sichtlich nervös. „Wahrscheinlich hat der Boden schon Spurrillen von dem fetten Sack", dachte Keller und grüßte höflich.

„Keller, gut dass Sie endlich kommen. Waren Sie schon am Tatort?"

Keller bugsierte ihn in sein Büro, lenkte den in erstaunlichem Maße expandierten Körper auf den Stuhl gegenüber seinem Schreibtisch und klärte ihn über den Ablauf seines Vormittags auf.

„Das ist eine ganz brisante Sache, Keller. Ganz brisant. Beinah politisch! Bald ist die Preisverleihung *Best-of-Riesling*. Ganz international! Da kommen sogar die Amis! Wenn die Sache bis dahin nicht geklärt ist, dann wirft das ein schlechtes Licht, nicht nur auf die Pfalz, auf ganz Deutschland! Normalerweise hätte ich schon die Mordkommission Ludwigshafen gebeten, den Fall zu übernehmen. Aber da es sich offenbar um einen Konflikt zwischen einfachen Bauern, also Winzern, handelt, dachte ich, vielleicht sind Dorfpolizisten wie Sie in diesem Fall erfolgreicher."

Bemüht um seinen freundlich-neutralen Gesichtsausdruck, den man als Angestellter im öffentlichen Dienst am besten schon während der Ausbildung ausgiebig übt, fragte Keller: „Und was genau meinen Sie mit ‚Konflikt zwischen Bauern'? Wir haben doch noch keine einzige brauchbare Spur!"

„Doch, laut Maier schon", erwiderte der Staatsanwalt. Maier hatte ihn vom Tatort aus angerufen und sein Wissen über Bindeschläuche und Blitzbinder an den Mann gebracht. „Schauen Sie sich als Erstes auf den Höfen um. Und nehmen Sie Maier mit, der scheint der Wachste von Ihrer Truppe zu sein."

Keller rang kurz um Fassung, hatte sich aber soweit im Griff, dass er sich noch mit einigermaßen freundlichem Ton verabschieden konnte.

Kaum hatte sich der Staatsanwalt durch die Tür gequetscht, klopfte Maier. Natürlich hatte er sich sofort über die anstehende Preisverleihung und die Weingüter in der Umgebung informiert. In Birkweiler selbst gab es einige Winzer, davon war aber nur einer für die *Best-of-Riesling*-Auszeichnung nominiert. Die Nachbarorte hatte Maier in dieser kurzen Zeit leider nicht vollständig überprüfen können. Auch wenn Keller davon überzeugt war, dass die Befragung der Winzer zu keinem Ergebnis führen würde, wusste er, dass er den restlichen Tag damit zubringen musste. Danach – so hoffte er zumindest – würde der Staatsanwalt ihn vielleicht wieder in Ruhe ermitteln lassen. Bevor er mit Maier losfuhr gab er den Kollegen, die dieses Wochenende Dienst hatten, trotzdem noch die Anweisung, im privaten Umfeld Gimpels zu recherchieren.

Maier hatte eine Liste mit Winzern zusammengestellt, die sie seiner Meinung nach vernehmen sollten. Keller hatte beschlossen einfach nur mitzufahren und die Befragungen dem Kollegen zu überlassen. Es war sowieso unwahrscheinlich, dass der heutige Tag erfolgreich sein würde, und auf diese Weise konnte sich Maier einmal richtig austoben.

Anders als befürchtet blieb der Nachmittag nicht völlig uninteressant. Die ersten beiden Höfe, die Maier und Keller besuchten, waren keine Treffer. Man kannte die Familie Gimpel natürlich – wie in einem kleinen Winzerdorf üblich – seit Generationen und war schockiert über diese Tragödie. Natürlich konnte sich keiner vorstellen, wer zu einer derart abscheulichen Tat in der Lage wäre. Diesbezüglich stießen sie beim dritten Weingut auf mehr Verständnis. Familie Ring, vielmehr Opa Ring, war die Vorstellung nicht sonderlich fremd, dem „kleinen Gimpel den Hals umzudrehen", wie er es ausdrückte. Familie Ring besaß einen Weinberg, der direkt an die Weinberge der Familie Gimpel grenzte, und zwar im *Keschdebusch*, in der Nähe des Tatortes. Die beiden Grundstücke waren laut dem alten Herrn Ring schon seit Jahrzehnten durch einen breiten, befahrbaren Weg getrennt. Vor etwa zwei Jahren, als Herr Ring gerade mit seinem Mofa nach dem Rechten sehen wollte, erwischte er Gimpel und seine Mitarbeiter dabei, wie sie diesen Weg mit neuen Reben bepflanzten. Herr Ring, der sich schon beim Erzählen dieser Geschichte so aufregte, dass sich Keller Sorgen um dessen Gesundheit machte, hatte den jungen Gimpel wohl sofort darauf aufmerksam gemacht, dass es sich bei dem Weg um das Grundstück der Familie Ring handelte. Der Kopf des alten Mannes schien förmlich anzuschwellen. „Un ihr gläwen nit, was der freche Bengel gesacht hot!", rief er. Scheinbar hatte Gimpel junior dem alten Herrn auseinandergesetzt, dass ein derart einzigartiger Buntsandsteinboden nicht prädestiniert sei für den Ring'schen Fusel, sondern unbedingt genutzt werden müsse für Gimpel'sche Rieslingkreationen. Dieser Vorfall war der Beginn einer Fehde zwischen beiden Familien, die schließlich zu einem Rechtsstreit führte, der die Familie Ring finanziell beinah ruiniert hatte. Leider konnten Maier und Keller nicht mit dem Sohn von Herrn Ring sprechen, da dieser eine Stunde vor ihrem Besuch mit dem Rest der Familie bis Montag verreist war. Der alte Ring hatte zwar kein Alibi, allerdings war es bei einem kleinen gebrechlichen Mann Mitte achtzig auch schwer vorstellbar, dass er einen jungen Mann brutal ermordet haben sollte. Natürlich versäumte es Maier nicht, sich zu erkundigen, womit die Rings ihre Reben hochbanden. Wie sich herausstellte, verwendeten sie Bindeschläuche. Nachdem sie dem alten Mann gesagt hatten, er solle seine Familie sofort nach Landau in das Präsidium schicken, wenn sie am Montag nach Hause kamen, verabschiedeten sie sich und liefen zum letzten Weingut auf Maiers Liste, das gut zu Fuß zu erreichen war.

Während Keller neue Erkenntnisse und Eindrücke lieber im Stillen verarbeitete, war Maier kaum mehr zu bremsen. „Das war doch sicher der Sohn von dem Alten! Wir sollten ihn sofort anrufen und einbestellen. Notfalls nach ihm fahnden lassen! Wenn das nicht ein Motiv ist, die Sache mit dem Grundstück und dem Prozess. Und dann auch noch der Bindeschlauch! Dass sich der Fall so schnell klärt, hätte ich ja nicht gedacht. Was hat der Alte gesagt, wo die Familie grade ist? Am besten, wir lassen den Sohn gleich abholen."

„Mann, Maier, jetzt mach doch mal langsam! Wir haben ja nicht mal wirklich einen Mordverdacht gegen den Mann. Glaubst du, der Alte wäre so blöd, uns die Geschichte gleich zu erzählen, wenn sein Sohn etwas mit dem Mord zu tun hätte? Das reicht völlig, wenn der am Montag seine Aussage macht."

Maier war jedoch nicht mehr zu bremsen und spekulierte weiter, bis sie den letzten Hof erreicht hatten.

Nach einem kurzen Gespräch mit der Haushälterin war schnell klar, dass der einzige tatsächliche Konkurrent des Gimpel-Rieslings für den Mord nicht in Betracht kam. Sämtliche Familienmitglieder hatten überprüfbare Alibis, da sie gemeinsam am frühen Morgen mit dem Pfälzer Waldverein zu einer Wanderung aufgebrochen waren.

Erleichtert, den letzten Besuch so schnell hinter sich gebracht zu haben, ließ sich Keller von Maier zu Hause absetzen. „Schreib bitte noch die Protokolle für heute fertig. Morgen treffen wir uns dann gegen elf im Präsidium zur Besprechung."

Den Samstagabend verbrachte Keller mit seiner Frau auf dem Balkon. Die Abende waren bereits angenehm warm. Sie hatten eine Kerze angezündet und Keller konnte endlich mit einem Menschen reden, für den er keinen Gesichtsausdruck wahren musste. Seiner Frau konnte er, auch wenn er es eigentlich nicht durfte, von dem Fall und seinen bisherigen Überlegungen erzählen, sowie von dem aufgeblasenen Staatsanwalt und dem ewig redenden, übereifrigen Maier. Mit ihr konnte er sogar darüber lachen.

Endlich wieder Dienstag. Er wickelte sein Schoppenglas sorgfältig in ein Geschirrtuch, holte den Riesling aus dem Kühlschrank und packte seinen Rucksack. Er musste dringend nachdenken. Erst hatte sich alles so gut angefühlt. Immer wieder sah er vor sich, wie er den Schlauch zuzog. Zuerst quollen die Augen hervor und dann kam endlich der magische Moment, in dem er aufhörte zu atmen. Nur die Vögel waren zu hören, die zwitschernd um ihre Nester flogen und den Umstand zu ignorieren schienen, dass hier gerade ein Mensch gestorben war. Und dieser innere Frieden, den er empfunden hatte, als er erschöpft neben der Leiche lag. Alles hatte endlich wieder seine Ordnung. Und heute Morgen dann der Zeitungsartikel, der seine Eingeweide verkrampfen ließ: *Der junge Winzer, der am Samstag von seiner schwangeren Frau tot aufgefunden wurde ...* Anna war also schwanger. Diese Schlampe! Sie hätte zu ihm zurückkommen können, trotz allem, was sie ihm angetan hatte. Stattdessen hatte sie alles zerstört. Als er den Artikel las, stieg unermessliche Wut, Hass und Scham in ihm auf. In diesem Moment wurde ihm klar, dass er sie nicht würde leben lassen können. Er musste dafür sorgen, dass dieses Kind nie zur Welt kam.

Kommissar Keller war an diesem Morgen wirklich wütend. Er fühlte sich, als würde er in einer Art Intelligenzvakuum leben. Schon der Gedanke an Maier ließ ihn beinahe explodieren. Maier hatte seine Berichte am Wochenende gewissenhaft fertig geschrieben und dann, ohne Rücksprache mit Keller, der sein direkter Vorgesetzter war, Dr. Breit-Langer persönlich von den Ermittlungen in Kenntnis gesetzt. Dies hatte zur Folge, dass der Sohn von Herrn Ring, der sich am Montag sofort nach der Rückkehr von seinem Familienausflug gemeldet hatte, per Haftbefehl wegen dringenden Mordverdachts festgehalten wurde. Dass er zur Tatzeit neben seiner Frau geschlafen hatte, wollten weder Maier noch Breit-Langer glauben. Die Vernehmung des Verdächtigen wurde hauptsächlich von Maier übernommen, dem Breit-Langer einen weiteren Kollegen zur Verfügung gestellt hatte. Keller versuchte, parallel möglichst unbehelligt weiter zu ermitteln. Er war sicher, dass Walter Ring, der Sohn des alten Herrn Ring, nichts mit dem Mord zu tun hatte. Walter Ring schien eher ein offener, sympathischer Familienvater zu sein als ein kaltblütiger Mörder. Auch mit dem Rechtsstreit seines Vaters mit der Familie Gimpel hatte er nicht viel zu tun. Stattdessen versuchte er, so sagte er zumindest, seinen Vater zum Einlenken zu bewegen. Bei Maier und Breit-Langer stieß er mit derlei Argumenten allerdings auf taube Ohren. Auch Keller war in dieser Situation machtlos. Breit-Langer musste jemanden verhaften lassen, um den Ruf der Pfalz und damit natürlich seinen eigenen Ruf zu retten. Maier musste jemanden liefern, um Breit-Langer in den Arsch kriechen zu können – so machte man das schließlich, wenn man es als junger Mann im öffentlichen Dienst zu etwas bringen wollte. Keller hatte die letzten zwei Tage versucht, nicht zwischen Maier und den ausufernden Hintern des Staatsanwalts zu geraten und stattdessen im privaten Umfeld von Gimpel ermittelt. Er hatte noch einmal mit Anna Gimpel gesprochen, sowie mit Freunden des Paares und mit den Eltern. Das Ergebnis war jedoch eher ernüchternd. Gimpel hatte schon als Kind seinem Vater im Weingut geholfen und war der ganze Stolz der Familie. Er hatte offenbar keine Feinde, wurde von seinen Freunden allerdings als etwas überheblich und teilweise sogar als leicht arrogant beschrieben. Anna hatte er vor acht Jahren bei einem Weinfest kennengelernt. Vor drei Jahren hatten die beiden dann geheiratet. Die Ehe wurde von allen Seiten als sehr harmonisch beschrieben. Auch Spurensicherung und Gerichtsmedizin hatten keinerlei Hinweise auf einen möglichen Täter gefunden. Der Bindeschlauch war zwar identisch mit denen, die Familie Ring in ihrem Weingut verwendete, allerdings konnte man diese ja inzwischen sehr leicht und anonym im Internet bestellen. Fingerabdrücke oder andere brauchbare Spuren gab es jedenfalls keine. Was Keller an diesem Morgen jedoch wirklich sauer machte, war der Zeitungsartikel, den ihm seine Frau auf den Frühstückstisch gelegt hatte. *Der junge Winzer, der am Samstag von seiner schwangeren Frau tot aufgefunden wurde ...* Maier! Konnte dieser kleine Schleimer denn nie seine Klappe halten? Mussten solche intimen Details denn unbedingt der Presse erzählt werden? Anna Gimpel, die in Kellers Augen eine schützenswerte, sympathische junge Frau war, die er am liebsten in den Arm genommen und getröstet hätte, ausgeliefert an die Presse. Keller war sich zwar dessen bewusst, dass dieser Gedanke beinah ebenso unprofessionell war wie Maiers Kontakt mit der Presse. Dennoch nahm er sich vor, sobald er den Fall gelöst hatte, dafür zu sorgen, dass der Kollege in Zukunft bei der Verkehrspolizei anheuern würde. Ein Lächeln konnte er sich bei der Vorstellung nicht verkneifen, dass Maier mit den betrunkenen Tenniskollegen darüber diskutierte, ob Landwirtschaftswege für Traktoren oder prinzipiell eher für die Autos angetrunkener Einheimischer vorgesehen waren.

Anna hatte seit vier Tagen kaum noch etwas gegessen. Sie weinte sehr viel und meistens war ihr schlecht. Ihre Schwiegermutter redete jeden Tag auf sie ein, sie solle doch wenigstens für das Kind auf sich achten. Anna hatte das Gefühl, in den Augen ihrer Schwiegermutter nur noch eine Hülle zu sein, eine Verpackung die das Letzte aufbewahrte, das von ihrem einzigen Sohn überlebt hatte – ihr Enkelkind. Anna wollte möglichst bald weg von ihren Schwiegereltern, von ihrem Ehebett und von den Erinnerungen, die ihr so weh taten. Jeden Tag ging sie stundenlang durch die Weinberge, die ihr Mann so geliebt hatte. Sie setzte sich an die Stelle, an der sie ihn gefunden hatte, dachte über ihre Zukunft nach und sah den Vögeln zu, die zwitschernd am Waldrand entlang flogen. Ob sie wohl zugesehen hatten, als er starb? Als sie gestern Abend hier war, hätte sie schwören können, am Waldrand jemanden gesehen zu haben. Als sie genauer hinsah, konnte sie aber niemanden entdecken. Auch heute war sie wieder alleine, fühlte sich aber seitdem beobachtet. Es war seltsam, denn sie hätte nicht sagen können, woher dieses Gefühl kam. Und dann dieser merkwürdige Anruf vor einer Stunde. Eine Stimme hatte nur „Anna?" geflüstert und dann sofort wieder aufgelegt.

Auch der Mittwoch war ohne neue Erkenntnisse geblieben. Keller war frustriert. Herr Ring wurde immer noch festgehalten, allerdings würde Breit-Langer ihn bald laufen lassen müssen. Mit Maier hatte er nach einer ordentlichen Standpauke wegen des Zeitungsartikels jede Kommunikation eingestellt. Bevor er Feierabend machte, rief er Schmidt an und verabredete sich zum Tennis. Vielleicht würde ihm ein bisschen Bewegung helfen, den Kopf frei zu bekommen. Er war sich sicher, dass er die letzten Tage etwas Entscheidendes übersehen hatte. Eine halbe Stunde später stand er bereits auf dem Tennisplatz und verlor wie gewohnt gegen Schmidt. Und wie immer setzte er sich danach auf die Terrasse des Clubhauses zur üblichen Runde, die diesmal aus Geissner, zwei Tennisspielern aus seiner Herrenmannschaft, sowie Geissners Frau bestand, die auch ab und zu mal eine Weinschorle trank, bevor sie ihren Mann nach Hause brachte. Diesmal freute er sich sogar auf die Zerstreuung durch Geissners neueste Geschichten und Gerüchte. Kaum hatte er sich auf einen der billigen weißen Plastikstühle gesetzt, war jedoch sofort der Mord das Hauptthema. Diesmal wollte es sogar Schmidt genauer wissen. Ob er denn in dem Fall ermitteln würde, wer denn der junge Winzer sei, der festgenommen worden war – er hörte sich die ersten Fragen an und antwortete nur mit: „Ihr wisst doch, dass ich über so etwas nicht reden darf."

An seinem Tonfall war wohl deutlich hörbar, dass er an diesem Abend zu dem Thema nichts mehr sagen würde und die Männer am Tisch hörten auf, Fragen zu stellen. Das bedeutete allerdings nicht, dass das Thema erledigt war. Vielmehr war jetzt Geissners großer Moment, der sich sogar bemühte, in Anwesenheit des Kommissars ein einigermaßen verständliches Hochdeutsch zu sprechen: „Ach Gott, des arme Mädel! Ach noch schwanger. Die war jo mit meinem Sohn in de Schul, die kenn ich noch vun früher. Do war se mit dem Kunze Daniel zusamme, der vun de Sparkass, aus Gleiszelle. En ganz komischer Typ war des. Wo die Anna mit dem Schluss gemacht hot, isch der vor Wut mit seim Auto in e

Wandergrupp aus Karlsruh gefahre. Zwä Verletzte, awwer er hot behauptet, dass es en Ufall war."

Keller spürte, wie ihm heiß wurde. Sein Herz fing
an zu rasen. Er sprang auf und rannte los, ohne sich zu
verabschieden. Von Anfang an hatte er gewusst, oder
vielmehr geahnt, dass es bei der ganzen Sache um Anna
ging. Vom Auto aus rief er in Landau an und ließ sich
die Adresse von Daniel Kunze geben. Er schickte jeweils
zwei Streifenwagen nach Gleiszellen und Birkweiler.
Danach fuhr er zuerst Richtung Gleiszellen, zu dem kleinen Einfamilienhaus von Daniel Kunze. Schon bevor er
klopfte und klingelte war ihm eigentlich klar, dass er zu
spät kam.

Er rannte zurück zu seinem Auto und raste los. Frau
Gimpel öffnete ihm und erklärte, dass Anna immer noch
im Weinberg spazieren sei. „Jeden Tag geht die in den
Wingert. Manchmal bis es dunkel ist! Aber normalerweise kommt sie dann heim, wenn es ihr zu kühl wird.
Ich sag ihr ja immer, sie soll sich warm halten und was
essen, jetzt wo sie schwanger ist. Also wenn Sie wollen,
können Sie hier auf sie warten." Es fing bereits an zu
dämmern. Keller lief wortlos zurück zu seinem Wagen
und fuhr los. Er hielt genau dort, wo er am Samstagmorgen geparkt hatte. An der Stelle, an der die Leiche des
jungen Mannes gelegen hatte, lag nun Anna. Ihr Gesicht
war blutverschmiert, aber als Keller sich über sie beugte, spürte er, dass sie noch atmete. Plötzlich hörte er ein
Knacken nicht weit entfernt im Wald. Langsam zog er
seine Waffe. Kunze konnte keine dreißig Meter von ihm
entfernt sein. Wahrscheinlich hatte er das Auto gehört,
bevor er Anna erdrosseln konnte und war in Panik in
den Wald gerannt, um sich zu verstecken. Allerdings
wusste Keller, dass man nur ungefähr zehn Meter tief in
den Wald hinein konnte, bevor man auf einen relativ ho-

hen Zaun stieß, der die Rehe von den Reben fernhalten sollte. Keller rannte mit gezogener Waffe los. Obwohl es im Wald schon relativ dunkel war, sah er Kunze sofort. Er war gerade dabei, über den Zaun zu klettern. Keller packte ihn am Bein und riss ihn mit aller Kraft nach unten. Nachdem Kunze unsanft mit dem Hinterkopf auf dem Boden gelandet war, wehrte er sich kaum noch. Keller band ihn mit Handschellen an den Zaun und lief sofort zurück zu Anna. Sie war immer noch bewusstlos, aber sie atmete ruhig und gleichmäßig. Keller ging wieder ein Stück den Hang hinauf zu seinem Auto und rief per Funk einen Krankenwagen. Er holte eine alte Wolldecke aus einem Kofferraum und lief zurück zu Anna. Sie schien langsam wach zu werden. Er deckte sie sorgfältig zu und legte sich erschöpft neben sie auf den Boden. Jeden Moment mussten die Kollegen hier sein. Es war jetzt beinahe völlig dunkel und die Vögel waren still. Man konnte nur die Grillen zirpen hören und Keller dachte daran, wie gerne er jetzt mit seiner Frau auf dem Balkon sitzen würde. Als er endlich die Einsatzwagen hörte, dachte er allerdings nur noch daran, dass sie ihm hoffentlich nicht Maier geschickt hatten.

Thomas Erle

Jelena tanzt

„Noch en herwe Riesling, Lena!"

„Schorle!"

„Mir aa! Un en Worschtsalat. Awwa orndlisch!"

Das Stimmengewirr wogte auf und ab. Traditionsgemäß traf sich das halbe Dorf am frühen Freitagabend bei Jelena im *Ochsen*, um sich auf die bevorstehende Kerwe einzustimmen.

Das Klingen der Gläser mischte sich mit den derben Sprüchen der Männer und dem schrillen Gelächter der Frauen. Neben der Theke standen die Musiker von den *Moonlights* und machten ihre Instrumente fertig.

„Alla hopp die Musik. Jetzt werd gedanzt!"

Jelena lächelte routiniert, während sie die Gläser nachfüllte. Es war merkwürdig, was diese Menschen unter Tanzen verstanden.

Auf ihrer Hochzeit vor 15 Jahren, da war es anders gewesen. Ludwig, der blonde Deutsche, hatte sie mit starkem Griff über das Parkett der Turnhalle geführt und Jelena hatte sich leicht gefühlt wie eine Feder an einem Frühlingsmorgen. Doch das war lange her. Ludwig hatte das Tanzen verlernt und Jelena wäre nie auf die Idee gekommen, alleine auszugehen.

Mit wuchtigem Rhythmus drängten sich das Akkordeon, die Gitarre und die Klarinette durch die Wolke aus Stimmen und Alkoholdunst und Zigarettenrauch. Einige begannen zu singen. Mühsam bahnte sich Jelena mit ihrem Tablett den Weg zu den Tischen.

„Der arme Herrmann, grade heute kommt ihm der Wirtschaftsprüfer aus Ludwigshafen auf den Hof. Das hätte doch auch nach der Kerwe sein können."

„Määnsch, der macht's noch lang? Soin Bulldog is aa hii."

„Der hott aa schun mehr gherbscht wie letscht Johr."

„Von seiner Frau hört man ja so manches, seit sie in der Stadt arbeitet."

„Du määnsch schaffe muss. Der hott nie vazehlt was."

Einer der Männer stand auf und fasste um Jelenas breite Hüften. „Du bist die Richtige für mich, Lena. Echter serbischer Bauernschinken!"

Die anderen lachten, als sich Jelena halbherzig losmachte.

„Bring uns was zu essen. Und noch eine Runde vom Trockenen!"

Jelena drängte sich mit den leeren Gläsern zurück zur Theke.

„Da Schorsch will soi Sau verkaafe!"

„Her, hosch schun da neie Benz vun da Erna gsehe? Die hott's halt."

„Wo bleibt moin Schoppe?"

In der Küchennische standen zwei Teller mit Bratkartoffeln und ein Wurstsalat. Jelena tippte die Bestellung in die Registrierkasse ein.

In diesem Moment öffnete sich die Tür und drei Männer traten ein. Jelena wurde bleich, als sie den Großen sah. Sie erkannte ihn sofort. Sie war sich ganz sicher. Wie hatte er sie gefunden? Was wollte er hier?

Die drei Männer suchten sich einen der wenigen freien Plätze im Hintergrund des Zimmers. Der Große schien sie nicht gesehen zu haben. Jelenas Hände begannen zu zittern, sie musste sich festhalten.

„Was hast du, Lena?", hörte sie die Stimme von Elisabeth neben sich, die gerade mit einem feuchten Lappen den Tresen abwischte. „Ist dir nicht gut?"

Jelena fiel zurück in die lärmerfüllte Gaststube des *Ochsen*. Sie versuchte, den Schatten von sich zu schütteln, doch ihre Gedanken drehten sich wild.

„Ich muss mich kurz hinlegen, Lisbeth, mir ist schlecht. Es war ein bisschen viel die letzten Tage."

„Okay, aber bleib nicht so lange. Ganz schön was los heute Abend."

Jelena band sich die Schürze ab und stolperte die Treppe zu ihrer Wohnung hinauf. Sie schleppte sich in ihr Schlafzimmer am Ende des Flurs und warf sich aufs Bett.

Dieser Mann. Sie wusste seinen Namen nicht mehr, doch sein Gesicht würde sie nie vergessen. Diese Augen, der Mund, seine Hände. Es war eine erbärmliche Bar in Belgrad gewesen, in die er sie gebracht hatte. Sie war fünfzehn, als ihre Mutter gestorben war und der Vater zu trinken begonnen hatte, dort in dem kleinen Dorf in der großen Ebene, wo es keine Arbeit gab und nichts zu essen. Der Mann war eines Tages gekommen und sie war einfach mitgegangen, fort von zuhause, fort von Milan, ihrem kleinen Bruder. Anfangs war er gut zu ihr gewesen, er hatte ihr zu essen gegeben und ein schönes Kleid gekauft, rot mit weißen Knöpfen. Doch dann kamen die anderen Männer, erst einer, dann noch einer, dann immer mehr, Nacht für Nacht. Bis sie eines Tages im Park vor dem Denkmal des Heiligen Georg den blonden Ludwig aus Deutschland kennengelernt hatte und seither war sie hier im *Ochsen*, wo die Menschen „Lena" zu ihr sagten, wenn sie für ihren Mann den Wein ausschenkte. Ob sie Glück gehabt hatte? Jelena mochte die Menschen hier, sie erinnerten sie an ihr Dorf zuhause, mit ihren immer gleichen Gesprächen, ihren ewig gleichen Sorgen. Sie hatte sich sogar daran gewöhnt, Ludwig, den blonden Deutschen, zu mögen, auch wenn es nicht Liebe war. Er hatte ihr eine neue Welt geschenkt, ein Gefühl der Zufriedenheit, das sie nie gekannt hatte. Er hatte sie begehrt und verehrt, das würde sie ihm nie vergessen. Und so war es nicht nur stille Duldung, wenn er mit deutscher Regelmäßigkeit einmal in der Woche mit ihr schlief, freitags, wenn er vom Stammtisch aus der Nachbarkneipe zurückkam. Sie hatte sich immer ein Kind gewünscht, ein Mädchen mit langen braunen Zöpfen, in die sie rote Schleifen flechten würde, doch es war ihr versagt geblieben.

Jelena hörte Schritte auf der Treppe. Das würde Elisabeth sein, natürlich, sie durfte sie nicht zu lange warten lassen. Sie würde sie bitten, die hinteren Tische zu bedienen, damit der Mann sie nicht sehen würde. Ob er sich überhaupt an sie erinnerte?

Die Schritte kamen näher. Jelena erschrak. Es waren Männerschritte. Sie sprang auf – und lief dem Großen direkt in die Arme.

Der Mann grinste, als er in der Tür stand. „Ich sehe, du freust dich, mich wiederzusehen!"

Jelena öffnete den Mund, doch sie verstummte. Er schloss die Tür hinter sich. Seine Gestalt erfüllte den Raum.

„Hübsch hast du's hier." Er ging zu ihrer Kommode und nahm das Bild des Heiligen Georg, das in einem schmalen Silberrahmen auf einer gestickten Decke stand. „Sehr hübsch."

Jelena war wie gelähmt. Sie konnte nicht schreien. Mühsam suchte sie nach Worten.

„Was willst du?"

Er befingerte immer noch das Heiligenbild. „Warum so unfreundlich nach all den Jahren?" Er drehte sich um, seine Augen glitzerten. „Du hast es also zu etwas gebracht. Sehr schön. Die kleine Nutte als Wirtsfrau in Deutschland. Sehr schön."

Jelena wich zurück. „Was du willst, will ich wissen!"

„Nicht so eilig, Wirtsfrau. Zum Geschäft kommen wir noch. Später."

Er trat auf sie zu. Sein Grinsen schmerzte sie.

„Erst wollen wir ein wenig Spaß haben. So wie damals."

Er fasste sie hart unter das Kinn und drehte ihr Gesicht nach oben. „Es macht dir doch noch Spaß, oder?" Mit einem raschen Griff fasste er in ihren Ausschnitt und riss ihre Bluse auf. „Deine Brüste sind immer noch schön. Dick und prall, wie ich sie liebe."

Er gab ihr einen Stoß, dass sie rücklings auf das Bett fiel. Wie durch einen Schleier sah sie, wie er seine Hose aufknöpfte. Mit einem Grunzen warf er sich auf sie und zwängte ihre Beine auseinander.

„Nein, nicht", hörte sie sich stammeln. Der Schmerz kam unerwartet und schien sie zu zerreißen, als er in sie eindrang, rasch und tief, immer wieder.

„Du bist eben doch eine Hure geblieben", lachte er während er sie mit seinem ganzen Gewicht niederdrückte. „Nun zeig, was du gelernt hast."

Jelena spürte, wie sie in einem Abgrund versank. Seine rauen Finger waren überall, seine Lippen, sein Mund, sein Speichel, seine Haut. Wild schlugen ihre Arme um sich.

„Immer noch die kleine wilde Bestie von damals", stieß er keuchend hervor.

Jelena wusste nicht, woher die Flasche kam, die sie plötzlich in den Fingern spürte. Verzweifelt umklammerte sie das glatte Glas und schlug mit aller Kraft zu. Er schrie auf und warf sich herum. Das Splittern der Flasche mischte sich mit seinen Schreien, als sie wieder und wieder zuschlug, bis sie spürte, wie der Druck und der Schmerz nachließen. Klebrige Feuchte rann über ihre Hände. Er regte sich nicht mehr.

Jelena lag auf dem Rücken und atmete tief. Endlich richtete sie sich auf. Blut und Wein vermischten sich in großen hellroten Flecken. Er lag verkrümmt neben ihr.

Sie stand auf, schleppte sich mühsam zur Dusche und ließ das warme, reinigende Wasser über sich laufen. Ihr Kopf war völlig leer. Sie trocknete sich ab, zog ein frisches Kleid an und kämmte ihre schwarzen Haare. Sie ging noch einmal in das Schlafzimmer zurück, nahm das Bild des Heiligen Georg und warf es in die Schublade, ohne einen Blick auf den blutüberströmten Körper zu werfen, der auf dem Bett lag. Dann lief sie rasch nach unten.

Von Weitem hörte Jelena die Musik und das Singen der Menschen in der Gaststube und auf der Straße. Elisabeth sah ihr besorgt entgegen. „Gut, dass du wieder kommst. Alles in Ordnung? Du kannst gleich weitermachen."

Jelena lächelte. „Es ist alles in Ordnung."

Dann ging sie an ihr vorbei nach draußen. Tief sog sie die kühle Nachtluft in sich ein. Um sich herum wogte das bunte Treiben der Kerwetänzer. Sie lief ein paar Schritte auf die Straße und tauchte ein in die lärmende Menge.

Heute würde auch sie tanzen.

Die ganze Nacht.

Ulrike Rudolph

Lorcher Lump

„Als Nächstes wollen wir eine 2000er Scheurebe Kabinett, trocken, verkosten, Erwins Lieblingswein, stimmt's, Erwin?" Die Stimme von Gotthard Römmelt, dem Sprecher dieses Weinseminars, plätscherte weiter. So ähnlich müssen Fische hören, dachte Veronica.

„Erwin, wo ist der überhaupt?" Auch Stöcker klang verschwommen.

„Erwin? Welcher Erwin? ... Ach so, Örf ...", Stöckers Tischnachbar Wolter wedelte seine eigene Bemerkung aus der Luft.

Veronica jedenfalls sah keinen Erwin.

„Nenn mich Örf, wie in Irving", hatte der Kollege ihr zugeflüstert, erinnerte sie sich nebelhaft. Das Einzige, was sie völlig klar sah, war die Tatsache, dass sie ihr Fassungsvermögen an Alkohol schon vor dieser Weinprobe überschritten hatte. Sie brauchte dringend Verdünnung für den Federweißen, den sie während ihrer Wanderung an verschiedenen Ständen konsumiert hatten und für den Wein, der hier floss und weiter fließen würde, wenn sie den Flaschenvorrat und den entschlossenen Gesichtsausdruck von Gotthard richtig deutete. Veronica ließ sich zurücksinken.

Die Luft in diesem Kellergewölbe roch angenehm erdig-kühl, nur ein Gefühl von glühenden Heizstäben drückte ihr auf Kreislauf und Magen. Feuchtigkeit gab es hier genug, nur kein Mineralwasser. Aber genau das war ihre einzige Rettung. Wo steckte Erwin? Der hatte als Einziger an etwas Alkoholfreies gedacht. Er wusste, was auf einem Betriebsausflug der Kripo Mainz an seine ehemalige Wirkungsstätte wirklich zählte: Wasser.

Das brauchte sie jetzt – und eine gute Entschuldigung, die brauchte sie auch, wenn sie sich aus diesem Wetttrinken ausklinkte und die anderen sie nicht für eine Spielverderberin halten sollten. Das war das Letzte, was Veronica wollte. Als Durchläuferin war sie auf die Sympathien des Vorgesetzten und der Kollegen angewiesen, denn sie wollte langfristig bei dem Verein bleiben.

„Prost, Prösterchen, Fräulein Glashagen!", riss Lothar Lämmerthüsen, Chef des Kommissariats für Tötungsdelikte, sie aus ihren Gedanken. Veronica zwang sich zu einem Lächeln und hob ihr Glas konzentriert an die Lippen, ohne zu trinken.

Lämmerthüsen, ein liebenswert zurückhaltender Vorgesetzter, der sich morgens bei seinem Frühstücksei entschuldigte und sie alle per Handschlag begrüßte, stellte sein Glas zurück und wandte sich seiner Sekretärin Frau Möhle zu.

Veronica beneidete die Möhle, allerdings nur um ihre Trinkfestigkeit, die sie sich aus ihren Zeiten bei einer LPG in der Nähe von Leipzig bewahrt hatte.

„Wann kommt denn endlich der Schnaps dran?", fiel sie dem Redner ins Wort. Der fuhr unbeirrt fort: „... unsere Lage: *Lorcher Lump*", griff ins Regal hinter sich, schwenkte die Flasche Tresterbrand vor der Nase der Sekretärin hin und her und stellte sie zurück, ohne seinen Redefluss zu unterbrechen.

Als der Winzer einen „betont erdigen Abgang" erwähnte, hob Stöcker den Zeigefinger: „Auf Toilette, Erwin ist bestimmt auf Toilette!"

Der Schein mehrerer auf Eichenfässern festgetropfter Kerzen beleuchtete die Szene nur spärlich. Die Zunge klebte an Veronicas Gaumen, aber Mineralwasserflaschen sah sie nirgendwo. Erwin war ihre einzige Hoffnung. Hatte er nicht eben noch mit am Tisch gesessen? Veronica ließ den Blick über die Kollegen gleiten.

Neben der Sekretärin, die gerade die 99er Silvaner Spätlese, halbtrocken, aus Stöckers Glas trank, saß Dr. Dagmar Hüllenkremer, eine weibliche Version von Til Schweiger, die Hände hinter dem zurückgelegten Kopf verschränkt, sodass jeder sehen konnte, dass sie keinen BH unter ihrem T-Shirt trug. Hinter der Tischkante sah man neben ihrem lederbehosten Knie auch das Metallplättchen unter der Spitze ihres Stiefels. Die Psychologin war – nach einer Ausbildung als Profilerin in L. A. – erst kurz vor Veronica zum K 1 in Mainz gestoßen.

Neben der Hüllenkremer popelte der Kollege Stöcker. Ihm gegenüber saß Wolter, der nicht nur, wie üblich, seine wolligen Arme, sondern auch den Ansatz seiner üppigen Brustbehaarung zeigte. Beide starrten auf ihre Gläser, die inzwischen 98er Riesling Auslese, lieblich, enthielten.

„Im Ernst, Wolfgang, wissen Sie, wo Erwin ist?", fragte Veronica den Kollegen, der mit glasigem Blick das T-Shirt der Hüllenkremer fixierte.

„Örf? Wieso? Wo isser denn?" Nur widerwillig löste Wolfgang seine Augen – Veronica hörte förmlich das „Plopp" – und drehte den Kopf im Zeitlupentempo zu ihr. Sie öffnete den Mund, als ein scharfer Knall alle zusammenfahren ließ. Gotthards Rede brach ab. Die Flasche *97er Domina, Lorcher Pfaffenwies, trocken*, entglitt seiner Hand. Stöcker und Wolter federten von ihren Sitzen hoch, griffen sich unter die Achselhöhlen und drehten die eingezogenen Köpfe hin und her. Ihre Augen waren bis auf Sehschlitze verengt.

„Ntschullijung. Ha-ha-hapich euch eigentlich schon mal von meiner Korkenphobie erzählt?" Die Hüllenkremer drückte sich von der Tischkante hoch, auf die sie gekippt war, als ihr Fuß vom Knie abrutschte. Stöcker und Wolter grinsten sich an und sanken zurück auf ihre Plätze. Der Probensprecher lächelte verbindlich in die Runde, erzählte etwas von einer 99er Silvaner Auslese, lieblich, und öffnete die nächste Flasche. Frau Möhle hatte die Domina gerettet und in das Glas vom Chef geleert.

In diesem Augenblick hastete Gotthards Frau Eva mit einem Mobiltelefon herein. „Entschuldigung, Gotthard, da ist die Winzergenossenschaft dran, der Wilfried. Wegen deinem Besuch. Mensch, Gotthard, da ist etwas Grauenhaftes passiert!"

Kurz darauf stand Veronica mit Wilfried Roth, dem bleichen Kellermeister, in der zur Winzergenossenschaft gehörenden Kellerei vor einem giftgrünen Plastikbottich mit den Ausmaßen eines Whirlpools. Sie hatte noch das zur Melodie von „Here we go" gesungene „Halb so schlimm, halb so schlimm, halb so schlihimm" von Stöcker und Wolter im Ohr. Auch die anderen schienen den Bericht von einem Leichenfund in der Kellerei nicht ernst zu nehmen. „Da macht einer Witsch, äh, Witze, nicht wahr, der weiß, dass wir hier feiern. Ist doch klar, oder? Veronica, fahrn Sie mal hin, jawoll, und ermitteln", hatte der Chef gekichert und ihren Einwand, sie sei doch nur Praktikantin, mit der Bemerkung „Ja also, ist denn das nix?" vom Tisch gewischt.

Veronica schüttelte sich. Ihre Augen brannten vom Neonlicht. Der süßliche Duft von frisch gepressten Trauben vermischte sich mit dem säuerlichen Gestank des halb verdauten Abendessens des Kellermeisters.

„Vorsicht, rutschen Sie nicht aus!" Wilfried Roth zog sie um die Pfütze aus Erbrochenem herum näher an den Bottich. Das Gemisch schlug Veronica auf den Magen. In dem Lesetrog lag ein Brei, der alle Rotbrauntöne des Indian Summer im Maintal enthielt.

„Trester", sagte der Önologe und wischte sich mit einem Papiertaschentuch über den Mund. „Na ja, bis auf das da", er beugte sich heftig atmend vor, um mit einem Besenstiel nach einem Stück Leder zu angeln, das blau aus dem Brei herausleuchtete.

„Nicht! Das ist ein Beweisstück!" Veronica drückte den Arm des Mannes herunter. „Sonst zerstören Sie wichtige Spuren!"

„Zerstören?" Der Kellermeister räusperte sich den Hals frei. „Sehen Sie doch selbst: Außer der Jacke ist da doch nichts mehr. Was wollen Sie denn da noch erkennen?"

Veronica schluckte und wandte sich ab.

„Irgendetwas werden die von der Spurensicherung schon feststellen. Ich erkenne jedenfalls einen Kollegen – oder was von ihm noch übrig ist. Wir müssen die anderen holen."

„Ja", würgte der Kellermeister hervor. „Ach Gott, der Erwin! Andauernd war der hier, seit seiner Schulzeit schon ..."

Die komplette Mannschaft traf eine Viertelstunde später in bester Stimmung ein. Vor dem Lesetrog herrschte Einigkeit: Jetzt wussten sie, wo Erwin war. Seine stahlblaue Edellederjacke, sein ganzer Stolz, war dort in dem Brei, eindeutig und unverwechselbar.

Wolter stocherte mit dem Besenstiel im Trester herum. „Erennungs...? Kehrennungs...? Manno: EhDeh ebend", nuschelte er zur Hüllenkremer. „Wieso denn der ED? Ist hier sowieso zwecklos."

Die Psychologin stand breitbeinig und leicht wankend, als wolle sie Schiffsbewegungen ausgleichen, neben ihm und murmelte: „Kein Ernennungsdienscht? Ja und? Ich meine: Ja und was sagt uns das?" Knapp hinter ihr stand Stöcker und betrachtete versonnen seinen Zeigefinger.

Wolfgang lehnte mit dem Teint einer unreifen Traube an einem der enormen Edelstahltanks und drückte beide Hände gegen den Bauch.

„Mensch, der Örf, das gibt's doch gar nicht!" Veronica stützte die Stirn gegen seine Schulter und weinte. Vorhin auf dem Wanderweg hatte Erwin sie untergehakt und ihr tief in die Augen geschaut. Dann hatte er ihr als einziger das „Du" angeboten. Keine sechs Stunden war das her. Ach Örf, schade, dass du verheiratet bist. Und tot.

Wolter gab sein Stochern im Bottich auf.

„Sollen die ED-Fuzzis halt eine Dennalüsi, nee, eine Allan-, eine Allanüse, Manno: also eine gentechische Unnersuchung ebend machen, von dem Zeugs da."

Schließlich kehrte der Kellermeister von der Toilette zurück und führte die Gruppe über eine Metallstiege auf ein luftiges Gerüst. Zu beiden Seiten standen daneben meterdicke runde Behälter. Unter den Füßen der Mannschaft wand sich über die gesamte Länge des Gerüsts eine baumdicke Stahlspirale entlang wie ein überdimensionaler Korkenzieher. Die scharfen Kanten schimmerten blank poliert zu ihnen herauf.

„Wenn die Maische vergoren ist, kippen wir sie einfach aus den Gärtanks hier in die Klappen." Wilfried Roth deutete auf fußmattengroße Einschnitte im Laufgitter. „Der Brei wird dann durch die Spirale abtransportiert. Wenn da einer reinrutscht, da gibt's kein Entkommen, die Förderschnecke macht alles klein. Da hinten fällt das dann in den Lesetrog."

Veronica schnappte nach Luft. Auch Wolter schien es warm zu sein. Veronica wusste jetzt, dass sein oberer Bauchansatz ebenfalls behaart war.

„Diese Wortmaffe sagt schon einiges ... ähem ... über den Täter", nuschelte die Hüllenkremer.

„Genau!" Der Chef, der bis jetzt mit hängendem Kopf dabei gestanden hatte, setzte einen Fuß auf den Rand der Absturzsicherung und deklamierte: „Ich bin der König der Lüfte, mir sind alle Tiere ..."

„... untertan. Ist ja gut", Frau Möhle zog ihn an seinen Jackettschößen zurück. „Ist ja gut, Lothar! Fliegen kannst du später. Jetzt klären wir erstmal diesen Mord auf, ja?"

Missmutig nickte Lämmerthüsen: „Ja gut, wenn du meinst ..."

Der Kellermeister schüttelte den Kopf.

„Aber der Erwin kannte die Anlage doch, der hat doch seit seiner Schulzeit hier gearbeitet, bis er dann zur Kripo ging. Und auch jetzt ist er immer wieder hergekommen. Na ja, über Tote soll man ja nichts Schlechtes ..." Er wandte sich zum Gehen, aber Veronica hielt ihn zurück.

„Was meinen Sie denn mit ‚Schlechtes'?"

„Ach, der Erwin, nun ja, der war halt ein Frauentyp, oder? Der hatte eben Freundinnen hier."

„Das ist aber doch nichts Schlimmes? Jetzt ist er ja verheiratet. Seine Frau kommt doch auch aus der Gegend?"

„Richtig!", rief Wolfgang mit wieder rosigem Gesicht.

„Ja, eben, die war Gebietsweinkönigin hier, ein paar Jahre ist das her. Aber – na ja, der Erwin kam auch danach ziemlich regelmäßig, und nicht nur, um seine Mutter zu besuchen, das können Sie mir glauben."

„Leinschaff und Effesucht, da wem die niedrigsten Instinkte angesprochn ...", näselte die Hüllenkremer vor sich hin. Sie hing zwischen Stöcker und Wolter. Der Chef wurde unruhiger.

„Veronica, du machsas echt gut! Mach du man weiter, ich muss jetzt fliegn!" Er nickte vage in Veronicas Richtung und versuchte, sich von Frau Möhle zu befreien. Als ihm das nicht gelang, vergrub er seine Nase in ihrer Halsbeuge. Die Sekretärin kicherte und meinte: „Du Schlimmer! Das kann doch nicht nur das bisschen Wein sein? Oder sind wir nichts gewöhnt? Ich brauch jetzt jedenfalls einen Schnaps!"

Veronica ignorierte beide und hakte nach: „Wann haben wir Erwin denn tatsächlich zuletzt gesehen?"

„Kurz hinter der kleinen Kapelle, als er mit diesem Typen im Weinberg geredet hat, ihr wisst schon, der so unfreundlich war." Wolfgang kratzte sich am Kopf. „Oder hat ihn später noch mal jemand gesehen?"

„Ja klar", sagte Veronica, „am Ende von dem Wanderweg, da hat Erwin doch mit dieser rothaarigen Frau gesprochen, wissen Sie noch? Da kam der Typ auch wieder an und hat sich aufgeregt. War kaum zu verstehen."

Der Kellermeister hob den Kopf.

„Ach, der Grieche, meinen Sie den? So ein Kleiner, Dunkler mit einer gelben Baseballkappe?"

„Ja genau."

„Das ist einer der Lesehelfer. Aber ein ganz Netter, der kommt jedes Jahr zum Winzer Lammersberg, mit seiner Frau. Jetzt lädt er gerade Trauben ab, da hinten. Obwohl ..."

„Was obwohl?", fragte Veronica.

„Obwohl, na ja, mit dessen Frau, also der rothaarigen Inge, da soll der Erwin auch mal was gehabt haben."

„Klassch, einfach klassisch", sagte die Hüllenkremer und kippte nach vorne. Stöcker und Wolter griffen ihr gerade noch rechtzeitig unter die Arme.

„Veralein, du musst Erwins Frau verschändschen", meldete sich der Chef, „ich muss jetzt schlafen ..." Seine Stimme verebbte am Hals der Sekretärin.

In diesem Moment schluchzte Wolfgang auf: „Erwin, Örf, ach Erwin."

Aller Augen folgten seinem ausgestreckten Arm. Der deutete auf das Tor am Ende der Halle. Dort stand Erwin. Ein Erwin mit leicht eingeknickten Knien und einem weißen Hemd, das er morgens noch nicht getragen hatte, dessen Knopfleisten sich nicht deckten und dessen Rand über die zu kurze Hose hing. Ein angeschlagener Erwin, aber ein lebender.

„Aber ... aber ich ha-habe ein Propril", japste die Hüllenkremer, „ein Pofil meine ich, fast, jedenfalls".

„Mensch, Örf", rief Wolfgang, „du lebst, Gott sei Dank! Wo hast du denn gesteckt?"

„Was macht ihr denn hier? Bei meiner Mutter natürlich! Wieso seid ihr hier und nicht im Kolpinghaus bei der Weinprobe?"

„Bei Mutter, ha!" Ein kleiner Schatten mit gelber Kappe trat hinter Erwin hervor. „Bei meine Frau war er, der Schwein! Im Unterstand am Forsthaus! Nicht mal gemerkt haben sie, wie ich habe die Klamotten geklaut! Am liebsten selber hätte ich ihn geschmissen in die Förderschnecke! Aber hab ich mir gedacht, warum soll ich Hände schmutzig machen an dem. Nehm ich seine Scheiß-Angeberjacke und schmeiß die rein, tut ihm auch weh. Und wissen dann alle, auch ihr Bullen, was für ein Schwein das ist!"

„Bullen? Schwein?", der Kopf des Chefs schwankte leicht. „Adler! Ich bin ein Adler ..."

Ein alter Tropfen

„Der Riesling ist etwas ganz Besonderes", pflegte er stets zu sagen und sie wusste nie, ob er damit nun den Wein, die Rebsorte oder die fast 250 Jahre alte Flasche meinte, die den Ursprung des familiären Gutes verkörperte. „Wahrscheinlich weiß er das selber nicht mehr so genau. Er liebt seinen Riesling so sehr, dass er für ihn zur Dreifaltigkeit geworden ist. Ziemlich blasphemisch", dachte sie und schüttelte den Kopf. Es war sehr schmerzhaft für sie gewesen, als sie feststellen musste, dass sie niemals eine so wichtige Rolle in seinem Leben spielen würde wie der Wein.

Wie stolz sie damals war, auf ihrer Hochzeit. Ausgerechnet sie heiratete in eine der traditionsreichsten Winzerfamilien der Gegend ein. Es gibt in Rheinland-Pfalz viele Weingüter, aber das Gut Steiner in Nierstein ist eines der berühmtesten. Riesige Rebflächen, bebaut mit der besten weißen Rebsorte, dem Riesling, der in dieser Region sein volles Aroma entwickelt.

„Ausgezeichnete Qualitätsweine, schon immer, bis heute", wiederholte ihr Mann jedes Jahr stolz auf dem Hoffest und stand dabei neben der Vitrine, in der die angeblich erste Flasche Riesling des Gutes ausgestellt war.

Bereits zwei Jahre nach ihrer Hochzeit erkrankte sein Vater schwer. Ihr Mann übernahm immer mehr Aufgaben. Nach dem Tod des Vaters zog sich seine Mutter komplett zurück und sie war nun die Frau auf dem Gut. Sie gab sich viel Mühe, eine echte Winzerfrau zu werden. Ihre Angst war groß, ihrem Mann nicht zu genügen und sie scheute den Vergleich mit seiner Mutter. Aber alles lief gut. Sie machte ihre neue Aufgabe gar nicht schlecht und als sie zum ersten Mal den anerkennenden Ausdruck in den Augen ihres Mannes sah, war sie nicht nur stolz, sondern hoffte auch, nun den Platz in seinem Herzen zu finden, der ihr als Ehefrau doch zustand.

Ausgerechnet zu dieser Zeit passierte ihr das Schlimmste, das passieren konnte. Mit viel Eifer hatte sie das jährliche Hoffest organisiert, alles mehrfach kontrolliert, überprüft, nachgefragt, damit auch ja nichts schiefging. Als Letztes fehlte nun noch die fast 250 Jahre alte Flasche Riesling, die aus dem ersten Jahrgang des Gutes sein sollte. Diese Flasche wurde das ganze Jahr über in einem verschlossenen Stahlschrank im Weinkeller aufbewahrt, nur für das Fest holte man sie hervor und stellte sie in eine Vitrine. Dabei wurde nichts gereinigt, außer dem Etikett, auf dem der Name Steiner stand. „Der Staub ist gut für das Alter", sagte ihr Mann immer.

Sie war sehr aufgeregt, als sie von ihrem Mann den Schlüssel für den Stahlschrank ausgehändigt bekam und die Flasche aus dem Keller holen durfte. Es sollte doch alles perfekt werden, das Fest, ihre Ehe, ihr Leben und dann passierte ihr das. Sie griff nach der Flasche, überlegte noch, ob sie den Schrank sofort wieder verschließen sollte oder lieber erst die Flasche nach oben bringen, da stieß sie mit dem Ellenbogen an die Schranktür und die fast 250 Jahre alte Flasche glitt ihr aus den Händen. Der ganze Kellerboden war übersät mit Splittern.

Sie handelte blitzschnell. Sie zog ihren Pullover aus und wischte damit den Wein und die Scherben zusammen. Vorsichtig machte sie den alten Korken und das Etikett sauber. „Wie gut, dass Riesling kein Rotwein ist", dachte sie und lief in die Küche. Sie stopfte alles in eine Plastiktüte, verknotete sie und versteckte sie in ihrer Sockenschublade. Beim nächsten Einkauf würde sie die Tüte in einem öffentlichen Mülleimer verschwinden lassen.

Dann lief sie in den Gartenschuppen. Dort stand eine ganze Reihe alter Flaschen herum. Sie hatte sich schon öfter vorgenommen, diese zu säubern und als Dekomaterial zu verwenden. Jetzt war sie froh, es nicht getan zu haben. Der Schmutz kam ihr gerade recht. Sie versteckte eine Flasche unter ihrem T-Shirt, lief damit zurück in die Küche, füllte sie halbvoll mit Essig und drückte den alten Korken so fest es ging auf die Flasche. Erstaunlicherweise passte er genau. Dann holte sie einen Klebestift und machte damit das Etikett an der Flasche fest. Ihr kam noch die Idee, alles ein bisschen mit Mehl abzustäuben, damit es älter aussah.

Sie stellte die Flasche an ihren Platz in die Vitrine und schaute zur Sicherheit noch einmal im Keller nach, ob auch alle Spuren beseitigt waren, bevor sie ihrem Mann den Schlüssel zurückgab. Dann ging sie ins Bad und schaute ihrem Spiegelbild dabei zu, wie es anfing vor Angst zu zittern. Panik stieg in ihr auf.

„Er wird es bemerken. Er muss es bemerken", dachte sie das ganze Hoffest über und traute sich kaum, ihren Mann anzusehen. Aber er merkte nichts.

Jedes Jahr, wenn er auf dem Fest neben der Vitrine stand, klopfte ihr das Herz bis zum Hals.

Es war wieder soweit. Das war nun schon das achte Mal, dass sie im Keller vor den Stahlschrank stand und die falsche Flasche aus ihm hervorholte. Wie immer hatte sie zittrige Finger und war ganz darauf konzentriert, sie bloß nicht fallen zu lassen. So merkte sie nicht, wie sich jemand von hinten an sie heranschlich und ihr blitzschnell ein Tuch vor den Mund hielt. Dann wurde sie, betäubt von dem Äther, aus dem Keller hinausgeschleift.

Als sie wieder erwachte, lag sie gefesselt auf einer Gartenliege, in einiger Entfernung auf einem Klapptisch stand die Flasche mit dem vermeintlich alten Riesling, daneben ein Kanister Benzin, vor ihr saß eine maskierte Person.

Sie brauchte einige Momente, bis sie die Situation begriff.

„Wir fordern von Ihrem Mann eine halbe Million Euro, dann bekommt er Sie und die olle Flasche da zurück", sagte die maskierte Person. „Andernfalls werden wir Sie leider umbringen und die Flasche zerschlagen müssen."

Sie nickte. Sprechen konnte sie nicht, ihr Mund war zugeklebt. Ihre Hände und Füße waren gefesselt. Angst hatte sie nicht. Sie war sich ziemlich sicher, dass ihr Mann zahlen würde. Die Summe war nicht unmöglich und sie wusste, wie wichtig ihm der Riesling war. „Wie gut, dass ich ihm damals nichts gesagt habe. Sonst wäre ich jetzt verloren", dachte sie zuversichtlich und ein bisschen verbissen fügte sie in Gedanken noch hinzu: „Scheint, als wären sich die Entführer auch nicht sicher, was ihm wichtiger ist, ich oder der Riesling. Darum haben sie wohl gleich beides mitgenommen."

„Wir werden jetzt Ihren Mann anrufen." Der Maskierte verließ den Raum.

„Was wollen Sie? Eine halbe Millionen Euro? Ist das Ihr Ernst?" Er fing an zu lachen. „Andernfalls wird sie sterben? Und Sie wollen die Flasche zerschlagen?", fragte er und musste noch mehr lachen.

Für ihn war seine Frau bereits vor acht Jahren gestorben. Es war nicht die zerbrochene Flasche gewesen, sondern die Art wie sie ihn all die Jahre hintergangen hatte. Er war sicher, sie hatte es damals nicht mit Absicht getan. Wenn sie es ihm gesagt hätte, dann hätte er vielleicht dasselbe getan wie sie. Dann hätten sie zusammen darüber lachen können. Dann hätten sie ein gemeinsames Geheimnis gehabt. Er glaubte sowieso nicht daran, dass die Flasche so alt war. Schon als Kind hatte er die anderen Flaschen im Schuppen entdeckt, die genauso aussahen. Sein Großvater war ein gewiefter Geschäftsmann gewesen. Vermutlich hatte er sich das mit der Flasche ausgedacht. Dass sie ihn aber für so dumm hielt, dass er nicht bemerken würde, wenn sie ihm eine andere Flasche unterschob, das hatte er ihr nie verzeihen können. Jedes Jahr, wenn er seine Rede neben dieser verdammten Vitrine mit dieser verdammten Flasche darin hielt, hatte er das Gefühl, als stieße sie ihm von hinten ein Messer in den Rücken. Er fing wieder an zu lachen. Dann sagte er zu den Entführern: „Ich werde nicht zahlen. Ganz bestimmt werde ich nicht zahlen. Sagen Sie ihr, sie hätte kein Mehl nehmen dürfen", dann legte er auf.

Der Maskierte stürmte in ihr Zimmer, riss ihr den Klebstreifen vom Mund und schrie sie an. „Ihr Mann will nicht zahlen. Er sagt, Sie hätten kein Mehl nehmen sollen. Was hat das zu bedeuten? Sagen Sie mir, was zum Teufel das zu bedeuten hat."

Ihr wurde eiskalt. Sie wusste, was das zu bedeuten hatte. Mit monotoner Stimme sagte sie: „Er wird nicht zahlen."

Der Maskierte schleuderte die Flasche mit dem falschen Riesling vom Tisch. Ein beißender Essiggeruch verteilte sich im Raum. Der entging auch dem Entführer nicht. Wutentbrannt griff er nach dem Benzinkanister und kippte ihn aus. Er stürmte aus dem Raum, sie hörte, wie er vor der Tür herumschrie.

Dann wurde es ruhig. Und warm, sehr warm.

FLORENTINE HEIN

Schöne Aussicht

Als Ingrid das rot-weiß gestreifte Backfischfestherz an seinem Hemd befestigte, zwang Stefan sich zu lächeln. Er fühlte sich genauso wie der kleine Fisch, der am unteren Ende des Herzens willenlos herumbaumelte.

„Damit du mich nicht vergisst", sagte Ingrid neckisch und küsste ihn. Lange und ausgiebig. Auch das ließ Stefan über sich ergehen. Allerdings spürte er die verwunderten Blicke der Umstehenden wie kleine Nadelstiche. Schließlich war Ingrid so alt, sie könnte seine Mutter sein. Früher war es Stefan egal gewesen, was die Leute dachten. Er war arbeitslos, sie hatte Geld im Überfluss, was war da noch von Bedeutung? Manchmal bildete er sich sogar ein, trotz ihrer Falten in sie verliebt zu sein. Pah, damals wusste er noch nicht, was Liebe war. Das hatte erst Tanja ihn gelehrt. Tanja, mit ihren strahlend blauen Augen, ihrer zarten Haut, ihren festen Brüsten.

„Komm, wir fahren Geisterbahn! Das wird ein Spaß!" Ingrid zerrte ihn hinter sich her.

Was für eine dämliche Idee, ausgerechnet aufs Backfischfest zu gehen! Stefan hatte so sehr auf einen Abend zu zweit gehofft, an dem er Ingrid alles sagen, alles erklären konnte.

Gnadenlos schob Ingrid ihn in ein drachenähnliches Fahrzeug. Ein lang gezogenes Hupen ertönte. Dann wurden sie von einem Riesenmonster verschluckt.

„Wenn ich früher mit meinem Vater gefahren bin, habe ich immer die Augen zugemacht", plapperte Ingrid. „Ich weiß noch genau, wie es beim letzten Mal war. Ganz fest habe ich mich damals an Papas Hand geklammert. Das war kurz vor seinem Unfall …"

Die alte Leier! Ingrids Vater war mit seinem Auto tödlich verunglückt. Auch ihre beiden vorigen Ehemänner
waren früh gestorben. Ingrid hatte viel Unglück ertragen müssen. Allerdings war das kein Grund, wieder
und wieder mit den alten Geschichten anzufangen.

Ein Geist stürzte von der Decke herunter. Ingrid
kreischte schrill. Stefan unterdrückte den Impuls, sich
die Ohren zuzuhalten. Ein Wunder, dass nicht die Geis-
ter schrien, wenn sie Ingrid sahen.

Wenn er nur einen Moment ruhig mit ihr sprechen
könnte! Noch heute Morgen hatte er Tanja versprochen,
endlich reinen Tisch zu machen. Beide hatten das Ver-
steckspiel satt. Er würde sich zu ihr bekennen, zu seiner
großen Liebe und zu ihrem gemeinsamen Kind.

Noch einmal tauchten verzerrte Fratzen aus der Dunkelheit auf, dann öffnete sich das Tor nach draußen. Die
Fahrt war überstanden.

„Jetzt lass uns zum Weinzelt gehen. Eine Stärkung haben wir uns verdient." Ingrid schmiegte sich zärtlich an
Stefans Arm.

Am liebsten würde er sie hierlassen. Bestimmt könnte
das Riesenmonster ein wenig frisches Blut gebrauchen.

In der letzten Zeit war es nur noch der Gedanke an
Ingrids Geld gewesen, der ihn hielt. Sie hatte ihn gleich
nach der Hochzeit als Erben eingesetzt. Aber seit er von
Tanjas Schwangerschaft wusste, konnte er nicht mehr
warten. Er wollte mit ihr zusammenleben, egal, zu welchem Preis. Egal? Naja, am liebsten hätte er ja Tanja *und*
das Geld gehabt.

Ingrid schob Stefan ins Weinzelt. Stickige Luft, laute
Stimmen, dröhnende Schlager. Auch kein Ort für ein
wichtiges Gespräch.

„Schau mal, was für hübsche Weingläser es dieses
Jahr gibt!" Entzückt reichte Ingrid ihm ein Glas mit ei-

nem Drachen, dem Wahrzeichen von Worms. „Lass uns mal sehen, wer alles da ist."

Ein großer Teil von Ingrids Geld stammte aus dem Weinhandel. Deshalb war Ingrid mit vielen Winzern bekannt. Sie trat an einen Stand nach dem anderen, tauschte höfliche Floskeln aus und bekam von jedem einen Schluck angeboten. Stefan zockelte hinter ihr her. Auch sein Glas wurde ein ums andere Mal gefüllt.

Unter Ingrids Ägide hatte sich Stefan zum Weinkenner entwickelt. War ihm vordem ein kaltes Bier lieber gewesen, so schmeckte er jetzt den Unterschied zwischen Spätburgunder und Portugieser, zwischen Rivaner und Riesling. Er sprach von „lieblich" anstelle von „süß", verwendete „trocken" anstatt „sauer". Gerne ließ er sich ein edles Tröpfchen munden. Der hier angebotene Wein war jedoch bestenfalls mittelmäßig.

„Ei, guten Owend, Fraa Stiegen!" Ein alter Winzer winkte Ingrid zu sich heran. „Schää, dass Sie aa mo widder do sin! Mer ham uns jo schun so lang nemmehr g'sehe! Wissen Se noch, wie Se frieher als bei uns uffm Hof warn? Awwer wie isch seh, sin Se widder veheirat." Ein abschätziger Blick streifte Stefan. „Sie ham jo b'stimmt net viel Zeit, odder? Alla, do hab isch …", er griff unter die Theke und zog eine alte, verstaubte Flasche hervor. „die Flasch, die Se bei mir b'stellt ham. Do is se. Werklisch was B'sondres, muss man schun saache."

Stefan warf einen Blick auf das Etikett. *Liebfrauenmilch Madonna* von 1924. Upps, das musste ein richtiges Schätzchen sein.

„Für dich, mein Liebling", flüsterte Ingrid ihm ins Ohr.

Schwungvoll zog der Winzer den Korken und wollte Ingrid einschenken. Doch sie winkte ab und deutete auf Stefan. Gehorsam goss der Winzer die edle Flüssigkeit in Stefans Glas. Stefan ließ es kreisen. Der Wein schimmerte golden. Dann schnupperte er daran. Mh, das roch, das duftete, das war wirklich gut, so würzig, fruchtig. Ingrid und der Winzer beäugten ihn erwartungsvoll. Stefan berührte das Glas mit den Lippen und ließ einen Tropfen in seinen Mund rollen. Ein unvorstellbarer Genuss! Er schloss die Augen. Für einen Moment vergaß Stefan alles um sich herum.

„Zum Abschluss noch eine Runde Riesenrad", bestimmte Ingrid. „Das muss einfach sein."

Riesenrad? Oh ja, Riesenrad. Alleine mit Ingrid in einer Gondel. Dann hätte er endlich Ruhe. Dann könnte er es ihr endlich erzählen. Der Wein machte Stefan Mut. Er umklammerte das Glas.

Am Kassenhäuschen zögerte Ingrid: „Obwohl, Liebling, vielleicht ist Riesenrad doch keine so gute Idee. Bist du sicher, dass du das noch schaffst?" Ein besorgter Ton schwang in ihrer Stimme mit.

Doch Stefan ließ sich nicht mehr bremsen. Jetzt galt es! Jetzt würde er reinen Tisch machen. „Natürlich bin ich sicher. Nein, nicht dahin, da sind schon so viele Leute drin, ich will eine Gondel mit dir alleine haben!" Er zog Ingrid auf eine rote Sitzbank und schloss die kleine Tür. Das Rad begann sich zu drehen.

Stefan stärkte sich mit einem weiteren Schluck Wein.

„Ich muss dir etwas sagen ...", begann er.

„Ach, tatsächlich? Hast du endlich den Mut dazu?" Ein spöttisches Glitzern stahl sich in Ingrids Augen.

Stefan ließ sich nicht bremsen. „Ich habe mich verliebt. Es ist einfach so passiert. Sie heißt Tanja. Und sie ist eine wunderbare Frau." Deutlich sah er Tanjas süßes Lächeln vor sich.

„So wunderbar, dass du mich verlassen und mit ihr zusammenleben möchtest?" Ingrids Stimme war bar jeder Leidenschaft.

Stefan nickte eifrig.

„Wie schade. Immerhin waren wir eine ganze Zeit sehr glücklich miteinander. Natürlich wolltest du von Anfang an mein Geld. Du warst so leicht zu durchschauen! Es hat mich nie gestört, ich konnte das Zusammensein mit dir trotzdem genießen. Geht es dir mit Tanja auch so?"

„Tanja will nur mich. Geld bedeutet ihr nichts."

Ingrid begann zu lachen. Sie lachte so sehr, dass sie sich fast verschluckte. Stefan wurde zornig. „Da gibt es nichts zu lachen!", fuhr er Ingrid an.

„Doch!", japste sie. „Doch! Dass ihr Männer immer so naiv seid! Zu glauben, sie würde dich wirklich lieben."

Sie wischte sich die Augen. Dann beugte sich nach vorne.

„Genau jetzt sitzt deine Geliebte im Flugzeug nach Spanien. Sie fiel aus allen Wolken, als ich ihr sagte, dass alles Geld mir gehört, mir allein. Dass du mit nichts bei ihr einziehen würdest. Mit absolut nichts. Ich habe ihr eine bescheidene Summe für ihr Verschwinden angeboten. Damit war sie sehr zufrieden. Sie wird dir keine Träne nachweinen, sei sicher."

„Und das Baby?"

Ingrid zuckte die Schultern „Ich habe ihr einen diskreten Arzt empfohlen."

Stefan sprang wütend auf. Die Gondel schaukelte bedenklich. „Nein, nein, nein, das darf nicht sein. Du lügst!"

„Ruhig, ganz ruhig. Setz dich hin, ich bin noch nicht fertig." Ingrid zog Stefan wieder auf die Bank hinunter. „Falls du jetzt planst, mir etwas anzutun, kann ich dich nur warnen. Ich habe bei einem Notar ein Dokument hinterlegt, aus dem hervorgeht, dass du eine Geliebte hast. Im Fall meines plötzlichen Todes wird sofort eine Untersuchung eingeleitet."

Stefan stützte den Kopf in seine Hände. Das Riesenrad drehte sich unbeeindruckt weiter.

„Schau doch, schau nur, ist die Aussicht nicht sagenhaft?" Ingrid deutete auf die Kulisse von Worms. Doch vor Stefans Augen verschwamm alles.

„Trink doch noch einen Schluck", ermunterte ihn Ingrid. „Dieser Wein ist wirklich fein. Mein Vater hat ihn entdeckt. Er trank ihn, bevor er ins Auto stieg. Sein Unfall war tödlich. Auch Nils, mein erster Ehemann, fand den Wein wunderbar. Es war das Letzte, was er trank, vor seinem Selbstmord. In Theos Segelschiff wurde übrigens auch so eine Flasche gefunden. Nur seine Leiche ist nie wieder aufgetaucht."

Klick machte etwas in Stefans Kopf. Entsetzt starrte er auf das fast leere Glas in seiner Hand. „Du hast sie vergiftet? Mit diesem Wein?"

„Nein, nein, mein Lieber!" Ingrid warf in gespieltem Entsetzen die Hände hoch. „Wo denkst du hin! Niemals würde ich einen so edlen Wein verpanschen. Ich habe lediglich bemerkt, dass er eine starke Wirkung auf das Bewusstsein ausübt. Und getötet habe ich niemanden. Ich habe es ihnen nur – sagen wir mal – nahegelegt zu sterben. Der Wein hat ihnen den Übergang ein wenig erleichtert. Genau wie dir."

Die Gondel stoppte am höchsten Punkt des Riesenrads.

„Weißt du, mein Schatz, ich würde dir das Leben zur Hölle machen. Du hast versucht, mich zu verlassen, das wirst du büßen. Dir gehört kein Pfifferling. Du hast keine Arbeit, keine Freunde. Vor allem hast du keine Möglichkeit mehr, mir zu entkommen. Du wirst leiden, genauso, wie ich leiden musste. Ich werde dir alles Schöne nehmen, werde dir dein Leben langsam vergiften."

Ingrid wirkte stolz und unnahbar. Sie lächelte, als sie fortfuhr: „Das wäre für mich sehr befriedigend, bedarf aber auch einiger Anstrengung. Deshalb wäre es wohl für uns beide besser, du würdest jetzt hinunterspringen."

Wie logisch es klang, was Ingrid sagte. Stefan hatte sie des Geldes wegen geheiratet, nun wollte er sie für eine andere verlassen. Das war nicht fair. Ingrid würde sich bitterlich rächen. Sie hatte Einfluss, sie war reich. Er hätte keine Chance, ihr zu entkommen. Und Tanja war fort. Was hatte er jetzt noch zu gewinnen? Nichts mehr, absolut nichts. Stefan schaute auf sein Glas. Der Wein war wirklich paradiesisch. Andächtig trank Stefan den letzten Schluck. Dann richtete er sich auf. Ja, die Aussicht war wirklich schön. Sein Blick streifte die Türme des Wormser Doms, den Rhein, der ruhig und beständig seines Weges floss. Stefan schloss die Augen. Dann sprang er.

Die herbeigeeilten Sanitäter konnten nur noch den Tod feststellen. Hoch aufgerichtet stand Ingrid neben der Leiche. Mit unbewegtem Gesicht schaute sie auf den Körper nieder, in dem kein Leben mehr war. Nur der kleine Fisch pendelte an seinem Backfischfestherz hin und her.

„Weißt du", sagte sie leise zu ihm. „Weißt du, ich hasse es einfach, verlassen zu werden."

Die Autoren

Bettina von Cossel

lebt seit 20 Jahren mit Mann, vier Kindern und Hund in England. Seit sie eine Leiche unter ihrem Hotelzimmerfenster fand – und Jahre später ein blutverkrustetes Messer in der Holzwolle ihres Biedermeierstuhls – lässt sie der Krimi nicht mehr los. Sie veröffentlichte „Die hässliche Ente" (Lerato Verlag 2007), „Mörderische Schnitzeljagd" (Lerato Verlag 2008), „Tod in den Dünen" (Wellhöfer Verlag 2009) und „Todesspiel auf Juist" (Wellhöfer Verlag 2011). Bettina v. Cossel ist Mitglied bei den Mörderischen Schwestern sowie im Syndikat.

Ella Daelken

wurde am Rande des Teutoburger Waldes geboren. Sie studierte Germanistik, Geschichte und Geographie in Osnabrück und Nottingham, war danach unter anderem als freie Journalistin tätig. Seit zehn Jahren arbeitet sie nun in Düsseldorf. Während in ihren zahlreichen Fachpublikationen Fakten im Mittelpunkt stehen, bietet ihr das Schreiben von Kurzgeschichten und Romanen einen Ausgleich, um ihrer Fantasie freien Lauf zu lassen. Zurzeit arbeitet sie an einem Kriminalroman.

Gitta Edelmann

wurde in Offenburg geboren und lebte in Rio de Janeiro, Freiburg und Edinburgh, bevor sie sich mit ihrer Familie in Bonn niederließ. Sie schreibt für Erwachsene und Kinder, besonders gerne Kurzkrimis und pfiffige Detektivgeschichten, leitet Schreibworkshops und gibt Lesungen. 2007 gewann sie den Krefelder Kurzkrimipreis, 2011 das Krimi-Stipendium Tatort Töwerland. Sie ist Mitglied der Mörderischen Schwestern, im Syndikat und im VS (Verband deutscher Schriftsteller).

Simone Ehrhardt

ist Jahrgang 1967 und lebt als freie Autorin mit ihrem Mann in Mannheim. 2006 veröffentlichte sie den ersten Teil der Penelope-Plank-Krimireihe „Tote Pfarrer reden nicht", von der es inzwischen vier Folgen gibt. Im letzten Jahr erschien ihr Mannheim-Krimi „Mannheimer Blut". Außer Krimis schreibt sie Kurzgeschichten, Romane und anderes. Seit 2009 ist sie Sprecherin der Mörderischen Schwestern Rhein-Neckar.

www.simone-ehrhardt.de

Thomas Erle

geboren in Schwetzingen in der Kurpfalz, verheiratet, zwei Kinder, lebt seit vielen Jahren im schönen Breisgau. Nach dem Studium in Heidelberg ausgedehnte Studienreisen um die ganze Welt auf der Suche nach Menschen und Erlebnissen. Arbeitet als Lehrer an der ersten deutschen integrativen Waldorfschule in Emmendingen. Weitere Leidenschaften neben dem Schreiben: Gitarre spielen, Chorsingen, mit der Vespa durch den Schwarzwald fahren. Neben Gedichten, Erzählungen und Essays schreibt er seit einiger Zeit Krimis. „Der Mann auf der Brücke" wurde 2010 beim ersten Freiburger Krimipreis ausgezeichnet. 2011 wurde „Der Zauberlehrling" für den Agatha-Christie-Preis nominiert.

Antje Fries

Geboren in Flensburg. Lebt in Rheinhessen. Nach Sprachen- und Lehramtsstudium Arbeit an verschiedenen Schulen und derzeit an einem außerschulischen Lernort tätig. Diverse pädagogische, literarische, journalistische Nebentätigkeiten. Schreibt Kriminalromane, Kinderbücher und Lehrerbücher und liefert Beiträge zu Lyrik-, Mundart-, und Krimi-Anthologien. Gehört dem Syndikat, den Mörderischen Schwestern und dem Mörderischen Rheinhessen an.

www.antjefries.de

Anne Grießer

aufgewachsen im Odenwald, studierte Ethnologie, Volkskunde und Germanistik. Als Autorin (Kurzgeschichte, Roman, Hörspiel, Theater), Herausgeberin und Krimientertainerin schwingt sie in Freiburg die Feder und so manches blutige Theaterrequisit.

Mehrere Nominierungen für den Agatha-Christie-Kurzkrimipreis und Gewinnerin des Afrika-Kurzgeschichten-Wettbewerbs des Ronald-Henss-Verlages. Initiatorin des Freiburger Krimipreises. Sie ist Mitglied bei den Mörderischen Schwestern und im Syndikat.

www.anne-griesser.de

Brigitte Hähnel

schreibt Hör-/Fernsehspiele und Kurzgeschichten.

2006 beim Krimi-Treatment-Wettbewerb des Deutschen Filmmuseums Frankfurt/M. ausgezeichnet für „Tödliches Zelluloid", 2007 Sonderpreis beim Hörstückwettbewerb Innovationen von RBB Kulturradio für „Süßer Sarg" (unter Gitta Böhm). Sie ist Mitglied im VS und bei den Mörderischen Schwestern.

Jürgen Heimbach

geb. 1961 in Koblenz, Ausbildung zum Kaufmann, Studium der Germanistik und Philosophie in Mainz, Regieassistent am Staatstheater, Mitbegründer und -betreiber eines freien Theaters in Mainz, Regietätigkeit, Ausstellungen, seit 1996 als Redakteur bei 3sat und ZDFkultur. Mitglied im Syndikat und in der Autorenvereinigung Mörderisches Rheinhessen. Er veröffentlichte Romane und Kurzkrimis, darunter den Kriminalroman „Chagalls Rache", 2011, im Leinpfad Verlag, Ingelheim. Jürgen Heimbach lebt in Mainz.

www.juergen-heimbach.de

Florentine Hein

wohnt in Worms, in einem rosa Haus mit blauen Fensterläden. „Da muss man einfach schreiben", meint sie. Das klappt allerdings nur, wenn ihre zwei Kinder ihr die Zeit dafür lassen. Meistens entstehen dann Kinderbücher, aber hin und wieder darf es auch ein Krimi sein. Die Kulturmanagerin arbeitete schon in der Öffentlichkeitsabteilung einer Stadtbücherei, organisierte Reisen auf Spuren von Büchern, führte Lesenächte und Ferienspiele durch. In Schreibwerkstätten und bei Lesungen gibt sie ihre Freude am Erfinden von Geschichten weiter. Florentine Hein liebt entspannte Abende mit Rotwein und Schokoladenpudding.

Verena Hellenthal

1974 geboren, hat an der Universität Bielefeld Literaturwissenschaft, Germanistik und Geschichte studiert. Sie lebt heute mit ihrem Mann und ihren beiden Kindern in Bünde.

Simone Jöst

ist Krimiautorin und lebt im Odenwald. Das Handwerk des Schreibens, bis hin zum Buchsatz, ist ihre Leidenschaft. Sie absolvierte ein Belletristikstudium, publizierte zahlreiche Kurzgeschichten in Anthologien und eine deutschlandweite Zeitungsstaffel. Sie sammelte Erfahrungen im Verlagswesen, veranstaltet Lesungen, ist Herausgeberin diverser Krimibände und schreibt zurzeit an ihrem zweiten Roman. Sie ist Mitglied bei den Mörderischen Schwestern.

www.simonejoest.de

Norbert Klitzke

wurde während des 2.Weltkrieges in Labes/Pommern geboren. Nach Flucht und Umsiedlung in die Nordpfalz sah er das erste Mal einen Fixstern. Er besuchte ein- und mehrklassige Volksschulen, zwei Gymnasien. Er wurde Lehrer und ist es bis heute doch nie gewesen. Er wechselte die Tätigkeit und wurde verwaltender

Beamter. Seit 2000 schreibt er Gedichte. Es folgten zwei Romane, seit zwei Jahren schreibt er Kurzgeschichten und Märchen für seine älteste Enkeltochter. Dazu malt er Bilder in Aquarell. Andere Maltechniken kamen dazu. In drei Ausstellungen konnte er bisher seine Bilder zeigen. Aktuell schreibt er an einer Geschichte über einen Toten (Mord) im Rheinhessendom von Gonsenheim.

Ulrike Mayrhofer und Carmen Schmit

kennen sich seit ihrer Schulzeit in Wien. Die eine wollte studieren, die andere gleich arbeiten gehen, die eine zog es nach Hamburg, die andere blieb daheim. Dann wurde geheiratet oder auch nicht und insgesamt drei Kinder erblickten das Licht der Welt. Endlich hatten die beiden Freundinnen (von gelegentlichem Kindergeschrei unterbrochen) Zeit, etwas zu tun, was sie schon immer tun wollten: nämlich gemeinsam zu schreiben. Und das taten sie dann auch.

Renate Müller-Piper

Exlehrerin aus Hannover. 1987 Kurzkrimipreis beim Kulturrat Göttingen. 1994 Fernstudium „Literarische Moderne", Uni Tübingen. 14 Jahre ehrenamtlich Literaturfachbeirätin der GEDOK Hannover (bis 2006). Lesungen vielerorts. Organisation von literarischen Veranstaltungen. Zahlreiche Publikationen von vor allem Kriminalgeschichten. Schreibatelier-Leitung. Journalistisches Engagement beim hannoverschen „kulturring".

Seit 1994 im Syndikat, seit 1997 bei den Mörderischen Schwestern.

Sarah Geraldine Nisi

geboren 1979 in Hildesheim, ist studierte Wirtschaftsjuristin, lebt und arbeitet in Düsseldorf. Während des Studiums führte ihre Begeisterung für andere Kulturen und Fremdsprachen zu Aufenthalten in Lyon und London, wo sie u.a. als Au Pair und in einer Sprachschule arbeitete. Die Leidenschaft für das Schreiben hat sie schon als Kind entdeckt und ausgelebt. Sie liebt Krimis und widmet sich in ihrer Freizeit mit Erfolg dem Verfassen von Kurzgeschichten. Ein Roman ist in Arbeit.

Ulrike Rudolph

geboren in Duisburg, aufgewachsen im Rheinland und an der Nordsee. Nach Abschluss des Studiums (Germanistik, Amerikanistik) mehrere „ordentliche" Berufe, zuletzt angestellte Lektorin. Seit 1989 freiberufliche Lektorin und Redakteurin, Chefredakteurin eines Newsletters und Autorin von Kriminal- und Jugendromanen sowie Kriminalstories. 2008 Stipendiatin „Tatort Töwerland" auf Juist, außerdem Mitglied im Syndikat und bei den Mörderischen Schwestern.
www.urudolph.de

Johanna Ruescher

wurde 1982 in Karlsruhe geboren und wuchs in Gleiszellen, im Süden der Pfalz auf. Im Jahr 2002 zog sie nach Freiburg und studierte Biologie. Noch heute lebt sie dort mit ihrem Mann und arbeitet als Biologin in der Forschung. Da sie begeisterte Leserin von Kriminalromanen ist, und ihre ehemalige Heimat sowie den Riesling aus der Pfalz nach wie vor sehr schätzt, hat sie sich entschieden, diesen kleinen Beitrag zum Thema Rieslingmorde zu schreiben.

Ingrid Schmitz

geb. 1955 in Düsseldorf, arbeitete zuletzt für den sowj. Außenhandel. 2000 begann sie mit dem hauptberuflichen Schreiben. Bisher erschienen über vierzig Kurzkrimis und zwölf Anthologien von ihr. 2006 entstand die Serienfigur Mia Magaloff, von der es drei Romane gibt. Auch als Biografin und Agentin ist Ingrid Schmitz tätig.

Um der alltäglichen Aufregung manchmal zu entfliehen, weiß sie einen guten Tropfen Wein in ruhiger Atmosphäre zu schätzen.
www.krimischmitz.de

Helmut Stauder

wurde 1952 in Bayreuth geboren. Studium der Germanistik und Anglistik. Seit 1980 im gymnasialen Schuldienst in Bayern und 6 Jahre in Argentinien. Derzeit am Hanns-Seidel-Gymnasium in Hösbach, er unterrichtet dort Deutsch, Englisch und Spanisch.

Er schreibt Erzählungen und Kurzgeschichten (etwa 20 in Anthologien veröffentlicht) und ist Herausgeber zweier Anthologien. Roman: „Tangoträume", Sonderpunkt Verlag, Münster 2009. Er ist 2. Vorsitzender im Autorenverband Franken e.V. und Mitglied im Verband deutscher Schriftsteller. 2008 erhielt er den Kärntner Krimipreis.

Brigitte Stocker

wurde 1965 in Freiburg geboren. Schon seit frühester Jugend interessiert sie sich für das mystisch angehauchte Krimigenre. Sie bewundert Patricia Highsmith für die Fähigkeit, die seelischen Abgründe mancher Menschen in schlichten Worten aufs Papier zu bringen. Das Schreibhandwerk erlernte Brigitte Stocker in verschiedenen Workshops. Zusammen mit ihrer Familie und ihren Tieren lebt sie in einem Winzerdorf neben der A5.

Alexa Thiesmeyer

ist Juristin, war als freie Journalistin und Dozentin tätig und gibt Theaterworkshops. Sie hat mehr als dreißig Komödien, Satiren und Sketchsammlungen veröffentlicht, in den letzten Jahren auch mehrere Kriminalgeschichten in verschiedenen Anthologien. Im Herbst 2010 erschien ihr Roman „Sonnenblumen zum Selbstschneiden" im Essencia-Verlag. Sie lebt mit ihrer Familie in Bonn.

Sibylle Zimmermann

wurde 1956 in Freiburg geboren. Nach vielen Jahren im Ausland (Schwaben, Bayern, Berlin, Israel, Australien) kehrte sie schließlich wieder in ihre Heimatstadt zurück. Sie arbeitet als Schriftstellerin, Redakteurin und Schreibpädagogin (www.kreatives-schreibtraining.de) und schreibt Romane und Kurzgeschichten. 2011 wurde sie mit dem Agatha-Christie-Preis für „Berlin connections" ausgezeichnet, außerdem wurde ihr Kurzkrimi „Kleiner Tod" in „Die lange Tote vom Münsterplatz", Wellhöfer Verlag, für den Glauser-Preis nominiert.

Burgunder-Leichen

Anne Grießer (Hrsg.)
256 Seiten, Euro 12,80 ISBN: 978-3-939540-76-2

Badischer Wein wird von der Sonne verwöhnt. Das ist bekannt, heißt aber nicht, dass er jedem gut bekommt.

Ob mörderische Hanglagen, perfides Gift, übereifrige Kritiker oder Leichen im Keller: Begeben Sie sich mit 22 bekannten Autorinnen und Autoren auf eine ganz spezielle Weinreise durch Baden. Genießen Sie diese Reise mit allen Sinnen, aber passen Sie spätestens beim nächsten Viertele gut auf sich auf, denn Mord ist eine ernste Sache. Eine todernste!

Ein Lesegenuss: kraftvoll, fruchtig, herb – und rabenschwarz im Abgang!

www.wellhoefer-verlag.de

PFALZ-KRIMIS

Mörderische Pfalz
Lilo Beil, Walter Landin u.a. 224 Seiten, Euro 12,80

Lilo Beil, Walter Landin und Wolfgang Ohler haben mit ihren eindringlichen Geschichten und Romanen weit über die Region hinaus Beachtung gefunden. Ihre packenden Kurzgeschichten in diesem vierten Band der Kurpfalzkrimis fesseln den Leser von der ersten bis zur letzten Seite.

Eine Leiche für Mohrbach
von Annette Leidner – 224 Seiten, Euro 9,80

Endlich eine Leiche!
Und endlich die Chance für den ambitionierten Detektiv Wolfgang Mohrbach und seinen kongenialer Partner Halfmann ihr Können unter Beweis zu stellen.
Wer meint, eine Vorstellung moderner Detektivarbeit zu haben, kennt die Methoden von Mohrbach und Halfmann noch nicht.
Unkonventionell, kreativ und am Rande der Vernunft geht alles, was sie in die Hand nehmen: schief – bis, ja bis Mohrbach eine geradezu geniale Idee hat und alles auf eine Karte setzt, auf ein Rendezvous mit dem Mörder.

Mohrbach & Halfmann – das definitiv schärfste Ermittler-Duo der Pfalz.

www.wellhoefer-verlag.de

Krimis – Pfalz/Mannheim

Bluthitze
von Walter Landin – 272 Seiten, Euro 11,90

Gluthitze über Mannheim. Hauptkommissar Lauer ermittelt im Fall eines erschossenen polnischen Erntehelfers. Sein Kollege, Oberkommissar Meißner fällt aus, eine Praktikantin scheint ihm das Leben auch nicht leichter zu machen. Zu allem Überdruss hat Lauer gleich darauf eine zweite Leiche am Hals: eine Journalistin, erschlagen mit einem Beil – Mord im Doppelpack. Und das alles im brütend heißen Juli 2007. Lauer wirkt überfordert – nicht nur beruflich. Und als sich endlich einiges zu lichten scheint, führen die Spuren plötzlich zurück in die Vergangenheit. Ein weiterer Mord rückt in den Blickpunkt der Ermittler.

Erntezeit
von Helmut Orpel – 256 Seiten, Euro 11,90

In einer Maxdorfer Lagerhalle wird ein irakischer Erntehelfer tot aufgefunden – kaltblütig erschossen. Schnell entstehen Zweifel an der Identität des Toten. Parallelen zu einem Kaiserslauterer Mordfall fallen auf, nach Mannheim führt eine vielversprechende Spur. Das Mannheimer Ermittlerteam um Jürgen Bauer und Anette Schreiber wird mit der Leitung der Ermittlungen betraut. Je länger diese allerdings dauern, desto undurchsichtiger scheinen die Zusammenhänge. Eine Herausforderung der besonderen Art für das sympathische Mannheimer Ermittler-Duo, denn eines steht fest: Skrupel vor weiteren Gewalttaten haben der oder die Täter nicht.

www.wellhoefer-verlag.de

Pfalz-Bücher im Wellhöfer Verlag

Pfälzisches Sagenbuch
von F. W. Hebel – 238 Seiten, Euro 16,80

Jeder Landstrich, jede Stadt und jeder Ort der Pfalz hat seine Sagen, die von Generation zu Generation weitergegeben wurden. Der auch als „Pfälzer Grimm" bekannte Friedrich Wilhelm Hebel widmete sein Leben der Sammlung dieses unerschöpflichen Sagenschatzes.

In seinem legendären „Pfälzischen Sagenbuch" aus dem Jahre 1912, das hier in einer Neuauflage vorliegt, findet der Leser geheimnisvolle, schaurige und oftmals auch humorvolle Geschichten und Begebenheiten, die sich um die prägenden Plätze und Persönlichkeiten der Pfalz ranken.

Pälzer Hausapothek
von Lina Sommer – 192 Seiten, Euro 16,80

In der „Pälzer Hausapothek" hat Lina Sommer ihre persönlichen Lieblingsgedichte und -geschichten ihres langen und erfolgreichen Dichterlebens zusammengetragen.

Entstanden ist so eine Sammlung vergnüglicher, nachdenklicher und kunstvoller Beschreibungen ihrer Heimat und ihres Lebens. War ihr Leben auch von vielerlei Schicksalsschlägen und schweren Zeiten geprägt, folgte sie doch immer dem Motto ihrer ganz persönlichen „Hausapothek":

„For jedi Krankheit, se hääß wie se will, Is der Humor e heilsami Pill."

www.wellhoefer-verlag.de

Roman-Biografie

Der Pfälzer Al Capone

von Michail Krausnick
224 Seiten, Euro 12,80, ISBN: 978-3-939540-44-1

Ende der 50er-Jahre sorgte er als Al Capone von der Pfalz für Schlagzeilen:

Michail Krausnick
Der Pfälzer Al Capone
Die Geschichte des Bernhard Kimmel
Ein biografischer Roman
wellhöfer

Bernhard Kimmel, berüchtigt als der „erfolgreichste Tresorknacker der Adenauer-Ära". In einem biografischen Roman erzählt Michail Krausnick die Entwicklung eines Mannes, dessen Taten einst die Republik erregten. Was als romantisches Räuber- und Gendarm-Spiel und jugendliches Aufbegehren begann, endete in Schuld und lebenslanger Haft. Erzählt wird zugleich ein Stück Zeitgeschichte: eine Kindheit und Jugend in den Kriegs- und Nachkriegsjahren, außergewöhnlich und symptomatisch für die Zeit der Halbstarken und Frühreifen, der Alt-Nazis und Wirtschaftswunderbäuche.

Der legendäre Bandenchef ist heute ein von seiner Schuld gezeichneter Mann, der über 30 Jahre hinter Gefängnismauern verbüßte und schließlich in künstlerischer Arbeit eine neue Perspektive fand.

www.wellhoefer-verlag.de

Historische Romane

Die Flucht nach Heidelberg
von Wolfgang Vater – 320 Seiten, Euro 13,90

Heidelberg 1683 – Nur der Magd und der kleinen Tochter der Hugenottenfamilie Lamadé ist die Flucht aus dem besetzten Sedan nach Heidelberg gelungen. Auf dem Heidelberger Schloss finden sie Unterschlupf.

Die Intrigen am Hof, den Tod des letzten reformierten Kurfürsten, die Rekatholisierung der neuen Heimat und die Verwüstung der Kurpfalz durch den berüchtigten Mélac erleben sie hautnah. Als ihre Verfolger in Heidelberg auftauchen, überstürzen sich die Ereignisse.

Der Untergang der Kurpfalz
von Wolfgang Vater – 320 Seiten, Euro 13,90

1799 – Die Kurpfalz steuert auf dramatische Ereignisse zu. Die linksrheinische Pfalz ist besetzt. Die französischen Revolutionsheere stehen vor den Toren Mannheims und Heidelbergs. Der Kampf tobt. Die Österreicher versuchen, dem Ansturm standzuhalten. Niemand weiß, wie sich das Blatt wenden wird und wem man in diesen Zeiten noch vertrauen kann.

August Hosé und der taube Künstler Peter de Walpergen haben mit Gleichgesinnten versucht, durch die Macht der Aufklärung den über sie hereinbrechenden Kriegswirren zu begegnen. Aber auch sie scheint der unerbittliche Strudel der Zeit mitzureißen, zumal sie von ihrer nicht unbelasteten Vergangenheit eingeholt werden.

www.wellhoefer-verlag.de